La petite prisonnière de papa

La petite prisonnière de papa

ALICE LAWRENCE

AVEC LA COLLABORATION
DE MEGAN LLOYD DAVIES

Traduit de l'anglais
par Christophe Cuq

City
Témoignage

Publié en Grande-Bretagne sous le titre
Daddy's prisoner par Simon & Schuster.
Couverture : Shutterstock

ISBN : 978-2-8246-1032-0
Code Hachette : 80 8223 4

Collection dirigée par Christian English et Frédéric Thibaud
Catalogues et manuscrits : city-editions.com

Dépôt légal : Octobre 2017

À ma mère, à mes enfants,
et à mon grand frère.

Prologue

J'allume le gril et me penche pour ouvrir le frigo. Aujourd'hui, nous allons dîner tard car nous avons traîné un peu au parc. Je devrais sans doute coucher les enfants car ils ont école demain matin, mais c'était si drôle de les regarder jouer : Emma et Lily qui riaient pendant que Tom courait après son ballon. Ils s'amusaient si bien au grand air que je n'avais pas le cœur de rentrer. Mais nous avons tout de même fini par le faire. J'ai donné un yaourt aux filles pour les faire patienter. Tom, lui, n'a pas envie d'attendre ; il s'accroche à mes jambes tandis que je sors les saucisses du frigo et les pose sur la plaque.

— J'ai faim maman ! dit-il.

Je glisse la plaque sous le gril en murmurant :

— Il n'y en a plus pour longtemps, mon bébé.

Je me penche et l'embrasse sur le sommet des cheveux – ils sont doux comme du coton – puis le prends dans mes bras pour l'emporter dans le salon. Les filles sont en train de jouer pendant que la télé hurle dans le coin. Ce sont seulement les infos, mais je sais déjà qu'elles vont râler dès que je baisserai le volume. Je souris en attrapant la télécommande. Pourquoi les enfants d'aujourd'hui sont-ils aussi accros à la télé ?

Un visage apparaît à l'écran tandis qu'une voix annonce :

— Un homme en Autriche a admis avoir enfermé sa fille dans un cachot secret pendant vingt-quatre ans.

Je me fige dans mon geste.

— Josef Fritzl a avoué aux policiers qu'il était le père des sept enfants de sa fille Elisabeth.

J'ai du mal à respirer. Je suis prise d'un vertige.

— La police a confirmé que Mlle Fritzl avait connu six grossesses durant sa captivité. Un de ses enfants, un jumeau, est décédé quelques jours après sa naissance ; trois ont été élevés par Josef Fritzl et son épouse, après que celui-ci avait fait croire à un abandon ; les trois autres ont été séquestrés avec leur mère dans un réduit situé sous la maison familiale, dans la banlieue d'Amstetten, en Autriche.

Je recule en titubant. Mon corps semble peser une tonne. Tom s'agrippe à mes jambes mais je n'arrive pas à le regarder. Je veux baisser les yeux mais je n'y arrive pas.

Mon attention est rivée sur la photo de l'homme à l'écran. Moustache et cheveux gris. Mal rasé. Yeux bleus. Regard vide ; le même que celui qui m'a retenue si longtemps prisonnière.

Des images refont surface dans ma tête. La clé qui tourne dans la serrure de l'entrée. Les fenêtres condamnées. Les couteaux et les revolvers scintillant dans leurs coffrets.

J'essaie de respirer.

Elisabeth. Son père. Six grossesses. Comme moi. Six enfants qui ont survécu. Contrairement aux miens. Mon cœur se serre quand je songe à Caitlin et Jonathan.

Elisabeth était enfermée dans un cachot… Moi au moins, je pouvais parfois sentir l'air frais sur mon visage, même s'il me surveillait à chaque instant. Je pouvais avoir un aperçu de la vie à l'extérieur avant de regagner ma prison, même si je n'avais pas le droit de vivre la mienne.

— Maman ?

Je lève les yeux. Lily se tient devant moi.

— Ça va, maman ? T'as l'air bizarre.

— Ça va, chérie, dis-je tout bas en l'attirant contre moi. Tu me fais un câlin ?

Emma accourt à son tour et je serre mes enfants contre moi. J'essaie d'oublier les images qui encombrent mon esprit tandis que je sens leur chaleur.

— Il n'est plus là. Tu as fait ce qu'il fallait…

Je me répète ces mots encore et encore mais mon corps ne veut rien savoir. Ma respiration s'entrecoupe et mon cœur s'emballe tandis que je serre mes filles et leur frère.

Je n'ai pas été la seule.

Il y a eu un autre homme comme mon père.

Une autre fille comme moi.

Elisabeth.

1

La plus grande partie de mon passé est enfouie si profondément en moi que j'ai peur de la laisser remonter : tant de souvenirs entassés dans les recoins les plus sombres et les plus reculés de ma mémoire, auxquels je crains d'ouvrir les portes. C'est comme si je me tenais sur une plage au bord du rivage : l'eau vient me lécher les orteils, et je sais qu'à tout moment, une vague peut déferler sur moi si je m'avance trop dans ma mémoire. Mais quand on a vécu l'enfer, on apprend à trouver des portes de sortie quand vos rêves – ou vos cauchemars – font resurgir le passé.

Pourtant, je ne peux garder mon passé éternellement sous clé. J'espère, en racontant mon histoire, montrer que les monstres ne vivent pas seulement dans les contes de fées, et que les drames qui émaillent les actualités ne se déroulent pas toujours à l'autre bout du monde : ils se produisent parfois près de chez vous. J'ai passé des années enfermée derrière les murs d'appartements ou de maisons semblables à n'importe quels autres. Parfois j'avais même le droit de sortir. Mais toutes les prisons n'ont pas de barreaux. Je n'étais pas cachée au sommet d'une tour, à rêver qu'un courageux prince vienne me délivrer ; j'attendais simplement que quelqu'un d'ordinaire veuille bien aider la bonne à rien que je croyais être. Une fille insignifiante, inexistante, une ombre, une fille bizarre. Mon enfance n'est qu'une suite de souvenirs fragmentés que j'ai beaucoup de mal à situer dans le temps. Cela dit, certains repères, comme l'âge de mes frères et sœurs par exemple (s'ils étaient bébés ou s'ils marchaient), jalonnent ma mémoire et m'aident à ordonner ces souvenirs. Mon plus ancien est celui d'un Noël : ma petite sœur Laura avait environ un an ; par conséquent je devais avoir six ans, mon frère aîné Michael huit, et Simon, le plus jeune, cinq.

Il m'avait fallu un moment pour m'habituer au fait d'avoir une sœur, car pendant longtemps, j'étais restée seule avec mes frères. Lorsqu'on nous avait annoncé l'arrivée d'un nouveau bébé, nous étions tout excités à l'idée de lui choisir un prénom. Mes frères et moi avions été baptisés d'après un proche ou une célébrité : un acteur ou un musicien que maman aimait.

Alors que nous avions trouvé plusieurs prénoms et que le ventre de maman s'arrondissait de jour en jour, elle était partie de la maison un matin, pour revenir les bras vides. Maman semblait différente. Le visage aussi pâle qu'un fantôme, elle nous avait simplement dit que les docteurs s'étaient « occupés » du bébé. Je m'étais demandé ce qu'elle voulait dire : plus personne ne parlait de notre petit frère ou de notre petite sœur. Une fois que j'avais été plus grande, maman m'avait expliqué qu'elle avait eu un petit garçon qui était mort à la naissance ; et que c'était sa faute, car elle avait fait la bêtise de déplacer un meuble. Elle ne m'avait pas regardé dans les yeux en m'expliquant cela et à ce moment-là, j'avais passé l'âge de croire tout ce qu'elle me disait.

C'est pourquoi je n'avais pas su quoi penser quand maman nous avait à nouveau annoncé qu'elle attendait un bébé. Allait-elle vraiment ramener un petit frère ou une petite sœur à la maison cette fois ? Eh bien oui, elle avait rapporté une petite fille prénommée Laura. Étant la seule fille entre deux frères, j'étais ravie d'avoir une sœur avec qui jouer. J'avais beau être jeune, j'aimais beaucoup aider maman avec le bébé, et tandis que l'année touchait à sa fin, j'attendais avec impatience le passage du père Noël.

Nous n'avions pas beaucoup de jouets à la maison, et la plupart étaient des jouets de garçons : des soldats en plastique ou de petites autos. Mais quelques semaines avant Noël, j'avais vu une publicité pour une maison de poupée, avec des murs roses, des rideaux à fleurs et des meubles miniatures dans chaque pièce. Mon choix était fait. L'année passée, j'avais reçu une poupée Barbie ; elle n'était pas emballée dans une belle boîte comme celles que je voyais dans les magazines, mais je l'adorais malgré tout. Maintenant, si j'avais eu une jolie maison où l'installer, Laura et moi aurions pu nous amuser.

— Il faut que je sois gentille, me répétais-je nuit après nuit, comme ça je recevrai peut-être la maison de poupée.

Quand j'avais expliqué à maman ce que je voulais, elle m'avait répondu que je devais écrire une lettre au père Noël.

Tout en la rédigeant, je pensais : peut-être que si j'arrive à faire sourire papa, le père Noël verra que j'ai été gentille.

Évidemment, je me rendais déjà compte à l'époque que nos Noëls étaient différents de ceux des autres enfants : j'avais entendu des filles à l'école parler de sapins et de dindes, choses qu'il n'y avait pas chez nous. Mais j'espérais tout de même recevoir la maison de poupée, et j'avais attendu patiemment pendant des semaines, rêvant chaque nuit de mon cadeau. Quand le grand jour est arrivé et que Michael et Simon ont ouvert leurs paquets, ils ont chacun découvert un pistolet à amorces, une étoile de shérif et un chapeau. Nous connaissions tous le goût de papa pour les armes (il avait un bouclier accroché au mur, avec de vrais couteaux plantés dedans). Il tenait absolument à ce que ses garçons partagent sa passion. Mais alors qu'ils regardaient leurs cadeaux, mes frères ont commencé à se disputer pour l'un des pistolets. Soudain, j'ai entendu un *crac* et mon sang n'a fait qu'un tour.

— Tu l'as cassé, espèce de petit con ! a hurlé papa en se jetant sur Michael.

Il l'a giflé et mon frère a fait un vol plané. J'ai pris ma sœur dans mes bras et je suis allée m'accroupir derrière le canapé ; c'est là que je me cachais quand papa se mettait en colère. J'ai entendu Michael commencer à pleurer. Si on ne faisait pas de bruit, tout irait bien… J'ai entendu un autre *crac*, et j'ai serré Laura contre moi tandis que papa réduisait le jouet en pièces et balançait les morceaux par terre.

— Il te plaît mieux comme ça ? a-t-il crié à Michael. T'es content, petit bâtard ? Y a plus de revolver ! Ton frère lui a encore le sien.

J'ai attendu que le silence revienne avant de sortir à quatre pattes de derrière le canapé. Papa regardait la télé. La dispute était terminée. Mes frères et moi nous sommes regardés. Je me suis dit que j'allais peut-être recevoir mon cadeau maintenant et mon cœur s'est mis à battre la chamade tandis que maman déposait un petit paquet dans ma main.

J'ai regardé le cadeau : il était minuscule ; trop petit pour une maison de poupée. J'ai arraché le papier et découvert une broche, que j'avais déjà vue dans le coffre à bijoux de maman. Elle était ornée d'un portrait de femme couleur crème sur fond beige. Je savais que c'était mal, malgré tout j'ai commencé à pleurer en regardant mon cadeau. Je ne pouvais pas m'empêcher de penser à la maison de poupée. Je pleurais en imaginant ma Barbie allongée sur la moquette sale, alors qu'elle aurait pu habiter la jolie maison.

— Arrête de chialer ! a crié papa en tournant la tête vers moi. On n'a pas toujours ce qu'on veut !

J'ai levé les yeux vers lui.

— Faut prendre ce qu'on te donne ! a-t-il ajouté, le regard sombre. Maintenant fous-moi le camp !

J'ai marché vers la porte en tenant la broche dans ma paume, papa grommelant dans mon dos. J'avais la main sur la poignée quand il m'a rappelée.

— Alice ! T'as pas encore compris que ce putain de père Noël existe pas, espèce de petite conne ?

J'ai toujours su que je n'étais pas comme les autres petites filles. Quand on grandit dans un de ces quartiers pauvres des grandes villes du nord de l'Angleterre, on se rend vite compte que les gens autour de vous n'ont vraiment pas grand-chose. Rien que des familles nombreuses entassées dans des rangées de maisons sans fin, des gamins qui traînent au coin de la rue près des magasins ; tout le monde tire le diable par la queue. Chez nous non plus, l'argent ne coulait pas à flots, mais il y avait autre chose qui différenciait notre famille : ainsi, le jour où mes frères et moi avions fabriqué des guirlandes en papier de couleur pour fêter Noël, papa les avait déchirées. C'était lui, la cause de notre différence.

Alors que beaucoup d'hommes dans le quartier travaillaient comme ouvriers du bâtiment ou cantonniers, papa, lui, refusait de lever le petit doigt. À l'époque où il avait rencontré ma mère, il travaillait comme manœuvre et elle gardait les neveux de papa. Maman ne gagnait pas grand-chose à l'usine, mais le fait de travailler lui apportait cependant une certaine indépendance, et son maigre salaire lui offrait un minimum de liberté. Mais celle-ci n'a pas fait long feu : sitôt qu'elle a rencontré mon père, à vingt et un ans, ma mère a quitté son travail pour se marier. Trois mois plus tard, elle accouchait de mon frère Michael.

Mon père, ou « l'idiot » comme je l'appelle aujourd'hui, ne voyait pas l'utilité de travailler. Il avait abandonné son job après avoir eu un accident, et je ne crois pas qu'il ait par la suite envisagé à aucun moment de reprendre un emploi pour subvenir aux besoins de sa famille, car je ne l'ai jamais vu se fatiguer une seule fois de toute sa vie. À vrai dire, tout ce qu'il faisait, c'était s'allonger sur son lit, qu'il installait dans le salon, et regarder la télé. Il n'avait même pas le courage de s'asseoir dans un fauteuil comme tout le monde. Son jour favori était celui de la « paye » : ce jour-là, il allait récolter l'argent des allocations, qui nous permettait de nous vêtir et de manger. Le seul moment où il descendait du lit, c'était pour soulever ses poids afin d'entretenir sa musculature spectaculaire. Il s'entraînait assis devant la télé évidemment, mais aucun de nous ne doutait de sa force quand nous le regardions travailler ses biceps ou faire ses flexions en s'aidant d'une chaise. Ses bras, et surtout ses épaules, étaient impressionnants.

Cela dit, ce n'était pas son extraordinaire paresse, ni le fait qu'il ne travaille pas qui rendait papa différent aux yeux des gens, pas plus que ses dents tachées ; c'était le fait qu'il soit issu d'une famille difficile : une masse de personnes apparentées qui tenait davantage de la tribu. Et pour nous, ses enfants, ce qui le différenciait des autres hommes, c'était autre chose encore. Papa renfermait en lui une noirceur, invisible aux yeux des gens, mais qui collait à notre famille comme une seconde peau. La nuit, on rêvait qu'il venait nous chercher et on se réveillait terrifiés et haletants dans des draps trempés d'urine. La journée, pour compenser, on était les gamins les plus turbulents du quartier, montant sur les toits, traînant dans les rues et nous bagarrant avec les gamins qui se moquaient de nous.

Papa avait horreur qu'on attire l'attention sur nous, car cela attisait la curiosité de la famille, des amis ou du voisinage. Alors, si quelqu'un venait se plaindre à notre porte après une bagarre, il nous interdisait de sortir pendant plusieurs jours d'affilée pour nous donner une leçon. Il nous flanquait des raclées pour qu'on comprenne qu'on ne devait pas se faire remarquer ; il utilisait indifféremment ses mains, sa canne, ou sa lourde ceinture de musculation. Il m'est arrivé de recevoir une raclée, mais le plus souvent, c'étaient les garçons qui y avaient droit, et en particulier Michael.

— Michael ! Simon ! criait-il s'il les entendait se disputer trop fort. Ramenez-vous ici !

Les garçons accouraient dans le salon et se postaient devant lui.

— Vous croyez que je vous entends pas gueuler ? aboyait-il. Eh bien, si vous tenez tellement à vous battre, allez-y !

Mes frères savaient ce que l'idiot attendait d'eux. Ils commençaient alors à s'empoigner et à s'échanger des coups de pied et de poing sous le regard amusé de l'idiot. Michael l'emportait toujours sur Simon parce qu'il était le plus grand, et mon petit frère finissait généralement avec le nez en sang ou un œil au beurre noir. Mais il refusait de s'avouer vaincu, et au bout d'un moment, Michael arrêtait de le frapper parce qu'il savait qu'il avait gagné. L'idiot s'en prenait alors à lui, car Simon n'était jamais tenu responsable des disputes. C'était toujours Michael qui prenait.

— Faut toujours que tu cherches la merde, hein ? Toujours à te bagarrer avec ton frère ! lui criait papa, avant de le gifler ou de lui donner des coups de canne.

Difficile de dire à quelle fréquence il nous frappait, mais je crois qu'il ne se passait jamais une semaine sans que l'un de nous ne prenne une raclée, et j'ai su, dès que j'ai été assez âgée pour déceler le danger, qu'il y avait deux hommes à l'intérieur de mon père. L'un avait des yeux marron foncé et une bouche qui se retroussait en un sourire faisant bondir mon cœur de joie : c'était l'homme qui saluait les gens dans la rue et que j'espérais sans cesse retrouver à la maison. Parfois, j'arrivais à ramener ce sourire sur ses lèvres, comme lorsque je le rejoignais dans le lit pour me réchauffer du froid glacial et humide qui imprégnait toute la maison ; ou quand il s'asseyait dans le lit et que je me juchais derrière lui sur l'oreiller, les jambes autour de sa taille, tandis que je faisais semblant de lui chercher des poux dans les cheveux.

— Un penny[1] pour les gros, un demi-penny pour les petits, disait-il avec un sourire, en basculant la tête entre mes jambes.

Dans ces rares moments où je le voyais sourire, je n'avais qu'une seule envie : recommencer. Mais en grandissant, j'ai compris que c'était impossible, car dès que la porte du monde extérieur se refermait, c'était comme si un autre homme entrait dans la maison. Si je lui faisais un dessin à l'école, papa le déchirait ; si je lui préparais une tasse de thé, il me la balançait au visage. Son regard s'assombrissait, ses traits se tordaient en une grimace et sa bouche s'ouvrait pour crier. Chacun de nous, à un moment ou à un autre, a reçu du thé bouillant sur la main ou de la nourriture au visage.

Je vivais dans la peur permanente de ses réactions. Je me tenais toujours prête à m'échapper si son humeur devenait explosive, à détaler si une gifle ou un objet menaçait

1. Centime de livre *sterling*, la monnaie britannique, plus ou moins équivalente à l'euro.

de partir dans ma direction. J'avais l'impression d'avoir un serpent enroulé au creux de l'estomac : parfois il se redressait pour mordre, mais le plus angoissant, c'était de l'observer sans savoir quand il frapperait.

Mes frères et moi n'étions pas les seuls à vivre dans la peur : c'était aussi le cas de maman. Je savais qu'il n'en avait pas toujours été ainsi, car Michael m'avait dit que quand nous étions petits, maman allait au pub avec papa ; ils devaient donc s'amuser ensemble à une époque. Apparemment, c'était là-bas que maman se trouvait quelques heures avant de donner naissance à Laura, et elle y était retournée le lendemain soir. Les habitués avaient récolté soixante-quinze livres pour le nouveau-né et avaient été bluffés par la vitesse de récupération de maman.

Pour ma part, tout ce dont je me souviens, c'est d'une femme au visage marqué par la même peur que celle que je ressentais. Comme nous, maman savait que si elle faisait quelque chose de travers, elle serait punie. Mais elle s'y résignait, car elle savait qu'une fois papa calmé, nous échapperions à la raclée.

Avec ses yeux souriants et ses joues rebondies, maman me câlinait dès que papa avait le dos tourné ; elle nettoyait mes écorchures quand je tombais. Les soirs où papa allait au pub pour jouer aux fléchettes, maman passait ses disques d'Elvis et chantait en dansant avec moi. Ou bien, quand nous avions suffisamment d'argent pour chauffer l'eau du bain hebdomadaire, elle me frictionnait avant de me sécher les cheveux à la serviette puis me mettait au lit avec un bisou. Nous raffolions tous de ses câlins et de ses bisous et nous savions qu'elle faisait tout son possible pour nous éviter les ennuis.

— Il va venir si vous ne la mettez pas en veilleuse, nous avertissait-elle quand nous jouions dans notre chambre. Parlez moins fort ou il va venir.

Si l'idiot râlait encore, nous entendions maman lui dire qu'elle allait s'occuper de nous. Elle revenait alors dans la chambre et nous disait à voix basse :

— On va jouer à un jeu : je vais faire semblant de vous mettre une fessée, et vous allez faire semblant de crier.

D'habitude les jeux faisaient plutôt rire, comme quand on s'amusait à cache-cache avec mes frères et Laura. Mais j'obéissais et je criais aussi fort que je pouvais, car je savais que maman faisait ça autant dans notre intérêt que dans le sien. Si je n'avais pas joué le jeu, maman se serait fait punir et je n'aimais pas que papa lui fasse mal. Je ne la voyais jamais recevoir de raclée, mais j'entendais parfois des bruits la nuit : des coups sourds et des cris, comme si on projetait quelque chose contre le mur. Le lendemain, maman avait des bleus, ou la lèvre fendue, mais elle ne disait jamais rien ; elle ne pleurait jamais devant nous. Mais je savais ce qui lui était arrivé, et d'une certaine manière, c'était pire. Imaginer les choses dans sa tête, en se disant que la prochaine fois, ça pourrait être vous, mais sans jamais savoir quand ça arriverait…

2

Après maman, la personne que j'aimais le plus au monde était mon frère aîné Michael, car il était tout ce que je n'étais pas : bavard, courageux, et plein d'humour. D'aussi loin que je me souvienne, je l'ai toujours adoré. Tantôt nous jouions dans les bois, tantôt nous traînions dans la rue, mais peu m'importait tant que j'étais avec lui. La journée, Michael me protégeait des petits loubards du coin ; la nuit, il chipait du pain dans la cuisine pour nous organiser un « festin de rois ». Assis sur nos lits, l'estomac grognant après une journée passée sans manger, Simon, Laura et moi le regardions émerveillés partager le pain en quatre ; par la magie de son imagination, il les transformait en autant de gâteaux à la crème, gelées, beignets de dinde et ailes de poulet : un véritable banquet !

— Un jour je me sauverai, disait-il, je trouverai beaucoup d'argent et j'achèterai une grande maison. Maman aura sa propre chambre. Ce sera une chambre magique, comme celles des princesses, et il n'aura pas le droit de s'en approcher.

— Moi je resterai avec elle quand tu partiras, rétorquais-je tout bas. J'achèterai une maison encore plus grande que la tienne et elle habitera avec moi.

— Pas question ! C'est moi qui m'occuperai de maman. Je suis le plus grand alors c'est à moi de prendre soin d'elle.

C'était toujours ainsi que Michael raisonnait : il cherchait à nous protéger. Je n'oublierai jamais le jour où j'avais volé le stylo d'une fille à l'école. Michael me l'avait ensuite piqué, comme font parfois les grands frères. Plus tard, le père de la fille était venu frapper chez nous pour réclamer le stylo. Sa fille lui avait dit que je l'avais pris, mais son fils l'avait vu entre les mains de Michael. Le père nous avait traités de sales petits voleurs. Une fois l'homme reparti, l'idiot avait tourné vers moi un regard sombre comme la nuit et réclamé que je lui dise ce que j'avais fait.

— Rien, avais-je répondu sur un ton penaud. J'ai rien volé.

— T'es sûre ?

— Oui, papa.

— Bon. Où est ce petit bâtard de Michael alors ? C'est lui qu'a dû chouraver ce crayon.

Ce soir-là, mon frère avait reçu une raclée, et quand nous étions allés nous coucher, j'avais senti des larmes envahir ma gorge car je savais que c'était à cause de moi qu'il s'était fait punir.

— T'inquiète pas, sœurette, m'avait-il répondu. Tu as piqué le stylo mais je te l'ai piqué après alors je méritais aussi la raclée. Et puis je préfère que ce vieux salaud me tape moi plutôt que de le voir te taper.

Voilà ce que j'appréciais chez Michael : ce n'était qu'un enfant, trop faible pour stopper les énormes poings de mon père, mais il était la seule personne courageuse dans la maison. Il tenait tête à l'idiot, tandis que nous détalions comme des lapins au premier éclat de voix.

Personne ne connaissait vraiment papa. Aux yeux du monde, c'était une crème. Un type un peu brut de décoffrage, mais rien d'inhabituel. La seule autre personne à connaître sa véritable nature était grand-mère Ruby, la mère de maman. Elle ne dépassait pas le mètre soixante, mais n'avait pas peur de lui pour autant.

— Tu n'as pas honte de traiter ta femme et tes enfants comme des chiens ? le disputait-elle.

Chaque fois qu'elle nous rendait visite, papa finissait toujours par lui crier de foutre le camp, alors elle ne venait pas très souvent. Une fois qu'elle était repartie, papa regardait maman, en s'amusant de son visage terrifié.

— Écoute pas les conneries de ta mère, disait-il. Où tu crois que tu peux aller ? Qui c'est qui va accepter une traînée comme toi avec ses petits morveux ? Je vais te le dire : personne à part moi. Y a que moi à être assez con pour ça !

À deux ou trois reprises, j'étais allée rendre visite à grand-mère Ruby dans son appartement. J'avais adoré. Il y avait des bibelots et des tableaux accrochés aux murs, et aussi des figurines de Marie et Jésus, car grand-mère était une chrétienne reconvertie. À l'époque, je croyais encore qu'un grand vieillard barbu dans le ciel me protégerait de mon père, c'est pourquoi j'adorais aller chez grand-mère Ruby et regarder les images du bon Dieu sur les murs. Mais bientôt, papa a mis un terme à ces visites. Il savait que je me sentais en sécurité chez elle, et ça ne lui plaisait pas.

J'avais sept ans quand les services sociaux sont venus pour la première fois à la maison. Un jour, en rentrant de l'école, Michael, Simon et moi avons trouvé nos parents qui nous attendaient en compagnie d'un homme et d'une femme que nous ne connaissions pas.

— Ces gens-là sont venus voir les bleus que je vous ai faits, a lancé l'idiot, couché dans son lit.

Il nous fixait de son regard sombre ; un regard qui disait : « Bouclez-la. »

Une peur s'est emparée de moi tandis que je dévisageais l'homme et la femme. Qui étaient ces gens ? Jamais personne ne venait chez nous. La femme s'est approchée en souriant.

— Quelqu'un nous a dit que tu avais des bleus. Nous sommes venus voir si tout allait bien.

Pendant un moment, aucun d'entre nous n'a parlé. Puis Michael a lâché tout d'un coup :

— On était en train de se battre et on est tombés dans l'escalier.

Nous savions exactement ce que nous devions répondre, et ce qui nous attendait si nous disions autre chose. La dame nous a regardés un instant avant de se tourner vers l'idiot.

— Déshabillez-vous ! a-t-il dit. Mettez-vous en sous-vêtements. On va montrer à ces gens que je vous ai pas battus.

Je ne voulais pas me déshabiller, mais je savais que je n'avais pas le choix. Papa nous toisait de son regard autoritaire, nous défiant de lui désobéir et de lui donner un prétexte pour nous filer une raclée quand les inconnus seraient partis.

Nous nous sommes déshabillés sans rien dire, les garçons en slips kangourous, moi en maillot de corps et petite culotte.

— Retournez-vous ! a dit papa.

Nous nous sommes alignés en silence tandis que l'homme et la femme nous examinaient.

— Lève ton maillot, Alice.

J'ai obéi et montré mon dos nu.

— Maintenant montez dans vos chambres ! a ordonné l'idiot.

Nous avons ramassé nos vêtements et filé. Un moment plus tard, la porte d'entrée claquait : les inconnus étaient partis.

Ce jour-là, comme par hasard, nous n'avions pas de bleus.

— Si quelqu'un vous demande un jour, dites que vous vous êtes battus, a exigé papa un peu plus tard. Je vais faire en sorte que ces connards refoutent pas les pieds ici.

Je me rappelle avoir songé à sortir discrètement de la maison pour les rattraper et leur raconter ce que papa nous faisait. Mais je ne pouvais pas, car il aurait fallu que je laisse maman, mes frères et ma sœur seuls avec lui, or il fallait qu'on reste unis.

J'ignore qui avait appelé les services sociaux, mais l'idiot était convaincu que c'était grand-mère Ruby. Il avait demandé à maman de s'assurer que cette « fouille-merde » ne remette jamais les pieds chez lui. Les services sociaux, par contre, les ont remis, à deux ou trois reprises. Nous ne les avons jamais revus en personne mais nous savions qu'ils étaient passés, car ils laissaient des draps en plastique avec lesquels recouvrir nos lits. Ils avaient compris que nous vivions dans la crasse : les vêtements puants jonchant le sol, les draps trempés d'urine, la vaisselle sale. On aurait dit une porcherie. On ne distinguait même plus la moquette sous les croûtes de nourriture et les couches d'habits ; des moisissures envahissaient la cuisine et la housse fleurie sur le canapé était parsemée de taches brunes. Mais l'idiot était heureux ainsi.

Papa avait les dents abîmées et il dégageait en permanence une odeur de sueur aigre. Jamais je ne l'avais vu prendre un bain. Tout son argent passait dans les gadgets auxquels il était accro, comme les jumelles ou les télescopes, si bien que, même s'il touchait l'argent des allocations familiales, nous avions rarement de quoi nous acheter à manger. Par contre, lui s'assurait toujours d'avoir de quoi manger : des pommes de terre en sauce ou des œufs au plat. L'odeur me faisait saliver et j'avais l'estomac qui grognait. Quelquefois, nous récupérions discrètement ses pelures de pommes de terre et les faisions frire pour le dîner. Mais le plus souvent, nous allions nous coucher avec la faim au ventre ; rapidement, nous avons appris à voler de la nourriture dans les épiceries du quartier, ou dans les placards de la maison. Évidemment, s'il nous prenait sur le fait, nous récoltions des coups, mais parfois, nous avions tellement faim que ça ne nous arrêtait pas. Papa hurlait quand je pleurais parce que mon estomac me tirait. Résultat : j'étais impatiente d'aller à l'école, car là-bas au moins, on nous servait un repas chaud.

Maman essayait tant bien que mal de s'occuper de nous, mais c'était difficile, car être aux petits soins pour papa lui prenait tout son temps. Il fallait lui préparer ses repas, le raser pendant qu'il regardait la télé, allongé sur son lit, lui rapporter ce qu'il demandait. Maman était à ses ordres et il ne supportait pas qu'elle s'occupe de nous. Alors elle profitait qu'il ait le dos tourné pour monter à l'étage et nous câliner, ou nous faire rire en nous chatouillant.

De notre côté, nous étions très turbulents : nous jouions à cache-cache dans la rue, dans les rares moments où il nous autorisait à sortir, ou sinon, dans les deux chambres que nous nous partagions. Il y avait une troisième chambre, mais elle était inutilisable à cause du fatras que l'idiot y avait amassé au fil des années. Lui et maman dormaient donc dans le lit du salon, d'où il pouvait garder un œil sur chacun de nous. Car c'était son obsession : rien ne devait se produire dans la maison sans qu'il le sache ou qu'il donne son accord. Notre maison infecte était son château, et il en était le roi.

L'une de ses manières favorites de nous contrôler était de nous restreindre l'accès aux toilettes et à l'eau. Il disposait ainsi d'un moyen facile de nous punir. Nous étions si terrifiés que nous mouillions nos matelas nuit après nuit, tous autant que nous étions. Lorsque j'avais neuf ans, le cadre en bois du lit où je dormais était complètement pourri par l'urine ; nous couchions en général à deux par lit. La plupart du temps, il n'y avait pas d'eau chaude et l'air était chargé d'une puanteur constante de vieille urine âcre.

Là encore, maman faisait ce qu'elle pouvait, mais papa entrait dans de telles colères quand il la voyait changer les draps mouillés qu'elle préférait s'en abstenir. Plus grande, j'essayais parfois de retirer les draps tachés d'urine des matelas troués, mais chaque fois, il m'entendait et se mettait à crier depuis le salon :

— Qu'est-ce que tu fabriques ?

J'arrêtais aussitôt, transie de peur.

Papa semblait se réjouir de nos accidents nocturnes. Quelquefois, je me réveillais avant la catastrophe et j'essayais d'aller aux toilettes. Je traversais le salon sur la pointe des pieds, mais dès que j'entendais son lit craquer, je me figeais, terrifiée à l'idée qu'il m'entende : il n'aimait pas qu'on aille aux toilettes la nuit. Debout dans le noir, j'attendais sans bouger, des minutes, des heures peut-être, jusqu'à ce que je sente un filet d'urine chaude couler le long de ma jambe. Aucun de nous n'y a échappé ; les moquettes finissaient trempées. Mais l'idiot ne semblait pas gêné par la puanteur. Jusqu'au jour où il avait besoin d'un prétexte pour nous battre ou nous humilier.

— C'est toi qui as fait ça ? m'a-t-il crié un jour en entrant dans la chambre que je partageais avec Laura. Espèce de petite dégueulasse !

Il montrait les draps accrochés au pied du lit ; ils étaient couverts de taches marron et les ressorts du matelas dépassaient à travers le tissu déchiré. Papa m'avait chopée par la nuque et poussée vers le lit. Je savais ce qui m'attendait et la panique m'avait envahie :

— Non, papa, s'il te plaît ! J'ai pas fait exprès. Je vais nettoyer. Non, pitié !

— Ferme ta gueule ! a-t-il aboyé en me plaquant le visage contre le matelas.

Il me pressait le nez et la bouche contre les draps mouillés, sa main sur ma tête. Je me débattais pour respirer mais il me maintenait le visage contre le lit puant, froid et humide. L'odeur était si dégoûtante que je sentais mon estomac se soulever.

Une éternité plus tard, j'ai senti qu'il lâchait ma tête. Quand je me suis retournée, papa se dressait devant moi.

— J'espère que ça t'a fait les pieds, espèce de petite cradingue ? a-t-il crié en refermant ses doigts autour de mon cou comme un étau. Tu veux que je recommence ?

J'avais le tournis.

— Non, papa, ai-je murmuré.

— Ben alors nettoie-moi ce merdier ! Et si c'est pas fait comme il faut, tu vas le regretter. Compris ?

Il était ressorti de la chambre tel un bulldozer.

Les fenêtres de la maison avaient été condamnées depuis le cambriolage : il n'y avait aucun moyen d'y faire entrer de l'air frais, et encore moins d'y faire sécher la lessive et d'aérer les matelas. Je ne voyais pas comment j'allais réussir à nettoyer comme papa le voulait. La peur m'a saisie au creux de l'estomac et j'ai commencé à pleurer.

J'avais conscience que nous sentions mauvais, alors chaque matin, j'essayais de faire un brin de toilette en me débarbouillant à l'eau froide comme maman me l'avait montré. Mais l'eau froide n'enlève pas l'odeur de la crasse et bientôt, les autres gamins à l'école ont commencé à se moquer de moi.

— Hou la crasseuse ! Hou la crasseuse ! ricanaient les enfants dans la cour.

D'autres fois, ils me jetaient des boulettes de papier pendant la classe, avec des messages écrits à l'intérieur : « Tu pues. Retourne dans ta décharge. »

Je n'aimais pas rester seule dans la cour évidemment, mais c'était toujours mieux que d'être à la maison, car ici au moins on ne me faisait pas de mal. Les autres gamins ne m'aimaient pas et me traitaient de tous les noms, mais eux au moins ne me frappaient pas. Je savais que je n'étais pas comme eux, et j'ai eu encore plus honte quand on m'a soumise au « traitement spécial » ; je me sentais comme une pestiférée. Chaque matin avant la classe, mon institutrice, Mlle Pritchard, me faisait prendre une douche et me donnait des vêtements propres. Elle attendait que j'aie fini puis parfois me frottait le dos si je n'arrivais pas à l'atteindre.

— Comme ça les autres arrêteront de t'embêter en classe, expliquait-elle quand je pleurais en me plaignant de ce « traitement spécial ». Tu n'as pas envie de te faire des amis, Alice ?

J'en avais envie, plus que tout, car tous les autres enfants s'asseyaient par deux alors que j'étais toujours seule. Il n'empêche, j'avais honte que l'institutrice m'oblige à prendre une douche. Et je savais que je ne devais pas en parler à la maison car l'idiot l'aurait vu d'un mauvais œil. Il ne voulait pas qu'on nous aide. Mais au bout de quelques semaines, j'ai réalisé que le fait de me laver pouvait finalement être une bonne chose, lorsque j'ai fait la connaissance d'une petite fille prénommée Kirsty, qui est devenue ma première amie.

Au début, Kirsty se contentait de me dire salut, mais peu à peu, nous avons commencé à jouer ensemble (à la corde à sauter, à la balle, ce genre de jeux) et bientôt, on s'est assises l'une à côté de l'autre en classe. J'étais folle de joie. Kirsty était très jolie ; elle portait des vêtements aux couleurs chatoyantes et avait les cheveux bien peignés, en couettes, nattes ou queue-de-cheval. Moi, je portais de vieux sweat-shirts et j'avais toujours la tignasse ébouriffée : même quand j'essayais de me faire une queue-de-cheval, ça ne rendait jamais aussi joli que sur Kirsty.

Tout comme pour les douches et les habits propres, je savais que l'idiot ne devait pas apprendre pour Kirsty, car j'étais sûre qu'il nous séparerait. Alors je ne disais pas un mot de cette nouvelle amitié. En revanche, j'étais de plus en plus impatiente d'aller à l'école. Au lieu de m'attarder dans la cantine dans l'espoir d'être resservie, je me dépêchais d'aller rejoindre Kirsty dans la cour. Mais, aussi heureuse que je l'étais d'avoir une amie, je ne comprenais pas parfois quand elle me parlait de sa maman, de son papa et des activités qu'ils faisaient « en famille ».

— Papa m'a emmenée à la piscine hier et on s'est bien amusés, disait-elle.

Je ne comprenais pas.

— Il m'a prise sur ses épaules et m'a jetée dans l'eau. J'ai bu un peu la tasse mais il m'a tout de suite récupérée et remontée.

Au début, je pensais que c'étaient des histoires qu'elle inventait : il n'y avait que dans les livres que les gens s'amusaient comme ça. (Mon livre favori était *Le Chat chapeauté*, l'histoire d'un chat qui rendait visite à un frère et une sœur et à qui il causait toutes sortes de problèmes rigolos.) Mais ça n'avait rien à voir avec la vie réelle : en vrai, les papas ne jouaient pas avec vous. Le seul moment où je me sentais en sécurité, c'était quand il était sorti et que Laura et moi enfilions nos pyjamas ; maman nous apportait un verre de jus de fruits du placard avant de nous faire un câlin.

— Pas de comédie ce soir, disait-elle en nous couchant. Parlez tout bas et endormez-vous vite avant qu'il revienne.

Mais parfois, dès que je fermais les yeux, je faisais des cauchemars et maman devait revenir me voir.

— Rendors-toi et pense à quelque chose de joli, disait-elle, et je pensais toujours aux câlins qu'elle me faisait, jamais à papa ; je ne comprenais pas quand Kirsty me racontait combien le sien était gentil.

Nous étions amies depuis quelques semaines quand un jour, Kirsty m'a dit qu'elle ne pouvait plus s'amuser avec moi.

— Tout le monde se moque de moi parce que je suis ta copine, a-t-elle expliqué.

— On n'a qu'à se parler quand les autres sont pas là, ai-je proposé timidement. On sera des amies en secret.

— Non. Ils sauront.

Du jour au lendemain, Kirsty a changé de place dans la classe et je me suis à nouveau retrouvée seule. Les seules personnes qui ne m'avaient jamais tourné le dos étaient mes frères et je savais qu'ils étaient mes seuls vrais amis. Nous faisions les quatre cents coups. Je crois que c'était un moyen d'évacuer la colère et la frustration que nous avions en nous, mais les adultes s'énervaient contre nous de plus belle quand nous faisions des bêtises. Un jour, alors que je devais avoir dix ans, je jouais à chat sur un toit avec Michael et j'ai essayé de sauter sur une corniche en contrebas pour lui échapper. Mon pied a glissé et j'ai fait une chute de sept mètres sur le sol, me fracturant les deux jambes ; résultat : deux semaines d'hôpital, et plus longtemps encore bloquée à la maison, les jambes dans le plâtre. J'étais enfermée avec papa et il me tardait de retourner à l'école, même si maman essayait d'arranger les choses en venant s'asseoir près de moi sur le canapé ou en me donnant en douce un paquet de chips. Elle s'assurait aussi que je fasse tous les devoirs que l'institutrice m'envoyait, mais c'était difficile, car papa refusait qu'on éteigne la télé, et elle marchait en permanence. Quand j'ai repris l'école, j'étais toujours aussi chahuteuse avec mes frères, et personne ne s'est jamais demandé pourquoi. Peut-être se disaient-ils que nous étions simplement de la mauvaise graine ? Ou qu'ils ne s'intéressaient pas à nous parce que nous leur posions trop de problèmes ? Toujours est-il que personne ne s'est jamais demandé ce qui se passait vraiment derrière la porte de notre maison.

Je ne savais pas pourquoi, mais de nous tous, la bête noire de l'idiot était Michael : c'était toujours lui qui dégustait le plus, car quelque chose chez lui rendait papa encore plus méchant. Pour Michael, les gifles étaient toujours plus fortes et les injures plus cruelles.

— Prends ça, espèce de petit bâtard ! criait l'idiot en le tabassant avec sa canne. C'est bien ce que t'es, hein ? Sûr que t'es pas mon fils en tout cas !

Quoi que Michael fasse, il recevait une raclée. Même si Simon le frappait le premier, c'était Michael qui était puni pour s'être bagarré ; et si nous sortions dans la rue tous les trois et que nous fassions des bêtises, alors c'était lui que l'idiot commençait par corriger. J'étais triste de le voir se faire frapper, mais lui semblait prendre cela à la rigolade : il ne se plaignait jamais auprès de sa petite sœur. J'étais trop jeune pour mettre un mot sur ce sentiment évidemment, mais le fait que je fusse une fille suffisait pour qu'il me cache sa souffrance. Quand Michael a eu un vélo (d'occasion), il faisait monter Simon à l'arrière, mais jamais moi ; quand on regardait un film de karaté à la télé et que j'essayais de reproduire les mouvements comme mes frères, ils se moquaient de moi. Je n'étais qu'une fille, après tout : c'était comme ça.

Papa avait beau détester Michael, si quelqu'un s'avisait d'enguirlander son fils, ça finissait mal. Je devais avoir dix ans quand, un jour, Michael s'est bagarré avec un garçon ; le père du garçon est alors sorti dans la rue pour corriger mon frère. Michael nous a tout raconté en rentrant à la maison. Aussitôt, l'idiot a sorti les épées de samouraï qu'il cachait sous son lit et s'est dirigé vers la porte :

— Ramène-toi, Michael ! a-t-il crié.

Je ne sais pas ce qu'ils ont fait une fois dehors ce jour-là, mais en tout cas, dès qu'ils sont revenus, ils ont caché les épées. Michael a mis la sienne sous un matelas tandis que papa planquait la sienne dans la doublure du canapé. Nous pensions que cela s'arrêterait là. Seulement, un peu plus tard dans la journée, la police est passée, et même s'ils n'ont pas trouvé l'épée de papa, ils n'ont eu aucun mal à trouver l'autre. Une fois les policiers partis, Michael a reçu une bonne correction pour avoir si mal caché l'épée. Quelques semaines plus tard, à notre retour de l'école, papa nous a dit que nous déménagions.

— C'est à cause de votre putain de débile de frère, a-t-il crié en ouvrant la portière du van qu'il avait loué. Je vais aller en taule à cause de lui.

On ne savait pas si c'était vraiment la faute de Michael, car même si la lune était tombée du ciel, papa aurait trouvé le moyen de le lui reprocher. Peu importe ce que Michael faisait, papa s'arrangeait toujours pour l'accuser et commençait à le battre en hurlant. Alors je ne sais pas au juste pourquoi nous avions déménagé cette fois-là – peut-être à cause des ennuis que nous avions avec la police, ou des visites des services sociaux, ou encore d'une idée que papa s'était mise en tête – mais je n'étais pas surprise. Ce n'était pas la première fois que nous déménagions : l'idiot ne cessait de se disputer avec les voisins, et chaque fois, nous chargions nos affaires puantes dans un van avant de tout décharger dans le nouveau logement que la mairie nous avait attribué.

Tout le monde s'est tu et a obéi, rassemblant le fatras et préparant nos affaires. Je n'avais que quelques vêtements à fourrer dans un sac en plastique, mais je m'inquiétais pour Laura. Elle était trop petite pour qu'on la transporte jusqu'à l'autre maison à l'arrière du van.

— Montez ! a aboyé papa.

Je savais que je n'avais pas le choix. J'ai pris Laura dans mes bras et je me suis assise à l'arrière du van parmi tous les vieux meubles fatigués et brinquebalants, en la tenant du mieux que je pouvais. Plus personne n'a parlé tandis que l'idiot se mettait en route et je me suis demandé dans quelle rue nous allions déménager cette fois. Mais à mesure que le temps passait, je me rendais compte que nous laissions la ville derrière nous pour nous éloigner à des kilomètres des lieux où nous avions nos habitudes. Nous savions déjà que notre père n'aimait pas qu'on vienne fourrer le nez dans ses affaires, mais maintenant il cherchait à se défaire du regard toujours plus suspicieux des services sociaux, puis de la police. On dit « loin des yeux, loin du cœur » et c'est vrai : quand on ne vous voit plus, on ne pense plus à vous. Nous avions déménagé dans une autre grande ville anonyme, et de l'eau coulerait sous les ponts avant que les regards suspicieux nous retrouvent.

3

La ville en question était celle où Tracy, l'une des sœurs de papa, habitait avec sa fille. C'est là, entassés comme des sardines dans le deux-pièces de ma tante, que j'ai commencé à entrevoir la raison qui faisait que papa détestait Michael plus que nous.

Tracy avait les cheveux teints et un visage taillé à la serpe. Elle n'aimait pas maman, qu'elle voyait comme une intruse, et une fille coincée ayant beaucoup trop de caractère. Un jour, on m'a expliqué que lorsque maman travaillait à l'usine, une fille avait cherché à l'intimider ; maman ne s'était pas laissé faire et avait menacé de lui couper les cheveux avec une paire de ciseaux si elle ne se calmait pas.

Mais à l'époque où nous avons emménagé chez Tracy, le caractère bien trempé de maman n'était plus ce qu'il était. Elle tentait bien de répondre quand Tracy la cherchait, après qu'ils avaient bu un verre, mais papa lui ordonnait de se taire. Tracy insinuait qu'il s'était passé des choses entre maman et leur frère Pete. Pete était mon oncle et c'étaient ses enfants que maman venait garder à l'époque. Ils n'avaient échangé qu'un seul baiser, avant qu'elle rencontre papa, mais même des années plus tard, il en fallait peu pour remettre le feu aux poudres.

— On me la fait pas ! lançait l'idiot dès que Tracy

commençait à semer la zizanie. Tu baisais Pete derrière mon dos. Ce petit bâtard est pas de moi !

— Bien sûr que si, protestait maman. Michael est tout autant ton fils que les autres.

Mais papa n'en démordait pas.

— Tu mens ! M'obliger à m'occuper de tes mioches pendant que tu baisais avec lui… T'es la pouffiasse de Pete, un point c'est tout. Sa sale pouffiasse !

Peu importe combien de fois maman le lui répétait, l'idiot refusait de la croire. Allongée dans le noir, j'imaginais le sourire sur les lèvres de Tracy tandis qu'elle les écoutait se disputer. Aucun doute : elle adorait semer la zizanie entre eux. La situation n'a fait qu'empirer quand nous sommes partis de chez Tracy pour aller habiter dans un appartement pour sans-abri. Désormais, nous devions plus que jamais marcher sur des œufs. Notre séjour chez Tracy avait encore augmenté la rancœur de papa et il s'emportait maintenant au quart de tour. Il était encore plus méchant envers maman et n'arrêtait pas de la chercher à propos de Pete. Jour après jour, il ne décolérait pas et l'humiliait dès qu'il en avait l'occasion.

— C'est quoi ça ? criait-il quand elle lui apportait une tasse de thé. Il est trop fort, ton putain de thé, espèce de débile !

Maman faisait demi-tour, tandis qu'il hurlait, le visage rouge de colère, sa bouche projetant des postillons.

— Mais bon… qu'est-ce que je peux attendre d'une bonne à rien comme toi ? T'es rien d'autre que la pouffiasse de Pete, hein ?

— Non ! répliquait maman. Il n'y a jamais rien eu entre nous à part ce baiser. Je te l'ai dit et répété.

— Te fous pas de ma gueule ! Je sais ce que t'es : une sale pute ! Et il a fallu que ça tombe sur moi ! T'es qu'une grosse pute que personne d'autre voudrait.

Les cris et les insultes semblaient maintenant empirer, et la nuit, je restais allongée dans mon lit à les écouter. Je me demandais ce qui arrivait à maman et ça me rendait malade. Parfois, elle se levait le lendemain matin avec une lèvre fendue ou des bleus sur les bras, et même si je ne le voyais pas, je savais que papa l'avait battue. J'avais dix ans et j'étais assez âgée pour vouloir la protéger à tout prix. Mais je me rendais compte que je n'étais pas assez forte, alors je faisais la seule chose que je pouvais : je m'assurais qu'aucun de nous ne fasse quoi que ce soit pour contrarier papa, car il devenait encore plus méchant.

Quelque temps après avoir emménagé dans l'appartement, Laura et moi avons fait une grosse bêtise, comme peuvent en faire les enfants. Je ne me souviens plus de ce que c'était, mais cela avait mis papa très en colère.

— À quoi vous jouez ? avait-il hurlé.

Nous avions fondu en larmes, dans l'espoir qu'en nous voyant pleurer, il ne sorte pas la ceinture :

— À rien, papa, je te jure…

— Combien de fois il faut vous le répéter ? Vous pouvez pas vous empêcher de faire des conneries ?

Mon cœur s'est mis à battre la chamade tandis qu'il avançait vers nous, la canne à la main.

— J'en ai ma claque de vous deux, bande de petites connes !

Il a brandi la canne et commencé à nous frapper sur les jambes.

Laura n'avait pas plus de cinq ans ; elle était si petite qu'elle s'est effondrée sous les coups et je criais tandis que le bois matraquait mes cuisses et mes tibias.

— Je veux plus vous voir ! a-t-il aboyé, et nous sommes reparties en titubant.

Quelques heures plus tard, mes jambes me faisaient si mal que je pouvais à peine les bouger. De grosses papules rouges couvraient mes tibias et des hématomes violacés commençaient à surgir sous ma peau pâle. Il avait frappé si fort que maman a décidé de nous emmener à l'hôpital.

— Pour quoi faire ? a-t-il demandé méchamment. Elles vont très bien. Arrête de t'inquiéter pour rien !

— Regarde-les, a insisté maman. Elles ne peuvent pas aller à l'école comme ça ?

En fin de compte, papa nous avait laissées partir, mais pas avant de nous avoir alignées devant lui pour nous dire quoi répondre aux médecins quand ils nous questionneraient.

— Si vous dites autre chose, ils vous placeront et vous reverrez jamais votre mère. Rappelez-vous de ça quand vous serez là-bas !

J'étais terrifiée dans la salle d'attente des urgences. Maman avait donné nos noms et on nous avait conduites dans un box puis emmenées passer une radio. Mes jambes tremblaient pendant l'examen, puis nous avons encore attendu dans une autre pièce. Je regardais mes bleus en me demandant quand je recevrais ma prochaine raclée. En général, c'était Michael qui dégustait le plus, mais personne n'était à l'abri, pas même la petite Laura.

— Il n'y a rien de cassé, a déclaré le docteur à son retour.

— Ah. Tant mieux alors, a dit maman en commençant à rassembler nos affaires.

— Mais… comment est-ce arrivé ? a demandé le médecin calmement.

Je l'ai regardé.

— On est tombées dans l'escalier, me suis-je empressée de répondre.

Ses yeux se promenaient sur mes hématomes. Il s'est tourné vers maman.

— Elles n'arrêtent pas, a confirmé maman. Elles jouent

et elles se font mal. J'étais en train de préparer le dîner quand je les ai entendues dégringoler.

Le médecin nous observait et j'ai su qu'il ne gobait pas nos mensonges. La peur s'est emparée de moi. Allait-il le dire à quelqu'un ? Maman recevrait-elle une raclée en rentrant à la maison ? La police allait-elle revenir chez nous ?

— Eh bien vous devriez faire mieux attention à elles à l'avenir, a-t-il dit en se retournant pour partir.

Maman nous a regardées, Laura et moi, nos jambes couvertes de contusions et nos joues baignées de larmes.

— Rentrons, a-t-elle dit.

Un soulagement m'a envahie : le médecin ne nous avait pas causé d'ennuis et maman ne prendrait pas de raclée. Nous avions été obéissantes et gardé le secret de papa. Maman n'avait rien à craindre.

Je n'aimais pas la nouvelle ville où nous habitions et les gamins à l'école n'étaient pas différents de mes anciens camarades : seules les insultes changeaient.

— Tu pues du cul, la clocharde ! ricanaient-ils. T'es qu'un gros tas !

Dans mon ancienne école au moins, les visages m'étaient familiers et je connaissais les enseignants. Ici, j'étais entourée d'inconnus et nous étions encore moins bien acceptés que dans notre école d'avant. Mais je n'avais pas vraiment le temps de m'appesantir sur tout ça, car quelque temps plus tard, nous avons eu une autre petite sœur et un autre petit frère dont je devais m'occuper. Kate avait environ un an quand nous avons déménagé, et en 1980, peu après que nous eûmes quitté l'appartement pour sans-abri pour emménager dans une maison avec trois chambres, mon plus jeune frère Charlie est arrivé. Nous étions désormais six enfants : Michael, Simon, Laura, Kate, Charlie et moi.

À la seconde où j'ai vu Kate, je l'ai adorée, et pareil pour Charlie. Papa, en revanche, ne semblait pas beaucoup l'aimer, car il était arrivé quelque chose à maman à l'hôpital après l'accouchement, qui l'avait rendu furieux.

— Stérilisée ? l'ai-je entendu crier un jour qu'ils se disputaient. Putain ! T'avais pas ton mot à dire ! C'était à moi de décider !

— Mais c'est les médecins qui ont choisi, a tenté d'expliquer maman. Ils ont dit que six enfants, c'était trop. Je ne suis pas en assez bonne santé pour en avoir d'autres.

— Eh ben t'aurais dû les en empêcher ! Il faut qu'on fasse d'autres mioches. De toute façon, t'es bonne qu'à ça !

Je ne comprenais pas pourquoi papa voulait davantage d'enfants alors que nous étions déjà si nombreux. L'idiot était vraiment furieux, et maman devait être encore plus aux petits soins pour lui maintenant, pour ne pas qu'il s'énerve. En fait, à l'époque où nous avons emménagé dans la nouvelle maison, maman était pratiquement vingt-quatre heures sur vingt-quatre derrière lui : s'il crachait par terre, elle nettoyait ; s'il balançait le mouchoir dans lequel il venait de se moucher, elle le ramassait. Il n'arrêtait pas de faire ce genre de choses, et à peine maman s'éloignait-elle qu'il lui criait de revenir. Si jamais elle montait pour nous calmer, il hurlait ; si elle quittait le salon pour se rendre dans la cuisine, il la rappelait en criant.

— Où tu vas ?

— Préparer le repas des enfants.

— Je veux pas ! Ramène-toi ! Ils peuvent très bien se démerder !

— Mais ils sont trop petits…

— Je m'en fous. Reviens ici tout de suite !

Si elle ne lui obéissait pas, elle ou l'un de nous était puni. C'est pourquoi Michael, Simon et moi nous investissions tant pour nous occuper de nos frère et sœurs plus jeunes. Les garçons aidaient pour faire la cuisine – une tâche particulièrement difficile car nous étions souvent à court de gaz quand nous n'avions plus de pièces à mettre dans le compteur. Parfois, l'idiot nous envoyait dans la rue vendre certains de ses précieux gadgets afin de rapporter un peu d'argent, mais le plus souvent, nous étions tiraillés par la faim. Nous mangions des haricots à la tomate froids et du jambon en boîte, quand nous en avions, autrement nous allions au supermarché du coin récupérer de la nourriture dans les poubelles, ou rapporter des cageots pour les brûler dans le poêle, afin de faire chauffer notre grande casserole en métal sur les flammes. J'avais toujours peur que les petits se brûlent, mais en fin de compte, c'est moi qui ai fini par me brûler un jour, en renversant de l'eau bouillante sur mon pied alors que je retirais la bouilloire du feu. Une belle brûlure…

Mais en général, c'était Michael qui se chargeait de cuisiner. Il s'occupait de nous faire à manger, Simon aidait pour le reste, et j'essayais de faire en sorte que nos chambres et nos vêtements restent relativement propres, et de m'occuper des petits : changer leurs couches et remplir leurs biberons, les calmer la nuit quand ils pleuraient dans leurs lits. Après la naissance des petits, maman n'avait plus le droit de faire que le strict minimum, alors deux mois plus tard, leur lit s'est retrouvé dans ma chambre, et c'était désormais à moi de me lever la nuit pour leur donner le biberon.

Cela dit, j'adorais faire ça, tout comme j'adorais aider ma mère et recevoir les sourires et les câlins de mes frère et sœurs. Ils étaient trop petits pour vivre la peur au ventre comme moi, alors aussitôt les accès de colère de l'idiot passés, ils retrouvaient le sourire. Évidemment, ils piquaient aussi leurs crises de larmes, comme tous les enfants, mais j'adorais m'occuper d'eux, et j'essayais de garder la maison le plus propre possible.

Il n'empêche, je me rendais compte que notre maison n'était pas comme celles que je voyais à la télé : le feu dans la cheminée, le tapis devant l'âtre et les canapés propres et douillets… Mais j'avais beau m'escrimer à nettoyer, la crasse n'a pas tardé à gangrener notre nouveau logement, aussi sûrement qu'elle avait infecté les précédents. Au rez-de-chaussée, il y avait le salon, où papa et maman dormaient ; la cuisine, et la salle de bains, tandis qu'à l'étage, il y avait trois chambres : une pour Michael et Simon, une pour Charlie dans son petit lit, les filles et moi, et une chambre en plus. Nous étions si nombreux sous ce toit que l'endroit est vite devenu un vrai chantier : les vêtements de bébé couverts de taches et de vomi séché traînaient ci et là, les petits s'essuyaient le derrière sur ce qu'ils trouvaient car nous étions souvent à court de papier toilette, et un jour en ouvrant un placard, j'avais trouvé des asticots se tortillant dans de la crotte, au milieu d'une pile de vieux vêtements. Ça ne serait pas la dernière fois hélas. Nous subissions des invasions de puces qui nous piquaient partout : sur les bras, le cou et la poitrine… de minuscules morsures qui avaient fini par s'infecter.

Je rêvais d'habiter une jolie maison propre comme les autres enfants, mais l'idiot ne semblait pas remarquer la crasse : ça ne lui faisait ni chaud ni froid. À vrai dire, il détestait quand maman et moi essayions de nettoyer : il se plaignait de l'odeur de Javel et nous interdisait d'en utiliser. Tout ce qu'il voulait, c'était nous avoir à l'œil à chaque instant, et nous ne pouvions pas quitter la maison sans son accord. Nous sortions à l'occasion pour aller acheter des œufs et des sacs de pommes de terre dans une ferme ; ou bien, trois ou quatre fois par an, nous prenions la voiture pour aller à la campagne : papa nous photographiait, souriant au soleil telle une famille heureuse. Mais la plupart du temps, nous le passions dans notre maison crasseuse ou dans les rues environnantes. Nous n'avions pas les activités des autres enfants : pas de cinéma, pas de balades ni de promenades au parc. Papa nous interdisait de sortir parce qu'il ne voulait pas qu'on fasse des bêtises. Il n'arrivait tout simplement pas à comprendre qu'on n'empêche pas six enfants de faire du bruit, surtout si on ne les laisse pas sortir pour décompresser. Nous devions rester sages comme des images pendant qu'il regardait ses westerns adorés à la télé, et il s'en assurait, à coups de cannes et de cris.

Si nous faisions vraiment trop de raffut, il finissait par nous mettre à la porte en demandant à Michael de garder un œil sur nous. Mon grand frère n'aimait pas traîner avec nous, car à l'époque où j'approchais de mon onzième anniversaire, Michael, lui, n'était déjà plus un enfant. Il commençait à s'intéresser aux filles et à se rebeller. Mais le principal changement dans son comportement était l'indifférence dont il faisait désormais preuve face à la menace d'une raclée. Quand l'idiot s'en prenait à lui, Michael allait simplement s'enfermer dans sa chambre, ou sortait de la maison. Je regrettais de ne pas être un garçon, car Michael était courageux, et son courage lui garantissait une certaine liberté.

Avec la saleté et la puanteur, la télé était la seule autre chose qui ne variait jamais dans la maison : le jour comme la nuit, elle n'était jamais éteinte. Le plus souvent, elle diffusait les westerns ou les films d'horreur que mon père visionnait, affalé sur son lit. Des heures à regarder des cow-boys affronter des Indiens, ou des meurtriers masqués poignarder des femmes hurlantes. Mais en grandissant, j'ai commencé à me rendre compte que les films qu'il regardait la nuit montraient souvent des hommes et des femmes dénudés.

Maman essayait de nous chasser de la pièce quand ces films passaient, mais du peu que j'en voyais, je savais qu'ils ne me plaisaient pas. Les acteurs et les actrices poussaient des cris et des grognements, comme s'ils avaient mal, et parfois la nuit, j'avais peur quand je me réveillais pour aller aux toilettes, car je devais passer par le salon où l'idiot regardait ses films. Alors je traversais rapidement, à quatre pattes, en espérant qu'il ne me voie pas. Je savais que s'il m'apercevait, je risquais de recevoir une bonne gifle sur le coin de la tête.

J'avais onze ans quand mon corps a commencé à se développer ; maman m'a expliqué que j'aurais bientôt besoin d'un soutien-gorge. Je ne comprenais rien à tout cela car je ne connaissais pas encore les choses de la vie. Mais un jour, j'étais allée apporter à papa une tasse de thé pendant qu'il regardait la télé, allongé sur le lit.

Comme toujours, il était en T-shirt. Il ne s'habillait jamais quand il restait à la maison, mais ce jour-là, il avait trouvé la force de se raser à l'aide d'un rasoir, d'un bol et d'un blaireau que maman lui avait apportés. Il n'a rien dit tandis que je me penchais avec son thé (ni trop fort ni trop léger, avec deux sucres). Mais alors que je lui tendais la tasse, j'ai senti quelque chose sur ma jambe, et en baissant les yeux, j'ai vu ses doigts se balader sur ma cheville, comme une araignée, remontant ma peau centimètre après centimètre. Je ne comprenais pas. Papa ne m'avait jamais touchée, sauf pour me battre. Je suis restée paralysée, le cœur battant. J'ai baissé les yeux et regardé ses doigts jaunis de nicotine remonter, toujours plus haut, jusqu'à se glisser sous ma jupe. Ils étaient froids et moites. Soudain, j'ai senti qu'ils tiraient ma petite culotte, puis une brûlure entre mes jambes, comme son ongle rêche me grattait la chair. Je n'osais pas bouger.

— T'as aimé ? m'a-t-il demandé quand il s'est arrêté pour boire une gorgée de thé.

— Quoi ?

— Est-ce que t'as aimé ce que ça t'a fait ?

Je ne comprenais pas. Je ne voulais pas donner la mauvaise réponse, et j'étais malade de peur. Papa me fixait d'un œil impatient. Je ne voulais surtout pas sentir la brûlure de sa main sur mon visage, ni les coups brutaux de sa canne contre mes jambes. Comme il ne parlait plus, je me suis tue moi aussi. Il a approché sa main à nouveau, pour cette fois la faufiler sous mon T-shirt et remonter vers ma poitrine. Les heures passées à soulever des poids devant la télé lui avaient donné des bras puissants ; ses avant-bras étaient couverts de poils noirs hirsutes et ses mains étaient rugueuses. Où était maman ? Lui ferait-il du mal à elle aussi si elle entrait dans la pièce ?

— Je veux savoir si t'aimes ou pas, a demandé papa dans un souffle rauque.

Je n'arrivais pas à parler. J'avais vu les films à la télé ; je savais que c'était quelque chose que les hommes et les femmes faisaient entre eux, mais je n'aimais pas ça. Je suis restée muette et immobile, jusqu'à ce que ce soit fini et que papa reprenne sa tasse de thé en esquissant un sourire :

— Ça sera notre secret, Alice. Personne doit savoir. Je serais très fâché si quelqu'un le découvrait. Compris ?

Il m'a regardée droit dans les yeux en disant cela ; un regard noir et froid, dont je comprenais très bien le message. Papa décidait de tout ce qui arrivait dans nos vies, et il avait trouvé une nouvelle manière de me contrôler. Nous partagions désormais un secret que je ne devais pas dévoiler. Sinon, il me ferait du mal, plus de mal qu'il ne m'en avait jamais fait auparavant.

4

Quelque temps après le déménagement, l'idiot a fini par se rendre compte que maman ne nous battait pas aussi fort qu'il le pensait. On continuait de crier pour faire semblant chaque fois qu'il lui demandait de nous punir – ce qui arrivait souvent car on ne savait jamais ce qui l'agacerait : il suffisait que l'un de nous tape trop fort du pied, qu'un des petits pleure trop bruyamment, ou que son thé ne soit pas à la bonne température, et tout à coup, il balançait sa tasse et se mettait à hurler. J'étais constamment sur le qui-vive, à essayer de prévoir quand il exploserait pour pouvoir mettre Laura, Kate et Charlie à l'abri. Mais parfois, je n'y arrivais pas, et l'un de nous recevait une tasse sur la tête alors que nous détalions de la pièce.

Je ne sais pas comment il s'était rendu compte que maman ne nous battait pas assez fort. Sans doute parce que nous recommencions à faire du bruit la minute d'après, alors que quand c'était lui qui nous corrigeait, nous restions terrifiés et on entendait une mouche voler. Toujours est-il qu'il avait découvert que maman lui désobéissait ; il était entré dans une rage folle. Un jour que nous étions dans le salon, il lui avait demandé de nous corriger. Après qu'elle se fut exécutée, l'idiot l'a dévisagée d'un regard noir.

— C'est pas bon, a-t-il déclaré.

— Comment ça ? a demandé maman.

— Tu l'as pas fait comme il faut. Recommence.

— Mais je les ai déjà disputés.

— Pas comme il faut ! Recommence.

Maman nous a regardés.

— Allez, au lit, a-t-elle dit avec un petit sourire. Je vais passer vous dire bonne nuit.

Je sentais la colère alourdir l'atmosphère. Elle couvait autour de nous tandis que nous nous levions pour nous diriger vers la porte.

— Restez là ! a crié papa. Vous bougerez pas d'ici tant que vous aurez pas reçu votre correction !

Il a tourné son regard noir et dépourvu d'émotion vers maman.

— Fais-le ou c'est moi qui m'en charge, pouffiasse !

Maman n'a rien dit. Depuis qu'elle avait accouché de Charlie, elle avait des problèmes pour aller aux toilettes à temps. Parfois, une auréole se dessinait sur sa jupe. Encore une chose que l'idiot utilisait pour l'humilier. J'avais de la peine pour maman quand j'entendais l'idiot se moquer d'elle, car je savais ce que ses rires et ses moqueries déclenchaient en vous. Ce jour-là, il avait fixé maman dans le blanc des yeux, la défiant de lui désobéir. Je savais que, quoi qu'elle décide, nous allions déguster : si elle ne nous battait pas une seconde fois, il s'en chargerait et ses coups à lui feraient beaucoup plus mal. Et si elle nous battait à nouveau, je savais qu'elle s'en voudrait.

— Allez, grouille-toi, espèce de pauvre merde, a-t-il susurré.

Maman m'a regardée. Elle a hésité un instant. Puis sa main s'est abattue sur mes jambes.

— Pas comme ça ! a soufflé papa. Recommence. Tape plus fort.

Maman s'est retournée vers moi. Les larmes aux yeux,

elle a levé la main et j'ai retenu mon souffle tandis qu'elle frappait, beaucoup plus fort cette fois.

— C'est mieux, l'ai-je entendu dire. Maintenant emmène-les. Je veux plus les voir.

À partir de ce jour, l'idiot surveillait maman chaque fois qu'elle nous corrigeait pour s'assurer qu'elle frappe assez fort. Je n'en voulais pas à maman. Je savais ce qu'elle ressentait quand elle levait la main sur nous. Ce n'étaient pas juste les gros bras de papa ni ses muscles qui l'intimidaient, mais le regard menaçant qu'il plongeait en vous. Maman et moi étions logées à la même enseigne : nous devions lui obéir, et maintenant que papa avait commencé à me faire du mal en secret, à moi aussi, j'avais encore plus de peine en pensant à ce que maman endurait. J'étais la seule à savoir à quel point il était cruel.

Dès lors que papa a commencé à me toucher, il l'a fait de plus en plus souvent. Je revenais de l'école en portant mon uniforme (un pull et une jupe vert foncé) et il me criait de lui apporter une tasse de thé. La panique m'envahissait quand je l'entendais hurler, et mon cœur se mettait à cogner dans ma poitrine tandis que je versais l'eau dans la tasse que j'allais devoir lui apporter. Quand maman était occupée avec les petits, et que Michael était sorti, il m'appelait dans le salon et j'accourais. J'attendais près du lit, tétanisée. Papa buvait son thé, puis balançait la tasse sur le plateau et avançait sa main vers moi. Parfois, tandis que ses doigts remontaient sur ma peau, je fixais les racines de ses cheveux sur son crâne gras, ou bien un point sur la moquette sale, en attendant qu'il ait fini. Je me demandais pourquoi il faisait ça. Je priais pour qu'il arrête.

— Tu aimes ça ? me demandait-il sans arrêt alors que je tremblais de peur, à la fois d'être seule avec lui et à l'idée qu'un de mes frères ou sœurs entre dans la pièce.

Parfois, l'idiot me regardait pendant qu'il me touchait, attendant que je murmure un mot. Mais généralement, il ne faisait pas attention à moi. Lorsqu'il avait fini, il se contentait de me repousser. Écœurée et terrifiée, je montais en courant dans ma chambre et me jetais sur mon lit en essayant d'oublier ce qui s'était passé. Mais plusieurs heures après, je continuais de le sentir sur moi ; ma peau irritée après le passage de son menton râpeux, ma poitrine douloureuse d'avoir été pincée et tiraillée.

Je ne comprenais pas. Étais-je fautive ? Était-ce parce que j'avais commencé à grandir ? Avais-je fait quelque chose de mal pour provoquer papa ? Pourquoi semblait-il si gentil durant ces quelques minutes où il m'appelait à ses côtés ; il parlait tout doucement, par murmures. Était-ce parce que dans ces moments-là, il me trouvait gentille ?

Une partie de moi avait envie de tout dire à maman, mais je savais que je ne pouvais pas. J'avais onze ans, et même si j'étais en proie à la confusion, je sentais la honte brûler en moi. J'avais la certitude que ce que papa me faisait était terriblement mal, et ma conviction s'est renforcée le jour où, en baissant ma culotte, j'ai découvert une tache de sang. Papa me faisait du mal, et ce sang en était la preuve. Mais quand j'en ai parlé à maman, elle s'est contentée de sourire.

— Tu es devenue une femme, m'a-t-elle dit. Et un jour, tu auras des bébés et une famille à toi.

Je l'ai regardée, en rêvant du jour où je m'en irais loin de papa, et où maman pourrait vivre avec nous, comme Michael et moi l'avions promis. Il me tardait que ce jour arrive. Maman et moi n'aurions plus rien à craindre, Michael serait heureux et les petits habiteraient avec nous. Mais j'aurais dû savoir à l'âge que j'avais que les rêves ne se réalisent jamais. Lorsque j'ai commencé à avoir mes règles, papa a trouvé une nouvelle façon de me torturer.

C'était quelques semaines plus tard, en rentrant de l'école, je l'ai entendu m'appeler en criant. Le cœur battant, je suis entrée dans le salon, sachant déjà ce qui m'attendait.

— Va te changer ! a-t-il aboyé.

Frissonnant d'angoisse, je suis montée dans ma chambre. Quand je suis redescendue, l'idiot a regardé mon T-shirt et ma jupe.

— Tu as mis une culotte ?

Papa n'était pas content. Je n'avais pas réfléchi. Je savais pourtant qu'il n'aimait pas que je mette une culotte. J'avais désobéi.

Tandis que je remontais en courant pour me changer, j'ai entendu la porte d'entrée claquer et la maison s'est emplie de silence. Quand je suis redescendue, j'ai demandé à papa :

— Où sont les autres ?

— Je les ai envoyés en courses pour qu'on puisse avoir un peu de temps ensemble, a-t-il répondu, son regard fixé sur moi. Ils sont partis à l'épicerie. Maintenant verrouille la porte !

Je me suis dirigée vers l'entrée, un nœud au ventre. Je ne m'étais encore jamais retrouvée seule avec lui dans la maison. Qu'allait-il me faire cette fois ? Quand maman rentrerait-elle ? J'ai tourné la clé dans la serrure et le pêne s'est engagé avec un cliquetis. J'étais seule maintenant, enfermée avec papa. Je suis retournée près de lui en ravalant mes larmes. Il m'attendait assis sur le lit.

— Allonge-toi, a-t-il dit.

J'ai senti ma gorge se serrer. Il ne m'avait encore jamais demandé de monter sur le lit. Quand il s'est levé, j'ai vu qu'il portait un des T-shirts longs dans lesquels maman dormait ; il était blanc avec un petit ourson sur le devant.

— Soulève ta jupe ! a-t-il ordonné avant de remonter sur le lit.

Il s'est jeté sur moi, m'écrasant sous son poids et m'empêchant de respirer ; il avait la bave aux lèvres. Attrapant brutalement mes bras, il s'est mis à bouger au-dessus de moi. Il empestait la cigarette et je n'arrivais plus à respirer. Je sentais ses mains m'agripper, et son gros ventre qui m'étouffait. Soudain, une douleur atroce a explosé en moi.

— T'aimes ça ? a-t-il demandé d'une voix essoufflée.

Je restais muette tandis qu'il continuait de m'écraser et de me faire mal.

— Tu aimes ? a-t-il répété plus sèchement, et j'ai su ce que je devais répondre.

— Oui, ai-je murmuré.

Lorsqu'il a eu fini, je suis partie m'allonger sur mon lit, les genoux serrés contre ma poitrine, en attendant que la douleur se calme. J'étais toujours cachée à l'étage dans ma chambre quand maman est revenue avec les petits. Le bruit de leurs voix a rempli la maison. J'étais terrifiée. Je savais que maman comprendrait ce qui s'était passé quand elle me verrait. Elle le lirait sur mon visage, aussi distinctement que ma peur. Lorsqu'elle m'a appelée pour manger, je ne pouvais plus me cacher : il fallait que je descende.

— Tu es toute pâle, m'a-t-elle dit en me servant.

Je l'ai regardée dans les yeux, une partie de moi espérant presque qu'elle devine mon secret et m'en libère ; qu'elle comprenne ce qu'il m'avait fait sans que j'aie à lui dire, tout comme je comprenais ce qu'elle subissait sans voir ses hématomes. Mais maman ne semblait rien remarquer tandis qu'elle me servait son ragoût de saucisses baignant dans l'eau.

J'ai pris mon assiette et je suis allée m'asseoir par terre dans le salon, à l'endroit habituel. Levant les yeux, j'ai regardé mes frères et sœurs assis autour de moi : la petite Kate, qui avait alors deux ans, Laura qui en avait six, et Charlie qui était bébé. Il y avait aussi Simon, et enfin Michael, mon courageux grand frère. Je savais qu'à ma place, il ne se serait jamais laissé faire.

— Tu manges ta saucisse, Alice, ou tu me la donnes ? m'a-t-il demandé en souriant.

— Tu peux tout prendre, ai-je répondu en repoussant mon assiette.

— Michael ! l'a grondé maman. Arrête de retirer la nourriture de la bouche de ta sœur.

Michael a planté sa fourchette dans ma saucisse en riant et l'a engloutie. J'ai baissé les yeux vers mes mains recroquevillées. Depuis que papa avait commencé à me toucher, une question n'avait cessé de me travailler : qu'avais-je fait pour mériter ça ? Je connaissais maintenant la réponse : j'étais à coup sûr une bonne à rien, comme il disait, une petite pouffiasse, puisque même les gens que j'aimais le plus au monde ne percevaient rien de ma douleur. Je méritais donc ce qui m'arrivait. Il avait raison. C'était notre secret, et personne ne devait jamais le découvrir.

5

Peut-être cela avait-il du sens pour lui, dans sa logique pervertie, mais je ne comprenais pas pourquoi l'idiot me frappait moins souvent après qu'il s'était mis à abuser de moi. Les autres s'en sont rendu compte, et ils ont commencé à me traiter de chouchoute. J'avais l'impression qu'ils s'éloignaient de moi – ou peut-être était-ce moi qui m'éloignais d'eux ? Toujours est-il que je me sentais seule. J'aurais largement préféré recevoir des gifles et des coups de ceinture plutôt que de subir ce qu'il me faisait quand il envoyait maman et les petits à l'épicerie.

Après avoir verrouillé la porte comme papa me le demandait, j'essayais de trouver une échappatoire tandis qu'il me montait dessus. J'imaginais que j'étais ailleurs : sur une plage, très loin, dans un endroit tranquille et rassurant où personne ne pouvait me faire de mal. Je m'efforçais de faire abstraction de la puanteur de sa peau et j'attendais qu'il ait obtenu ce qu'il voulait, puis je rabaissais ma jupe et sortais du salon.

Il arrivait qu'il me donne de l'argent après.

— Pourquoi tu me donnes ça ? demandais-je.

— C'est pour toi, répondait-il. Mais ne le dis à personne.

Un jour, maman lui avait demandé où se trouvait un billet de cinq livres qu'elle ne retrouvait plus. Je savais qu'il était dans ma poche car il venait juste de me le donner.

— J'en sais rien et je m'en fous ! a-t-il craché. Dégage !

Maman est repartie sans dire un mot.

— Tu veux que je te le rende ? ai-je alors demandé à l'idiot, les doigts enroulés autour du billet.

Je ne voulais pas qu'ils se disputent ou que maman prenne une raclée à cause de moi.

— Non. Va-t'en, a-t-il répondu.

Je m'étais servie de l'argent pour acheter des bonbons aux petits. Mais en les voyant me supplier de leur en payer davantage, j'avais senti quelque chose craquer en moi. Ils étaient si jeunes et si avides d'attention : ils en réclamaient toujours plus. Tout ce que je voulais, c'était rester allongée sur mon lit, loin des bruits, des cris et des rires. Je passais de plus en plus de temps seule dans ma chambre, à l'écart des petits. Je leur disais de se débrouiller. Je m'en voulais d'être sèche avec eux, mais j'étais convaincue que d'une manière ou d'une autre c'était moi qui avais poussé papa à faire ce qu'il me faisait. Il fallait que je me tienne loin des petits car je ne voulais pas qu'il leur fasse la même chose. Mais, chaque fois que je m'allongeais sur mon lit et que j'essayais de faire le vide, tout ce que j'entendais, c'étaient les mots de papa qui résonnaient dans ma tête. « Tu dois parler de ça à personne, compris ? » « Tu le paieras très cher si tu racontes ! » « De toute façon, personne croira à tes mensonges. »

Habituellement, il fallait vingt minutes à maman et aux petits pour aller chercher du pain ou du lait à l'épicerie et revenir. Mais quels que soient mes efforts pour me déconnecter de la réalité, ce qu'il me faisait était bien réel. Parfois, je priais pour que maman se dépêche, mais elle ne pouvait pas, à cause des enfants qui la retardaient. Je restais donc seule avec papa, jusqu'à ce qu'il ait fini et qu'il me dise de déverrouiller la porte, rouvrant ainsi l'accès au monde extérieur.

La plupart du temps, l'idiot nous frappait sur le corps, pour qu'on ne voie pas les hématomes, mais en grandissant, j'ai commencé à remarquer les marques qu'il laissait sur maman. Je devais avoir huit ans la première fois que j'ai vu sa lèvre en sang. Dès lors je notais souvent une coupure sur sa lèvre, un filet de sang coulant de son nez, ou des empreintes de doigts sur ses poignets.

— T'es rien d'autre que la pouffiasse de Pete ! entendais-je papa crier.

— C'est pas vrai, répondait maman en pleurant.

— Bien sûr que si, grosse conne ! Tu sais rien foutre de tes dix doigts. Tu sais même pas faire à bouffer. Hein ? Tu sers à rien.

Quelquefois, évidemment, ses coups laissaient des marques bien visibles, comme ce soir où nous chahutions un peu dans nos chambres. Il nous avait crié de nous taire car il n'entendait pas la télé. Mais les enfants étaient petits et ne se rendaient pas compte. Bientôt nous l'avons entendu monter les escaliers.

— Qu'est-ce que je vous ai dit ? a-t-il rugi en surgissant dans la chambre.

Laura, Kate et moi étions cachées sous les draps. Je les ai prises dans mes bras et nous sommes restées immobiles dans la pénombre. Je l'entendais avancer d'un pas lourd et je reconnaissais le son de sa ceinture qui fouettait l'air.

— Je vous l'ai dit et répété ! hurlait-il en frappant avec sa ceinture de musculation. Fermez vos putains de gueules quand je regarde la télé.

Les coups pleuvaient, sur nos pieds, nos têtes, nos visages. Il frappait à l'aveuglette. J'ai attiré Kate vers moi. Elle était si petite. J'entendais Charlie pleurer dans son lit.

— Et faites taire ce petit bâtard aussi, ou il aura affaire à moi !

La correction terminée, il est ressorti de la chambre, essoufflé par l'effort.

Je ne doutais pas un instant que papa mettrait ses menaces à exécution. Il possédait des couteaux et des épées cachés sous le lit, et gardait un lourd marteau et une hache de guerre indienne près de lui en permanence. Il avait également un couteau à cran d'arrêt, avec une longue lame en pointe, qu'il gardait sous son oreiller, au cas où quelqu'un l'attaquerait. Je ne sais pas où il était allé chercher l'idée qu'on puisse un jour l'attaquer car c'était toujours lui qui frappait, jamais l'inverse, mais en tout cas, il se tenait prêt. Avec le temps, sa fascination pour les armes n'a fait qu'augmenter et il a commencé à amasser toute une collection de couteaux qu'il n'arrêtait pas de nettoyer. Il avait un couteau de Rambo, avec une énorme lame et une boussole dans le manche, des étoiles de ninja et des poings américains, ainsi que deux dizaines de couteaux de jet, comme on les appelle, qu'il enveloppait dans un tissu et rangeait à l'intérieur d'une boîte en métal cadenassée. Après les avoir graissés, il s'entraînait à les lancer l'un derrière l'autre, assis sur le lit, contre une vieille porte qu'il utilisait comme cible. Nous le regardions les lancer à travers la pièce.

— Ramassez-les-moi ! hurlait-il quand il avait fini, et nous nous empressions d'obéir.

Parfois, quand il était en colère, il nous regardait, le couteau à la main.

— Vous feriez mieux de changer de comportement parce que ça va pas se passer comme ça ! disait-il d'un ton sec, et je sentais mon estomac se nouer en voyant la longue lame aiguisée briller près de sa main.

Je crois que c'est pour cette raison que les secrets n'étaient jamais ébruités chez nous. Pendant longtemps, après que papa a commencé à me faire du mal, j'ai espéré que maman l'arrête. Mais quoi qu'il fasse, maman ne semblait jamais se douter de rien. Un jour, en revenant de l'épicerie, elle a trouvé la porte fermée à clé. L'idiot avait mis plus longtemps que d'habitude pour faire ses choses et je n'avais pas eu le temps de rouvrir la porte.

— Pourquoi c'était fermé à clé ? m'a-t-elle demandé quand je lui ai ouvert.

— C'est lui qui m'a demandé, ai-je répondu en me retournant pour ne pas la regarder dans les yeux.

Maman n'a rien dit. Elle s'est contentée d'emporter ses courses dans la cuisine, les enfants la suivant de près : Kate geignant, Charlie pleurant et Laura traînant les pieds.

— Tu peux changer la couche du petit ? m'a-t-elle demandé en me tendant Charlie. Il est trempé et il faut que j'apporte son dîner à ton père.

Elle n'a rien ajouté et j'ai pris mon frère dans mes bras avant de monter à l'étage. Maman ne voulait pas admettre ce qui se passait, et je comprenais pourquoi : elle était terrifiée.

Bientôt j'ai eu douze ans et entre-temps Michael avait bien grandi. Il avait seulement deux ans de plus que moi, mais semblait pratiquement aussi grand que papa à présent. Il refusait de plus en plus de jouer selon ses règles.

— Où t'étais ? criait papa quand Michael rentrait en retard de l'école. T'es censé raccompagner tes frère et sœurs à la maison.

— Je me suis fait coller, rétorquait Michael. Et puis d'abord je suis pas leur foutue nounou.

Une colère noire enflammait le regard de l'idiot tandis qu'il brandissait sa canne devant mon frère. Michael esquivait.

— Reviens ici, petit bâtard !

Mais Michael montait l'escalier en courant ou sortait de la maison pendant que nous détalions.

— Laisse-le, disait parfois maman d'une voix timide.

— Ta gueule ! criait papa. Il habite sous mon toit et tant que ça sera le cas il devra m'obéir.

Mais rien de ce que l'idiot pouvait dire ou faire ne semblait plus effrayer Michael, et papa enrageait. Il était habitué à ce qu'on lui obéisse, car nous étions jeunes et impressionnables. Mais Michael s'était servi des poids de papa pour se muscler, et maintenant, sa force physique semblait avoir augmenté en même temps que sa détermination. Mon frère refusait souvent de lui obéir. Parfois il découchait ou disparaissait plusieurs heures pendant la journée, et l'idiot entrait dans une colère noire qui résonnait dans toute la maison.

— Montez dans vos chambres ! ai-je entendu papa crier, un jour que j'étais dans la cuisine.

Michael venait de rentrer. En sortant de la cuisine, je les ai trouvés tous les deux en train de se disputer. L'idiot empoignait Michael par la gorge et le plaquait contre le mur.

— Non, papa, ai-je hurlé. Laisse-le !

Mais l'idiot refusait d'écouter. Il serrait de plus belle.

— Je vous ai dit de monter dans vos chambres ! Tu veux y avoir droit toi aussi ?

J'ai emmené les petits et nous nous sommes cachés. Je les entendais crier en bas. Puis le silence est retombé dans la maison et Michael est entré dans la chambre. Il avait une marque rouge sur le visage et ses yeux crachaient des flammes.

— Un jour je le tuerai et je me barrerai !

Je crois que c'est pour cela que je n'ai jamais osé dire à Michael ce que papa me faisait. J'étais sûre qu'il essaierait de le tuer, et qu'il le paierait de sa vie. Plus mon frère se rebellait, plus les colères de l'idiot prenaient des proportions incontrôlables : c'était lui le chef, lui seul avait le droit de nous balancer des choses à la figure, de nous battre à tour de rôle ! Mais à présent, plus rien de ce qu'il faisait n'effrayait Michael. La situation avait continué de s'envenimer jusqu'à ce qu'une nuit, Michael découche à nouveau et que papa appelle la police pour qu'elle le ramène à la maison. Ça lui prenait par moments : il appelait parfois la police pour créer des ennuis à quelqu'un avec qui il s'était disputé.

Ce soir-là, j'étais sortie faire des courses et en revenant, j'avais trouvé mon frère adossé à la rambarde de l'escalier et l'idiot se dressant au-dessus de lui.

— Tu crois que tu peux faire ce qui te plaît chez moi ? criait papa. Tu crois que c'est un putain d'hôtel ? (Les veines dans son cou étaient gonflées et il postillonnait.) Tu feras ce que je te dis, espèce de petit merdeux !

Michael essayait de se dégager, les yeux brillants de colère.

— Non ! Je t'obéirai pas, espèce de vieux salaud !

— Raaah ! a fait papa en attaquant Michael avec un balai.

Grognant sous l'effort, il s'est mis à le tabasser.

— Arrête ! a crié maman. Laisse-le tranquille !

Mais papa ne voulait rien entendre. Il frappait Michael avec le manche en bois tout en l'insultant. Derrière moi, les gamins, voyant leur père battre leur frère, se faisaient tout petits. Papa n'arrêterait pas. Cette fois, j'étais sûre qu'il allait tuer Michael afin qu'il ne puisse plus jamais défier son autorité. Je savais que je devais éloigner les petits. Je les ai poussés devant moi et nous avons grimpé l'escalier en vitesse. Mais au moment où nous entrions dans la chambre, j'ai entendu un bruit sec tandis que le manche du balai se cassait sur le dos de Michael.

— Barre-toi, vieux salaud ! a crié mon frère en hurlant de douleur, mais les bruits de lutte et de coups ont continué.

Quelques secondes plus tard, j'ai entendu la porte d'entrée claquer et j'ai couru à la fenêtre. Michael descendait l'allée en courant tandis que papa vociférait, debout sur le seuil.

— Et t'avise pas de revenir, petit bâtard ! C'est chez moi ici et tu remettras pas les pieds dans ma putain de maison !

Je m'étais demandé si cette fois, ce n'était pas allé trop loin. Mais j'étais sûre que non. Michael n'avait nulle part où aller. Et jamais il ne nous abandonnerait ? Il nous avait promis qu'un jour, il nous emmènerait tous loin de l'idiot, alors il ne partirait jamais sans nous. Le reste de la journée s'est poursuivi en silence et personne n'a parlé de Michael. Mais le lendemain, quand je suis entrée dans la cuisine pour aider maman à préparer le thé, j'ai vu que ses mains tremblaient en soulevant la bouilloire.

— Qu'est-ce qui se passe ? ai-je demandé.

— Il ne reviendra pas, a-t-elle murmuré.

— Qui ça ?

— Michael.

Je l'ai regardée. Elle devait forcément se tromper. Michael ne nous laisserait pas. Il finissait toujours par revenir.

— Comment ça ? Bien sûr qu'il reviendra.

— Non, a confirmé maman en se tournant vers moi, les yeux remplis de larmes. Il ne reviendra pas à la maison. Il va aller habiter chez grand-mère Ruby.

— Mais c'est à des kilomètres ! Comment on fera pour le voir ?

— On ne le verra plus.

— Quoi ? Qu'est-ce que tu veux dire ?

— Je veux dire qu'il est parti, Alice, et qu'il ne reviendra pas. Ton père et lui ne peuvent plus se voir en peinture. C'est mieux pour tout le monde qu'il aille habiter ailleurs.

Mon sang tambourinait dans mes oreilles. Je n'arrivais pas à croire ce que j'entendais. Michael ne pouvait pas nous laisser. Il était le seul à tenir tête à papa, il avait promis de s'échapper et de tous nous emmener vivre dans la grande maison qu'il achèterait. Il devait nous sauver.

— Mais… il ne peut pas, ai-je bredouillé en regardant maman.

Elle a baissé la tête.

— Et pourtant si, chérie. Il ne reviendra plus.

J'étais seule désormais.

6

Nous surnommions Kate « Petit Chat ». Elle était petite et maigrichonne, et dès l'âge de cinq ans, elle se débarbouillait toute seule le matin : elle était très indépendante. Kate avait également appris à faire des tresses et adorait jouer avec mes cheveux le soir quand nous étions assises dans notre chambre. Laura, quant à elle, avait un tempérament lunatique : tantôt colérique, tantôt doux, contrairement à Charlie qui, lui, pleurait pendant des heures d'affilée quand il était bébé et qu'il faisait ses dents. Je devais le sortir dans son landau afin qu'il n'énerve pas l'idiot. À l'âge de trois ans, il continuait de boire au biberon et papa les balançait contre le mur parce qu'il voulait que Charlie perde cette habitude. Mais Charlie pleurait si fort que finalement, Simon devait courir jusqu'à l'épicerie au coin de la rue, tard le soir, pour lui en acheter un autre.

Simon avait seulement un an de moins que moi, alors je ne m'occupais pas trop de lui. Il pouvait passer des heures seul dans sa chambre, à désosser de vieux appareils, comme un magnétoscope, avant de les remonter. Quant à moi, j'étais généralement si fatiguée de ma journée passée à courir partout avec les petits, que je n'avais qu'une seule envie : dormir. Mais ce n'était pas évident : Laura et Kate étaient censées partager le grand lit et moi dormir dans celui d'une personne, mais le plus souvent, nous terminions toutes ensemble dans le grand lit, parce qu'elles avaient eu peur en entendant les cris dans le salon et que je devais les rassurer.

Dès qu'il a su marcher, Charlie a commencé à grimper sur le lit à son tour pour nous rejoindre. Je passais la nuit à me lever pour le remettre dans son lit, et quelques minutes plus tard, je le sentais qui revenait discrètement. À la fin, je n'avais plus le cœur de le repousser. Mais je m'assurais toujours qu'il ait réintégré son lit le matin, car l'idiot avait horreur qu'il dorme avec moi.

Après le départ de Michael, je consacrais de plus en plus de mon temps à m'occuper des petits. Maman n'avait pas un moment à elle : elle continuait d'être aux petits soins pour l'idiot. Je m'étais rendu compte que si je m'épuisais suffisamment à courir après les petits, au point de m'écrouler de fatigue sur mon lit, je m'endormais comme une masse et je n'avais pas le temps de penser à Michael. Il me manquait horriblement, même si je savais qu'il n'avait pas eu le choix. En m'occupant des enfants, j'oubliais un peu le chagrin qui me minait, et cela me rapprochait également de maman car je savais que Michael lui manquait aussi. Papa refusait qu'on prononce son prénom, et parfois, quand Michael téléphonait, maman répondait à voix basse. Quand l'idiot réalisait qui était au bout du fil, il disait à maman de raccrocher.

— Je veux pas que tu lui parles ! Il est parti. Bon débarras. Tu le regretteras si je te surprends encore à lui parler.

Maman ne répondait pas. Sa réaction ne m'étonnait pas, car en grandissant, je me rendais compte que papa avait un tas de manières différentes de la contrôler et de l'humilier : il l'obligeait par exemple à rester assise au pied du lit pendant des heures et à lui servir tout ce qu'il lui réclamait sur un plateau, ou il la faisait attendre une heure quand elle demandait une cigarette, avant de la lui jeter à la figure, ou encore il lui disait sèchement de fermer sa gueule. Il agissait avec elle comme un marionnettiste cruel, tirant ses ficelles à sa guise, et je n'entendais jamais un mot gentil sortir de sa bouche. C'était toujours « grosse pouffiasse » par-ci, « pauvre conne » par-là, et la résistance de maman faiblissait lentement, au même rythme que sa santé. À l'époque, outre ses problèmes de vessie dus à ses nombreuses grossesses, maman souffrait de problèmes pulmonaires et prenait un traitement pour la thyroïde.

Maman étant malade et fatiguée, je faisais le maximum pour l'aider : je m'occupais d'elle presque au même titre que des petits. Parfois, quand nous nous retrouvions seules toutes les deux, je lui tirais un sourire en lui racontant la dernière blague des petits, ou bien je lui achetais un cadeau pour Noël et pour son anniversaire du magasin de déstockage. Dans ces moments-là, nous étions comme une mère et une fille normales, et je me sentais prête à tout pour la protéger. Mais la nuit, je pleurais en silence en entendant ses cris étouffés. Maman ne parlait jamais des violences mais je savais que nous partagions la même souffrance : à elle aussi papa faisait du mal quand les portes étaient fermées. Quelquefois, je l'interrogeais sur ses hématomes, et elle me répondait qu'elle s'était cognée dans une porte. D'autres fois, je la trouvais pleurant dans la cuisine.

— Ça va ? lui demandais-je.

— Ça va, ma puce, répondait-elle avec un sourire forcé.

— Tu es sûre ?

— Mais oui. Une bonne nuit de sommeil et ça ira mieux. Allez, aide-moi à préparer le repas, tu veux ?

Mais un jour, papa a perdu son sang-froid et j'ai vu pour la première fois à quel point il devait être violent toutes ces nuits où j'entendais crier. C'était après le départ de Michael. Mon frère avait téléphoné pour nous informer qu'il partait de chez grand-mère Ruby pour s'installer chez une des sœurs de l'idiot. Papa avait pété les plombs.

— Pas question qu'il habite chez ma sœur ! Il s'approchera pas de ma famille. Il a qu'à se démerder.

— Au moins on saura où il est, avait dit maman tout doucement.

— Je m'en branle de savoir où il est ! Et c'est pas tes oignons non plus. Je veux plus entendre parler de lui.

— Mais je veux savoir s'il va bien.

Papa avait fondu sur maman en aboyant :

— Tu oses me répondre ? Pour tout le monde ici, ce petit bâtard existe plus, t'entends ?

Il a levé la main et l'a giflée violemment avant de lui donner un coup de poing dans l'estomac. J'ai regardé avec horreur maman tituber en s'efforçant de reprendre son souffle. Je voulais courir vers elle, empêcher papa de lui faire du mal, mais soudain, il a fait volte-face et m'a crié de dégager. Son regard m'a glacé le sang.

Prise de panique, je suis montée dans ma chambre et me suis jetée sur mon lit, écoutant les cris qui semblaient ne jamais finir. Un moment plus tard, j'ai entendu maman monter l'escalier. Lorsqu'elle est entrée dans ma chambre, son visage était trempé de larmes et j'ai vu une marque rouge sur son visage : la trace d'une gifle.

Je me suis mise à sangloter comme elle s'asseyait près de moi.

— Qu'est-ce qu'on va faire ? ai-je demandé.

Elle a écarté une mèche de cheveux de mon visage et m'a tapoté la main.

— Évite-le, a-t-elle dit.

Sa voix était comme morte. Plus aucun accent chantant, plus aucune chaleur, aucune joie. Une voix sans vie.

— On n'a qu'à aller voir Michael ? On habitera avec lui ? ai-je proposé.

— Michael n'est qu'un enfant, ma puce. Il ne peut rien faire pour nous.

— Mais... il y a bien un endroit où on peut aller. Quelque part. N'importe où... mais pas rester ici.

Maman m'a regardée calmement.

— Où veux-tu qu'on aille ? On n'a personne. Il nous a coupés du monde.

J'ignore si c'était lié au départ de Michael ou s'ils avaient été contactés par ma nouvelle école, mais quelque temps plus tard, les assistants sociaux sont réapparus. Une fois de plus, on m'avait collé l'étiquette de sans-le-sou à l'école, et on me donnait des vêtements propres à porter. Évidemment, l'école a vite compris quel genre d'homme papa était, et je devais leur rendre les habits à la fin de la journée, sans quoi papa les gardait. Je pouvais leur raconter que je les avais perdus, ou leur promettre que je les leur rapporterais le lendemain, jusqu'à ce qu'ils oublient, mais ça ne passait qu'une fois. Papa était si près de ses sous qu'il prenait tout ce qu'il pouvait avoir gratuitement. Je devais même éviter ma prof de cuisine, car chaque semaine, je rapportais à la maison des plats cuisinés à l'école, que papa engloutissait en refusant de s'acquitter des cinquante pennys que nous devions payer pour les ingrédients.

Une fois de plus, j'étais une pestiférée, et les seules amies que j'avais réussi à me faire étaient des jumelles prénommées Lucie et Sarah. Lucie avait été grièvement brûlée dans un incendie étant plus jeune, et on se moquait d'elle comme on se moquait de moi, alors nous nous serrions les coudes. Elle m'acceptait telle que j'étais et je l'acceptais comme elle était. Ses cicatrices étaient extérieures ; les miennes étaient cachées. Lucie devait subir des greffes de peau pour essayer de réparer son visage. Elle m'expliquait que c'était très douloureux et me décrivait les traitements qu'elle avait subis à l'hôpital.

— Pourquoi tu le fais si c'est douloureux ? lui avais-je demandé un jour.

— Pour avoir un corps normal et une vie comme tout le monde, avait-elle répondu.

À ce moment-là, j'ai regretté qu'il n'existe pas aussi un traitement pour me réparer.

À l'école, mes matières préférées étaient les mathématiques et la lecture, mais pour ce qui était d'autres comme la géographie, j'étais découragée par avance. Je ne cherchais même pas à faire d'efforts car après tant d'années à entendre mon père me traiter d'imbécile, j'étais certaine d'être trop bête pour comprendre. Il y avait d'autres matières que je n'avais même pas la possibilité d'essayer, telles que la gymnastique ou la natation, car l'idiot ne voulait pas que je porte de jupe, de short ou de maillot de bain.

— T'approche pas de ces petits cons à l'école, me répétait-il quand nous étions seuls. Si jamais je t'attrape avec l'un d'eux, tu le regretteras.

Maman essayait de le raisonner : il fallait bien que je fasse du sport. Mais il refusait d'écouter. Je n'ai jamais appris à nager, ni à faire de vélo, et j'apportais sans cesse des mots d'excuses à l'école pour être dispensée de sport. En fait, je ne pratiquais aucune des activités des autres filles de ma classe, mais personne ne semblait le remarquer. Parfois, je me prenais à espérer qu'un adulte s'aperçoive que j'étais anormalement renfermée et taciturne, et qu'il cherche à savoir pourquoi. Mais seule une enseignante m'avait demandé un jour si j'avais des problèmes à la maison. Ne la connaissant pas très bien, je lui avais répondu que tout allait bien. Et d'une certaine manière c'était vrai : quand j'étais à l'école, tout allait bien.

Quand j'étais loin de mon père, je pouvais tranquillement rêver que j'étais une infirmière ou une hôtesse de l'air, m'envolant vers des villes dont je lisais les noms dans les livres. Mais sitôt la journée d'école finie, je savais que je redevenais sa chose. Plus je me rapprochais de la maison, plus je sentais se resserrer les chaînes qu'il avait jetées autour de moi.

Chaque soir, je quittais la classe cinq minutes plus tôt et je courais dans les vestiaires retirer les habits que l'école m'avait prêtés afin de pouvoir sortir au moment de la sonnerie. Ensuite, je me dépêchais de rentrer à la maison, sans prendre le temps de bavarder avec Lucie, autrement je savais que l'idiot me demanderait pourquoi j'étais en retard. C'était comme si j'avais une laisse autour du cou : et après le départ de Michael, il n'avait cessé d'en réduire la longueur. De plus en plus, il voulait que je reste à la maison. Là où autrefois, j'avais le droit de sortir, il m'obligeait à rester à l'intérieur. Quand il m'envoyait à l'épicerie, je devais revenir aussitôt et sans faire de détour ; si je voulais sortir m'amuser avec les petits, il m'ordonnait de rentrer. Mon père commençait à construire une prison autour de moi et je ne m'en rendais pas compte. Je n'étais qu'une gamine, et chaque matin, je me réveillais avec une seule idée en tête : pourvu qu'il ne m'appelle pas dans le salon aujourd'hui, et qu'il ne m'oblige pas à monter sur le lit.

Personne d'autre ne semblait avoir remarqué son manège. Pas même l'assistante sociale qui était passée nous rendre visite un après-midi, alors que je rentrais de l'école. La femme qui avait frappé à notre porte ce jour-là ressemblait à une vieille sorcière : un visage sinistre et une tignasse grise. À peine entrée dans notre maison, elle n'avait eu qu'une envie : en ressortir. Elle avait ouvert la porte des toilettes et découvert la crasse qui infestait les lieux (nous n'avions pas le droit de tirer la chasse la nuit). Puis elle avait ouvert les portes de nos chambres et trouvé nos matelas trempés d'urine et nos vêtements tachés d'excréments. Un effluve de pisse et de crotte avait balayé ses narines et elle avait cligné plusieurs fois des yeux, en plaquant sa main contre sa bouche et son nez pour masquer l'odeur.

— Il va falloir que tu donnes un coup de main à ta mère, m'avait-elle dit. Elle ne peut pas tout faire.

L'assistante sociale était restée un quart d'heure à tout casser. Papa était furieux qu'elle nous ait fait des reproches. La femme lui avait dit que la maison devait être nettoyée, alors il était allé acheter du désinfectant au pin et des tampons à récurer, et maman et moi avions dû gratter les saletés sur la moquette. Nous avions sorti les vêtements moisis des placards, balancé les piles de vieux magazines et rassemblé toutes les couches sales que j'avais initialement voulu placer dans un panier mais qui avaient fini un peu partout dans la maison. Nous avions raclé les restes de nourriture sur la moquette, jeté les vêtements tachés dans des sacs plastique et ramassé les sous-vêtements déchirés qui traînaient par terre. Une fois notre besogne finie, l'idiot était venu inspecter notre travail. Il avait ouvert les portes des placards et les tiroirs pour vérifier. En toute honnêteté, je ne savais pas vraiment à quoi ressemblait une maison propre car je n'avais jamais vécu dans aucun logement qu'une personne normale n'aurait pas vu comme insalubre. Alors je crois que notre travail était loin d'être satisfaisant, mais les critères de propreté de papa étaient si bas qu'il aurait pris une porcherie pour un palace : il avait paru satisfait.

— Bon. Faites en sorte que ça reste propre, avait-il dit. Je veux plus que ces connards des services sociaux refoutent les pieds ici.

C'était toujours la même chanson : l'idiot faisait tout pour empêcher quiconque d'entrer dans notre prison, et nous déménagions chaque fois qu'il se disputait trop violemment avec un voisin. Personne n'était jamais assez familier avec nous pour s'intéresser à ce qui se passait derrière notre porte, et j'étais comme tous ces enfants abusés : je pensais mériter les sévices horribles que je subissais semaine après semaine. Personne ne se rendait compte de ma détresse.

Un jour, alors que Charlie avait quatre ans et que j'en avais quatorze, on est venu me chercher dans ma classe pour me demander d'aller récupérer mon petit frère à la maternelle. Je l'avais déposé là-bas un peu plus tôt dans la journée, comme chaque matin, et je me demandais ce qui s'était passé. En arrivant sur place, une dame m'a expliqué que Charlie avait mordu une petite fille indienne, si fort que ses dents avaient traversé le collant pour entamer la chair.

— Il va falloir que tes parents viennent me voir, m'avait dit la directrice. Je crois que nous n'allons pas pouvoir garder Charlie. Il est beaucoup trop turbulent et ingérable. Cette fois, c'est la goutte de trop.

Je savais que Charlie était un enfant difficile. Tout petit déjà, il répétait les gros mots et les jurons qu'il entendait dans la bouche de l'idiot. Après tous les films d'horreur qu'il avait vus à la télé et toutes les scènes de violence réelle auxquelles il avait assisté, il me frappait sans raison et piquait de violentes crises de colère quand il n'obtenait pas ce qu'il voulait. Le reste du temps, c'était un petit garçon adorable, jamais avare de câlins avec maman et moi. Mais chaque fois que nous l'avions dans nos bras, papa nous criait de le reposer par terre.

— Vous voulez en faire une mauviette ou quoi ?

Sur le chemin du retour, je me demandais ce qu'il adviendrait de Charlie. Maman n'avait plus la force de s'occuper de lui à la maison, alors il devrait se débrouiller par lui-même, jusqu'à ce qu'il soit assez grand pour aller à l'école comme ses frère et sœurs.

L'idiot avait été contrarié quand je lui avais expliqué la situation. Le renvoi de Charlie lui posait un problème, alors il avait donné à mon petit frère une bonne correction pour qu'il comprenne qu'il avait mal agi. Mais la minute d'après, il s'était esclaffé :

— Beau boulot, mon petit gars. Tu l'as bien mordue cette sale basanée !

Charlie l'avait regardé, déconcerté. Il ne savait plus s'il avait bien ou mal agi. Il était trop jeune pour comprendre que mon père était raciste ; si raciste qu'il ne voulait même pas mettre les pieds dans l'épicerie du quartier parce qu'elle était tenue par une famille indienne. Pour lui, toute personne qui avait le teint plus foncé que lui était forcément un voleur et il restait toujours dans la voiture quand j'allais à l'épicerie.

Cependant, même si l'idiot s'était amusé du comportement de Charlie, il s'était vite rendu compte que son renvoi nous posait un problème. Aucune autre école ne voulait l'accepter. Alors papa avait trouvé une solution très simple : j'allais devoir aller moins souvent à l'école pour pouvoir m'occuper de mon petit frère à la maison. Il tenait l'excuse parfaite pour me maintenir loin du seul endroit où je risquais de me faire des amis et de briser l'emprise qu'il exerçait sur moi. L'école était ma seule échappatoire, et maintenant il avait trouvé le moyen de m'en éloigner : si quelqu'un demandait, il n'avait qu'à répondre qu'on avait besoin de moi à la maison. Ma mère était malade et je devais m'occuper de mon petit frère.

Dès lors, je restais pratiquement vingt-quatre heures sur vingt-quatre à la maison, excepté quand il me laissait sortir à l'occasion pour voir une voisine, Mme Smith, dont la fille était en fauteuil roulant, ou pour aller en classe, une fois de temps en temps. Si je restais à la maison le matin, j'allais parfois à l'école l'après-midi, ou bien si j'avais sport l'après-midi, je rentrais directement à la maison à midi. Les professeurs me donnaient des devoirs à faire et je savais que je n'aurais même pas le temps d'y jeter un coup d'œil car j'étais trop occupée à surveiller Charlie. Les seuls moments où je n'avais pas à m'en occuper, c'était quand papa l'envoyait à l'épicerie avec maman, et que je devais le rejoindre dans le salon pour lui donner ce qu'il voulait. Ce qui autrefois se produisait deux fois par mois se répétait maintenant au moins une fois par semaine. Je ne me rebiffais jamais, je ne lui résistais pas, je ne disais jamais rien quand l'idiot exigeait un rapport sexuel, mais je vivais bel et bien cela comme un viol. Un viol répété.

Tout ce que je voulais, c'était être pareille aux autres gamines de mon âge : aller à l'école et passer du temps avec mes amies. Mais je savais que je n'étais pas comme mes camarades, et bientôt j'ai commencé à accepter que je ne le serais jamais. J'ai cessé de rêver d'une vie normale. Chaque fois qu'il me touchait, papa m'éloignait toujours plus de ce rêve. Je n'étais qu'une enfant, mais à cause de lui, je me sentais sale et abîmée, tel un vieux chiffon dont personne ne veut plus. Il me coupait toujours plus du monde extérieur. Autrefois Mme Smith m'invitait parfois à venir prendre le thé chez elle, mais aujourd'hui il ne la laissait même plus franchir le seuil. Les seuls moments où je côtoyais des personnes normales, c'était quand il m'envoyait à l'épicerie avec une liste de courses, mais même là, je devais faire l'aller-retour sans m'attarder.

Maman ne sachant pas très bien écrire, c'était moi qui rédigeais la liste à sa place : du pain, du lait, un paquet de Woodbines[1] pour elle et de cigarillos pour lui. Parfois, elle me demandait d'acheter en douce cent grammes de raisins secs au chocolat, et j'écrivais deux cents grammes, pour être sûre que nous en ayons tous.

Ensuite, je courais jusqu'à l'épicerie avec la liste, et l'épicier me notait sur un bout de papier ce que nous lui devions. Ainsi, papa ne se rendait jamais compte que j'avais ajouté quelque chose à la liste, et que nous achetions des friandises en douce. Une fois rentrée, je donnais discrètement les raisins secs à maman et elle les cachait dans un placard de la cuisine ou dans le lave-linge. Plus tard, quand les coups de feu et les cris de cow-boy résonnaient dans le salon, ou les gémissements d'hommes et femmes nus, et que papa était scotché devant la télé, maman me glissait les confiseries dans la main.

— Donnes-en à Laura, Kate et Charlie, me disait-elle. Et n'oublie pas Simon.

Cachant les raisins secs chocolatés dans ma main, je retraversais le salon. Papa avait condamné une des portes de la cuisine, afin que personne ne puisse y entrer ou en sortir à son insu. L'idiot voulait savoir en détail ce que nous mangions et buvions. Fourrant ma main dans ma poche, je passais lentement devant le lit avant de courir à l'étage, et il ne remarquait jamais les friandises cachées dans ma main.

C'était bon de pouvoir faire une chose à son insu – aussi minime soit-elle. Mais il avait tout de même dû percevoir quelque chose dans mon comportement, tel un chien reniflant un os, car bientôt, il a commencé à me chronométrer quand j'allais à l'épicerie.

---

1. Marque de cigarettes anglaise très populaire et généralement sans filtre.

— Qu’est-ce qui t’a pris si longtemps ? râlait-il quand je rentrais.

— Rien, répondais-je.

— Alors qu’est-ce que tu foutais ?

— Je suis allée à l’épicerie et je suis revenue.

— Tu mens !

— Non.

— Si tu mens, putain. T’es partie vingt-cinq minutes. Ça prend pas aussi longtemps. À qui t’as parlé ? T’étais en train de faire du gringue à ces petits connards de ton école ?

— Non. J’ai parlé à personne.

— T’as intérêt. Parce que si je t’attrape à leur parler, tu vas comprendre ta douleur. Je t’ai dit de pas fréquenter ces petits cons ! Compris ?

— Oui, papa.

— Alors qu’est-ce que tu foutais ?

— Rien, je te jure.

— Eh ben la prochaine fois que t’es en retard, tu t’en prends une !

Ce jour-là, j’ai compris qu’il vérifiait l’heure sur la pendule au mur chaque fois que je partais pour l’épicerie. J’avais quinze minutes de marche, plus cinq minutes pour acheter les articles de la liste. Si j’en mettais une de plus, j’avais des ennuis. Mais j’avais beau revenir chaque jour à l’heure, il a bientôt trouvé un autre prétexte pour être méchant.

— Où est ma monnaie ? a-t-il demandé un jour.

J’étais revenue de l’épicerie en courant car il y avait eu la queue et j’étais essoufflée. Mon cœur cognait dans ma poitrine tandis que j’attendais devant son lit. Allongé en maillot, il avait aboyé une série de questions :

— La voilà, ai-je dit en lui déposant les pièces dans la main.

— Il manque une livre.

— Ça se peut pas.

— Je te dis qu'il manque une livre, putain ! Où elle est ?

— Je sais pas.

Il m'a fixée en silence d'un regard comminatoire.

— Elle a dû tomber de ma poche, ai-je répondu rapidement.

Sa lèvre s'est retroussée avec amertume.

— Espèce de sale petite menteuse. T'as tout dépensé. Avoue !

L'idiot s'est levé du lit et s'est penché vers moi. Approchant son visage tout près du mien, il a inspiré à fond, son gros nez touchant presque ma bouche. Son odeur nauséabonde me donnait la nausée.

— T'as acheté des bonbecs ? a-t-il demandé.

Je l'entendais renifler, flairer mon haleine pour tenter d'y déceler un indice.

— Non, papa. J'ai pas acheté de bonbecs. Promis. Elle doit être tombée de ma poche.

Il s'est reculé et m'a regardée.

— Alors retourne-les si t'as rien à cacher.

J'ai retourné les poches élimées de ma veste. Elles étaient vides.

— Enlève tes chaussures et tes chaussettes, a-t-il ordonné sans détacher les yeux de mon visage.

Il n'y avait rien là non plus : je ne lui cachais rien. Jamais je n'aurais osé. Mais il n'était toujours pas satisfait : il tenait coûte que coûte à m'intimider et ne voulait pas céder.

— Eh bien magne-toi de refaire le chemin inverse avec tes frères pour retrouver mon fric, a-t-il dit en se rasseyant.

J'ai senti une nausée me serrer la gorge. Jamais je ne retrouverais son argent. Les gamins du coin l'avaient probablement ramassé sitôt qu'il était tombé de ma poche.

Mais je devais lui obéir. J'allais devoir passer le reste de la journée à ratisser les trottoirs avec mes frères, pétrie de peur en imaginant sa réaction quand je rentrerais les mains vides.

— T'amuse plus à me perdre mon fric ! a crié papa à mon retour en me donnant une violente gifle. Dégage ! Je veux plus te voir.

Je suis sortie du salon. Avant ce jour, j'essayais parfois de lui grappiller un peu d'argent afin de réussir à m'échapper, mais je savais désormais que je ne pourrais plus lui subtiliser une seule pièce. Je pouvais dire adieu à mes plans.

Parfois, papa se protégeait quand il abusait de moi, mais lorsque j'ai eu treize ans, il a décidé que je devais prendre la pilule. J'ai arrêté juste avant mon quinzième anniversaire car cela me donnait de violents maux de tête. Mais même si j'en avais appris un peu plus sur les choses de la vie à l'école, personne ne m'avait jamais expliqué ce qui se passait en moi. Dans les premiers temps, je me demandais si les autres filles faisaient également ça en secret avec leur père. Je savais maintenant que non, et pour cette raison, j'étais certaine que je ne pourrais jamais tomber enceinte : une fille ne pouvait pas donner naissance à l'enfant de son propre père.

Mais au fond de moi, je n'en étais pas moins terrifiée. Même dans mes pires cauchemars, quand je voyais le visage de papa s'approcher de moi et que je sentais son haleine sur ma peau avant qu'il me cloue au lit, je n'aurais jamais pu imaginer ce qu'il attendait de moi. J'avais beau me voiler la face, ma peur était toujours présente, et bientôt, mes règles se sont interrompues pendant plusieurs mois d'affilée. Les médecins m'ont fait passer des examens et ont déclaré qu'il n'y avait aucune explication physiologique, alors ils ont mis ça sur le compte du stress.

Rétrospectivement, je crois que mon corps essayait de m'empêcher de donner à l'idiot ce qu'il voulait, cette chose qui me terrifiait. Mais à l'époque, je ne m'en rendais pas compte. Il n'y avait tout simplement rien que je puisse faire pour l'empêcher de coucher avec moi chaque fois qu'il en avait envie. Si j'étais à l'étage et qu'il n'y ait soudain plus aucun bruit dans la maison, ou que je m'occupais de Charlie et que j'entende maman demander aux petits de mettre leurs manteaux pour sortir, je savais ce qui m'attendait avant même de l'entendre m'appeler. Aussi sûrement que le soleil se lève chaque matin, ma vie suivait une routine toute tracée.

7

Et puis un jour, le sol s'est dérobé sous mes pieds et les ténèbres m'ont engloutie.

— Alice ? a dit une voix.

En ouvrant les yeux, j'ai vu maman. Elle tenait un gant humide au-dessus de ma tête.

— Qu'est-ce qui s'est passé ? ai-je demandé en levant les yeux.

Aussitôt, j'ai été prise d'un tournis.

— Tu t'es évanouie, m'a répondu maman en posant le gant sur mon front. Reste allongée une minute et je t'aiderai à te relever. Je crois que tu t'es cogné la tête contre le coin de la cheminée en tombant.

Je me suis redressée et j'ai regardé autour de moi. Ma tête me faisait mal. Je ne me souvenais plus de ce qui s'était passé. Un instant tout allait bien, et l'instant suivant, c'était le noir complet.

— Qu'est-ce qu'elle a encore trouvé pour nous emmerder ? a râlé papa depuis son lit.

— Elle s'est évanouie. Mais je vais la conduire à l'hôpital : elle s'est cogné la tête.

— Bon, eh ben magnez-vous parce qu'on va pas tarder à manger !

Maman m'a conduite à l'hôpital et nous avons attendu que les médecins me fassent passer des examens.

— Tu manges suffisamment ? m'a demandé maman pendant que nous patientions. Ça vient peut-être de là. Ces derniers temps, tu sautes souvent des repas.

— Je vais bien, ai-je répondu.

Nous avons attendu que le médecin revienne.

— Y a-t-il quelque chose que tu voudrais dire à ta mère ? a-t-il demandé en me regardant d'un air sévère.

J'ai eu soudain très peur.

— Il est temps de lui avouer la vérité, a-t-il continué sèchement.

Les pensées se bousculaient dans ma tête. Savait-il pour papa ? Avait-il deviné rien qu'en m'examinant ? Une bouffée de honte m'est montée au visage comme maman se tournait vers moi. Je savais que je ne pouvais pas lui dire. Ce serait beaucoup trop lourd à supporter. Elle n'était pas assez forte.

— Alice ? a dit maman.

Je fixais le médecin sans répondre.

— Votre fille est enceinte, a-t-il dit.

Le sol s'est mis à tanguer sous mes pieds. J'ai été prise d'un nouveau tournis. C'était impossible. Ça ne pouvait pas arriver. Je ne pouvais pas porter un bébé. Son bébé. C'était inconcevable.

— Non, ai-je murmuré tandis qu'une nausée montait dans ma gorge. C'est pas possible.

J'avais envie de quitter la pièce en courant, loin de ces yeux qui me dévisageaient et qui cherchaient à percer des secrets que jamais je ne pourrais dévoiler.

— Et pourtant si, jeune fille. Et je suis sûr que tu sais très bien comment c'est arrivé, même si tu n'as que quinze ans.

La voix du médecin avait pris un ton sévère et accusateur, son regard me transperçait tandis que je restais assise là, figée comme une statue, le cœur battant, une tempête d'interrogations se déchaînant sous mon crâne. On me bombardait de questions mais je demeurais sans voix.

— De quand datent tes dernières règles ? As-tu des nausées le matin ?

Je continuais de fixer le médecin.

— Mais… je n'ai rien fait.

Mes paroles semblaient seulement augmenter sa colère.

— Allons, jeune fille. À qui veux-tu faire croire ça ?

Maman m'a regardée.

— Qu'est-ce que c'est que cette histoire, Alice ? Qui est le père ?

— Un garçon de l'école, ai-je bafouillé.

Maman s'est levée en enfilant son manteau.

— Je crois qu'il vaut mieux qu'on rentre, a-t-elle dit avant de remercier le médecin et de me pousser vers la sortie.

— Oh, Alice, a-t-elle dit une fois dehors. Qu'est-ce qu'on va dire à ton père ? Tu m'avais promis d'attendre. Tu m'avais juré que tu ne ferais pas de bêtises. Qu'est-ce qu'il va faire en apprenant ça ?

Je ne savais pas quoi répondre, comment expliquer cette créature qui se développait en moi. J'étais trop jeune pour avoir un bébé. Je ne pouvais pas laisser grandir en moi la preuve de la fille indigne que j'étais.

Une fois rentrée, maman a annoncé la nouvelle à l'idiot qui s'est aussitôt mis en colère.

— Mais comment c'est arrivé, bordel ? Qu'est-ce que t'as fabriqué, espèce de petite pute ?

Mais en même temps qu'il criait, je voyais un petit sourire se dessiner au coin de sa bouche. Je ne comprenais pas. Il semblait content. Trouvait-il ça drôle ?

— Qu'est-ce que le toubib a dit ? m'a-t-il demandé plus calmement, une fois maman sortie de la pièce.

— Comme maman a dit. Que j'étais enceinte.

— Non. À propos du père ?

— Rien. Je lui ai rien dit.

Papa m'a regardée d'un air étrange.

— Qu'est-ce que je vais faire ? murmurais-je.

Il s'est approché de moi et a déclaré tout bas :

— C'est rien. Ça va aller.

J'ai levé les yeux, interloquée. Comment est-ce que ça pouvait aller ? Je portais son enfant ! Le bébé de mon père.

Les questions se bousculaient dans ma tête. Je me demandais ce qu'il entendait par là. Puis soudain j'ai compris. J'avais entendu parler de l'avortement : on pouvait se faire avorter quand on ne voulait pas de bébé. Papa allait-il m'aider ?

— Ta mère et moi, on va s'occuper de toi, a-t-il dit, et j'ai senti ma gorge se serrer tandis que ses yeux me détaillaient. On va t'aider. Ça va bien se passer.

Je l'ai regardé, tentant de décrypter le sens de ses paroles. Un froid glacial m'a traversé le corps de la tête aux pieds.

— Je ne peux pas avoir ce bébé, ai-je murmuré. Tu sais bien pourquoi.

Il m'a dévisagée en plissant les yeux, sans se départir de ce petit sourire bizarre.

— Bien sûr que tu peux, a-t-il répliqué. Et c'est ce que tu vas faire.

J'étais abasourdie quand j'ai compris ce que papa voulait me forcer à faire. Je me suis refermée comme une huître pour me protéger de l'horreur de ma situation. Cette chose en moi n'était pas un bébé, juste une créature dont je voulais me débarrasser plus que tout. J'aurais fait n'importe quoi pour ça. Dès que je pensais à ma grossesse, un dégoût sans nom m'emplissait et j'envisageais même de m'enfoncer un objet pointu à l'intérieur, ou de me jeter par la fenêtre, pour me tuer et tuer en même temps ce qui se développait en moi. La nuit, je priais dans mon lit en écoutant les enfants respirer. Peut-être que si je priais suffisamment fort, il ferait en sorte que le bébé ne vienne pas au monde. Il ne pouvait pas venir au monde.

Mais comment empêcher cela ? Papa me surveillait d'encore plus près désormais : il ne me lâchait pas d'un œil. Il insistait pour que je boive parce qu'il pensait que cela calmerait mes nausées matinales. Mais je savais que rien ne pourrait les calmer tandis que je m'accroupissais pour vomir : mes nausées n'étaient pas liées à ma grossesse ; elles étaient la manifestation physique de mon dégoût. Je me sentais comme un animal en cage sous le regard inquisiteur de papa. Je me sentais seule. Je savais que maman était fâchée contre moi, même si elle ne criait pas. Elle ne cessait de poser des questions auxquelles je ne pouvais pas répondre.

— Comment as-tu pu faire une telle bêtise, Alice ? Tu le vois toujours ? Comment s'appelle-t-il ? Il faut le mettre au courant. Il est aussi responsable que toi.

Je lui répétais que c'était un garçon plus âgé qui avait quitté l'école et que j'avais perdu de vue, mais elle continuait de me questionner. Un jour, l'idiot a fini par lui dire de me laisser tranquille.

— Tu vas la fermer avec tes questions ? Fous-lui la paix ! Ce qui est fait est fait !

Je suppose qu'il s'attendait à ce que je sois reconnaissante. Il avait même arrêté un temps de coucher avec moi et de me frapper depuis que j'étais enceinte, mais cela me terrifiait encore plus, car je sentais qu'il était heureux. Je n'avais jamais éprouvé ça auparavant : mon cœur cognait dans ma poitrine quand je songeais à ce que je m'apprêtais à faire et j'avais envie d'arracher la créature dans mon ventre pour l'empêcher de naître. J'avais tellement peur que maman apprenne la vérité, qu'elle comprenne que je l'avais trahie en laissant papa me toucher, que la police découvre ce que j'avais fait. Mais surtout, j'avais peur que mon bébé naisse.

— On va avoir un autre petit… répétait l'idiot en me regardant depuis son lit. Comment tu te sens aujourd'hui ?

Je ne pouvais pas répondre parce que je ne savais pas. C'était comme si je visionnais la vie de quelqu'un d'autre, ou que je faisais un cauchemar dont je n'arrivais pas à me réveiller. Étais-je une si mauvaise fille pour qu'une chose aussi terrible m'arrive ? Je haïssais la créature qui grandissait en moi, à tel point que j'avais envie de mourir.

Par moments, je voulais me confier à quelqu'un. Mais qui croirait que mon propre père m'avait fait ça ? Il m'avait toujours répété que j'aurais des ennuis si je racontais notre secret. Alors qu'arriverait-il maintenant que je portais son bébé ? Je pensais aussi à me sauver. Mais où aller ? Et qu'arriverait-il aux petits ? Je ne pouvais pas les prendre avec moi car ils étaient trop nombreux, ni les laisser eux et maman avec lui.

Ma vie poursuivait donc son cours normal : chaque matin, je réveillais mes frères et sœurs et leur préparais leur petit déjeuner (pain et margarine) avant de les emmener à l'école. Certains jours, j'allais alors en classe, tandis que d'autres, je revenais directement à la maison et passais le reste de la journée à l'intérieur, avant de retourner les chercher le soir. Chaque jour, je me sentais un peu plus prisonnière ; prisonnière du bébé aussi bien que de papa, et mon seul espoir était de le perdre. Plusieurs semaines se sont écoulées avant que je me réveille un matin en découvrant que je saignais.

— Ça arrive parfois quand une femme est enceinte, m'a expliqué papa. Je suis sûr qu'y a pas de quoi s'en faire.

Mais quand maman m'a emmenée aux urgences, on m'a dit que j'avais perdu le bébé. Un soulagement s'est mêlé à ma confusion. Quand nous sommes rentrées, maman a rapporté la nouvelle à l'idiot.

— Qu'est-ce que t'as foutu, putain ? m'a-t-il crié plus tard.

— Rien. Je me suis réveillée et je saignais. Le docteur a dit que ce n'était pas ma faute.

— Tu dois bien avoir fait quelque chose. T'as trop gigoté ? Ou t'as pris un bain trop chaud ? Qu'est-ce que t'as fabriqué ?

— Rien. J'ai rien fait.

— Tu veux dire que t'as pas fait exprès de perdre le bébé ?

— Non, papa. Bien sûr que non.

— Alors t'es carrément conne. Même pas bonne à porter un mioche. T'es une bonne à rien en fait. Juste une grosse pouffiasse inutile.

Je me suis retournée et suis partie sans répondre. Je ne comprenais pas pourquoi papa redevenait si méchant après s'être montré si gentil. Mais il avait raison : j'avais souhaité la mort de ce bébé, et j'étais contente de l'avoir perdu.

Comme je tournais la poignée de la porte pour sortir, j'ai senti sa main se poser sur mon bras.

— T'en fais pas, a-t-il murmuré. Peut-être que t'es trop jeune et que ton corps est pas prêt.

Je l'ai regardé en me demandant si ces mots gentils allaient être suivis d'une gifle ou d'un coup de pied. Je savais qu'il était en colère contre moi et qu'il ne me pardonnerait pas aussi facilement.

— On va attendre encore un an, a-t-il dit en se rapprochant.

— Comment ça ? ai-je demandé naïvement.

— On va laisser passer un an, a-t-il répété. Et puis on réessaiera…

Mon sang s'est figé dans mes veines. Il ne s'agissait pas d'un accident. Il ne comptait pas faire attention afin que ça ne se reproduise pas. Papa avait voulu ce bébé, et il ne reculerait devant rien pour m'en faire un autre.

8

Quelques semaines après ma fausse couche, j'ai quitté l'école juste avant mon seizième anniversaire, sans même passer mon examen. J'aurais aimé y rester, mais je savais que je ne l'aurais pas obtenu, même si je l'avais passé, à cause de mes absentéismes répétés. En outre, maman avait besoin de moi à la maison et papa m'avait dit que je devais déposer une demande d'aides sociales afin de faire rentrer davantage d'argent dans les caisses. Je me sentais toujours plus prisonnière, enfermée derrière les quatre murs de mon monde où mon père faisait la loi. J'avais envie de mourir, de laisser la tristesse qui m'emplissait m'engloutir à jamais. Peu après ma fausse couche, j'avais avalé une poignée d'antalgiques qu'on m'avait prescrits pour mes migraines, mais je m'étais simplement réveillée quelques heures plus tard avec une bonne nausée.

Personne n'entendait mes prières, alors je devais continuer cette vie vaille que vaille, car les petits avaient besoin de moi. Que deviendraient-ils si je disparaissais ? Même si je ne pouvais pas les protéger de la ceinture et de la canne de papa, je pouvais au moins sécher leurs larmes quand il les battait, leur murmurer des paroles rassurantes quand ils avaient peur, et les serrer contre moi la nuit. Maman et moi étions tout ce qu'ils avaient, et elle aussi avait besoin de moi d'ailleurs, presque autant qu'eux. Mais mon désespoir avait néanmoins besoin d'un exutoire : alors j'ai commencé à me taillader les bras et les jambes au rasoir. Quand le sang coulait sur ma peau, il me semblait que la douleur disparaissait aussi. Je ne pouvais m'empêcher de penser au bébé. Qu'avais-je fait pour mériter cela ?

Je vivais de plus en plus dans l'ombre, et le désir de l'idiot de me contrôler allait croissant. Je n'avais plus le droit d'acheter mes propres habits : il les choisissait pour moi et je devais porter les mêmes leggings, jupes ou pantalons de survêtement informes que maman. Plus tard, il m'a obligée à me couper les cheveux à sa manière, et à me faire des permanentes afin que je lui ressemble. Je n'avais même plus le droit de choisir mes sous-vêtements, et mes soutiens-gorge comme mes hauts étaient toujours trop grands : jamais rien de trop serré ni de trop court.

Petit à petit, mon père me façonnait comme il avait façonné maman : il usait de la terreur pour me plier à ses quatre volontés. Quelquefois, j'essayais de me refuser à lui en prétendant que j'avais mes règles, car à ce moment-là il ne me touchait pas. Mais je ne pouvais jamais le repousser bien longtemps car il devenait de plus en plus méchant quand il n'avait pas ce qu'il voulait. Si je me refusais à lui, il était violent envers maman et les petits : il savait que faire du mal aux gens que j'aimais était la meilleure façon de me contrôler. « C'est quoi cette merde ? » criait-il à maman quand elle lui apportait son dîner. Ou il hurlait : « Ce thé est froid ! » avant de lui jeter la tasse à la figure.

Implicitement, il me faisait comprendre que si je me refusais à lui, tout le monde en souffrirait, et je me sentais alors coupable. Les petits avaient beau hurler et pleurer, l'idiot continuait de leur faire tout ce qui lui passait par la tête, et c'était pire quand je le mettais en colère. Au final, le plus simple était de me laisser faire quand il enfonçait ses doigts dans mon bras et attirait mon visage près du sien.

— Tu feras ce que je te dis ! grondait-il. Maintenant enlève ta culotte et va te laver !

Je n'avais pas le choix : si je n'obéissais pas, il s'en prenait aux autres, alors j'allais le rejoindre dans le salon dès qu'il avait envoyé maman et les petits à l'épicerie. Je me sentais comme morte tandis que je m'allongeais sur son lit sale et qu'il m'humiliait. Je fixais les motifs du papier peint : une grande feuille, marron au centre, avec des petites feuilles vertes autour. Durant des minutes interminables, je visualisais des images dans ma tête, traçant les contours des motifs, suivant les raccords jusqu'au pied du mur ; puis je relevais les yeux et je recommençais. Je voulais sortir de mon propre corps le temps qu'il fasse ses affaires, et après ma fausse couche, j'ai appris à déconnecter mon esprit. C'était comme éteindre une lumière. Tout devenait noir jusqu'à ce qu'il me dise que je pouvais sortir : je savais alors que c'était fini. Quelques mois après ma fausse couche, j'ai dû retourner chez le médecin car je faisais des crises de somnambulisme. Je sortais de mon lit la nuit et déambulais dans ma prison en criant et en gémissant. Le médecin m'a prescrit des calmants, mais à aucun moment il ne s'est demandé pourquoi une jeune fille de seize ans faisait des crises d'anxiété – pas plus que les enseignants ou les assistantes sociales n'avaient cherché à connaître ma vie. Je me sentais invisible, à la fois parce que mon père m'isolait du monde extérieur, mais aussi parce que personne ne semblait voir que j'existais.

Rien ne se mettait en travers des plans de papa. Quand Simon a quitté l'école, un an après moi, papa s'est arrangé pour qu'il travaille comme livreur de journaux afin qu'il ne reste pas toute la journée avec nous. J'étais enfermée à la maison à m'occuper des petits et bientôt, j'ai commencé à percevoir des aides sociales, comme papa l'avait programmé. Chaque semaine, j'allais toucher mon argent et papa me prenait jusqu'au dernier penny. Tout ce que je percevais lui revenait, et quand les petits étaient à l'école, que Simon était sorti faire ses livraisons et que maman était à l'épicerie, il me forçait à coucher avec lui. Je me demandais parfois s'il finirait par se lasser de me faire du mal et s'il arrêterait alors. Mais ce jour n'arrivait pas, et je voyais dans son regard qu'il n'arriverait jamais. J'avais le sentiment d'être telle qu'il le disait : bonne à rien, inutile, mauvaise jusqu'à la moelle. Il fallait forcément que je le sois pour subir un tel sort. Les filles de mon école ne vivaient pas mon calvaire. J'avais certainement fait quelque chose pour le mériter.

Parfois maman trouvait la porte de la maison fermée en revenant, parce que j'étais encore avec papa, mais ni elle ni moi ne disions rien quand je venais lui ouvrir. Si les petits étaient avec elle, ils râlaient parce que j'avais tardé, mais jamais personne ne me demandait pourquoi la porte était fermée à clé. Je crois que tous acceptaient plus ou moins la chose : c'était devenu normal. Alice restait à la maison avec papa pendant que les petits allaient faire les courses avec maman.

Avec le recul, j'ai compris que les gens ne posaient jamais les questions dont ils n'avaient pas envie d'entendre les réponses. Je pense que c'était le cas pour maman. Je me répétais qu'elle ignorait forcément ce qui se passait, car j'avais trop de peine à l'idée qu'elle puisse savoir et ne rien faire. Mais après la fausse couche, il s'était produit quelque chose qui m'avait laissée perplexe, et pour la première fois, je m'étais demandé si maman avait des doutes. C'était un après-midi, l'idiot venait de me tripoter et je rabaissais mon T-shirt quand maman est entrée dans la pièce.

— Qu'est-ce qui se passe ? a-t-elle demandé.

— Rien, ai-je répondu en filant. Il ne se passe rien.

Maman m'a laissée partir, mais cette nuit-là, j'ai entendu des cris dans le salon. Je savais que papa répondait à ses questions avec ses poings. Elle n'avait plus jamais évoqué ce jour, et cela n'avait fait que renforcer ma conviction que j'étais fautive. Sinon pourquoi maman refusait-elle d'aborder le sujet ? C'était forcément parce que j'avais mal agi. Le poids de la culpabilité pesait constamment sur ma conscience. J'avais l'impression qu'en laissant papa faire, je trahissais maman. Et ce doute qui planait sur l'étendue de ce qu'elle savait s'ajoutait aux millions de voix qui parlaient dans ma tête.

Il y avait évidemment des moments où je sentais la colère bouillir en moi, et où je me demandais pourquoi maman ne disait rien. J'avais envie qu'elle lui dise d'arrêter, qu'elle me protège. Mais je réprimais ma rancœur car je savais qu'elle était aussi terrifiée que moi. Une vie d'insultes et d'injures, de gifles et de raclées, avait fait d'elle une prisonnière au même titre que moi. Maman se voilait la face : si elle avait abordé le sujet, il serait devenu une réalité et elle n'aurait plus pu l'ignorer, alors elle préférait se taire.

Mais pour moi, c'était bien réel. Jour après jour, je rêvais de tuer papa. La nuit, je revoyais son visage qui s'approchait de moi, et la journée, j'étais prise de migraines à force de bloquer mes pensées. Je m'accrochais à un rêve : un jour, maman trouverait le courage de s'enfuir avec nous. Je ne sais pas comment je pouvais y croire. Déjà à l'époque, je savais que maman était comme moi : elle avait trop peur pour s'opposer à papa ; elle savait que quoi qu'elle fasse, le châtiment qu'il lui réserverait dépasserait tout ce qu'elle pouvait imaginer.

L'idiot s'assurait que nous gardions cela en tête, en nous rappelant constamment ce dont il était capable. Un jour, lui et maman étaient allés faire des courses et à leur retour, l'idiot avait découvert qu'on avait tiré un trait d'arbalète dans sa salle vidéo. Simon s'était amusé avec l'arme et le projectile était parti accidentellement. Papa avait toujours encouragé Simon à s'intéresser aux armes – il l'emmenait dans le jardin s'entraîner au fusil à air comprimé et lui enseignait à tirer ou à lancer des couteaux dans les arbres quand nous allions à la campagne – mais il avait été furieux en constatant qu'on avait touché à l'une de ses précieuses armes sans sa permission.

— Qui a fait ça ? a-t-il demandé. (Il nous avait alignés dans le salon.) Lequel d'entre vous s'est servi de mon arbalète ?

— Laisse-les, a dit maman d'une voix plaintive. Je vais ranger.

— Non ! Pas question !

L'idiot tenait à la main un poignard qu'il faisait tourner et nous fixait tour à tour. Les yeux rivés sur le couteau, je sentais mon estomac se nouer. J'étais certaine qu'il s'en servirait si nous faisions un geste déplacé et je ne voulais pas qu'il fasse du mal aux petits. Je préférais encore qu'il m'en fasse à moi.

Passant devant nous, papa nous a interrogés l'un après l'autre.

— C'est toi qui as fait ça ? a-t-il crié à Simon.

— Non, papa. Je te jure.

— Alors c'est toi ? m'a-t-il crié.

Mon cœur battait à tout rompre tandis que je fixais le couteau. Je savais qu'il me poignarderait dans la seconde si l'envie lui en prenait.

— C'est Simon ! C'est Simon ! a pleurniché l'une des petites, terrifiée.

Papa s'est retourné et a saisi un marteau. Nous nous sommes dispersés tandis qu'il le jetait vers nous. Personne n'a été blessé ce jour-là, mais Simon a reçu une bonne correction et n'a plus jamais touché aux affaires de papa. Il s'en était fallu de peu que son couteau éventre l'un de nous. Personne n'avait oublié ce jour.

Une autre fois, j'avais entendu papa et maman se disputer. L'idiot s'en prenait à maman. J'avais couru dans le salon avec les petits derrière moi. Ouvrant la porte à la volée, j'avais vu maman plaquée contre le mur.

— T'es rien d'autre que la pouffiasse de Pete ! criait l'idiot. T'es qu'une merde inutile ! Hein ? Et t'avise pas de me répondre !

J'avais senti la panique s'emparer de moi en voyant le couteau dans sa main.

— Papa ! Non ! avais-je hurlé. Laisse-la tranquille.

— Fous-moi le camp d'ici ! avait-il rugi en se tournant vers moi.

Je regardais le couteau en tremblant. Une nausée me serrait le cœur. Allait-il s'en servir cette fois ?

Le dos au mur, maman ne bougeait pas d'un pouce. Mais dès qu'elle a tourné la tête vers moi, j'ai lu dans son regard ce que je devais faire. Prenant les petits par la main, je suis sortie en refermant la porte et j'ai monté l'escalier en courant. Comme d'habitude, maman encaisserait une fois de plus les coups pour qu'il ne s'en prenne pas à nous. Si je ne lui étais pas venue en aide ce jour-là, c'était pour la même raison qu'elle ne me venait pas en aide : mieux valait qu'une seule personne souffre plutôt que toutes.

— Tu sais que jamais personne voudra de toi ? murmurait l'idiot à mon oreille. Jamais un type te regardera.

Je baissais la tête tandis qu'il me parlait.

— Vas-y ! avait-il dit d'un ton sec, et j'avais senti sa main sur ma nuque.

C'était la première fois qu'il m'obligeait à faire ça et je ne voulais pas. Quand il me pénétrait de force, je pouvais tourner la tête et me déconnecter. Il suffisait que je reste allongée en faisant la morte. Mais là, c'était différent. Je ne voulais pas m'approcher de lui ni lui faire quoi que ce soit…

J'ai essayé de relever la tête, mais j'ai senti ses mains sur mon crâne. Il avait remonté son T-shirt et ne portait rien d'autre comme habit.

— Arrête de bouger, espèce de petite pouffiasse !

Il était entré de force dans ma bouche et un relent âcre d'urine m'avait soulevé le cœur. Une odeur forte et repoussante qui semblait s'incruster en moi. Une série de haut-le-cœur m'a assaillie tandis que l'idiot me secouait la tête. Je n'arrivais pas à reprendre mon souffle et son odeur infecte m'étouffait et me donnait envie de vomir ; une odeur d'animal en cage : sale, âcre et dégoûtante. Mais il continuait. Il me secouait la tête encore et encore et je ne pouvais ni bouger ni respirer tandis que son odeur fétide emplissait mes poumons.

— Sers-toi de ta langue, putain ! criait-il. Tu t'y prends mal. Suce. Fais ça bien.

La torture semblait continuer sans fin, jusqu'à ce que j'entende l'idiot pousser un grognement et que je sente sa poigne se relâcher. J'étais écœurée. Je ne pouvais plus continuer. Son odeur. La crasse sur sa peau. Ses grosses mains qui me repoussaient.

Tandis que je relevais la tête, j'ai senti la nausée monter dans ma gorge et j'ai deviné ce qui allait se passer. J'ai voulu ravaler mais il était trop tard. J'ai vomi sur papa avant de glisser par terre et de tomber du lit.

— Qu'est-ce que tu fous, putain ? a-t-il hurlé en me

collant une claque derrière la tête. Grosse dégueulasse ! Tu l'as fait exprès, hein ?

— Désolée, papa, ai-je dit en m'efforçant de nettoyer mon vomi. Excuse-moi.

J'avais peur qu'il me frappe, ou pire ; je voyais la boîte où il rangeait ses couteaux sous le lit.

— Va chercher un gant. Grouille-toi !

— Désolée. J'ai pas fait exprès. Je recommencerai pas.

— T'as pas intérêt, putain, sinon tu sais ce qui t'attend ! Nettoie-moi cette merde et disparais de ma vue !

J'ai couru dans la cuisine, humecté une éponge sous le robinet et suis retournée dans le salon.

— Désolée, répétais-je en m'efforçant de nettoyer.

— T'es vraiment qu'une bonne à rien ! Tu sais rien faire correctement, espèce de pouffiasse inutile ! Si tu recommences ça, je te défonce le con.

J'avais la tête qui tournait, et à nouveau envie de vomir, mais je me forçais à ravaler tout en lui frottant les cuisses. Pourquoi ces fichues éclaboussures ne voulaient-elles pas partir ? Il fallait que je les nettoie, sans quoi papa s'en prendrait à moi. Je repensais aux armes rangées sous le lit : les couteaux aiguisés, les étoiles de ninja avec leurs pointes acérées. Si je ne lui obéissais pas, il me tuerait.

— Magne-toi ! hurlait-il tandis que je frottais de plus belle.

Soudain, il s'est penché vers moi et m'a regardée.

— T'es vraiment la reine des connasses, toi ! Va falloir que tu t'entraînes pour t'améliorer.

Agenouillée à ses pieds, j'ai levé les yeux.

— Parce que t'es bonne qu'à ça, pas vrai ? Faire la boniche, t'occuper des mioches et t'allonger !

— Oui, papa.

— T'entends, petite pouffiasse ? (Il a levé la main et j'ai tressailli.) Te mets pas en tête de te trouver un petit copain ou quoi que ce soit. Je sais ce que tu fabriques quand tu vas faire des courses. Tu reluques les garçons en espérant qu'il y en ait un qui te saute. Mais tu rêves. Ils savent tous que t'es qu'une petite pute. Y a que le train qui t'est pas passé dessus ! T'es qu'une bonne à rien et t'aurais autant de problèmes que moi si quelqu'un apprenait notre secret. Les traînées comme toi, ils les foutent en prison.

Je ravalais les larmes qui me brûlaient la gorge.

— Tu sais rien faire comme il faut décidément, a-t-il lancé en ricanant, tandis que je me levais pour partir.

— Désolée, papa.

Durant tout ce temps, l'idiot m'observait en attendant patiemment d'obtenir ce qu'il voulait de moi. Au bout de quelques mois à peine, j'ai de nouveau arrêté d'avoir mes règles. À ce moment-là, j'ai su que le dieu auquel j'adressais mes prières m'avait abandonnée. Une semaine plus tard, j'ai annoncé la nouvelle à papa et il a souri.

— Quand est-ce que tu devais les avoir ? a-t-il demandé.

— La semaine dernière.

— Pourquoi tu me l'as pas dit plus tôt ?

— Je pensais qu'elles allaient arriver.

— Eh ben file à la pharmacie et fais un test, a-t-il dit en me tendant un billet.

J'avais envie de hurler de rage en chemin. J'ai inscrit mon nom sur un formulaire et remis un échantillon d'urine à la pharmacienne. Les minutes se sont écoulées, interminables, jusqu'à ce qu'elle revienne vers moi et me rende le papier. Je l'ai déplié. Il y avait deux mots sur la page : POSITIF et NÉGATIF. La case devant le premier était cochée. Le monde a basculé sous mes pieds.

Je suis rentrée annoncer la nouvelle à papa.

— Bien, a-t-il dit en souriant, avant de se tourner vers la télé.

Évidemment, il avait également fallu le dire à maman. Les mots avaient du mal à sortir de ma bouche : le mensonge restait bloqué dans ma gorge.

— C'était une histoire d'un soir. J'ai fait ça dans les buissons, avec un garçon du quartier, sur le chemin de l'épicerie. J'ai pas pu résister. Désolée.

Elle n'a rien dit, et pendant un moment, j'ai eu envie qu'elle me bombarde de questions, je voulais qu'elle me pousse à bout pour pouvoir lui avouer la vérité. Elle est restée silencieuse, mais plus tard, je l'ai entendue entrer dans le salon pour annoncer à papa la nouvelle qu'il connaissait déjà.

— Comment ça a pu arriver ? lui a-t-elle demandé.

— Qu'est-ce que j'en sais ? Ta fille est une vraie traînée tout comme toi.

Les semaines ont passé et je priais en silence pour perdre le bébé, en saignant, comme la première fois. J'imaginais que ça se passerait de la même façon : le bébé partirait avec le sang. J'éprouvais une terreur permanente. Même si j'avais ce bébé, pensais-je, je savais que je ne pourrais jamais l'aimer. Je le détesterais presque autant que je me détestais pour avoir laissé une telle chose se produire. Je savais qu'on était censée être heureuse quand on attendait un enfant, et ma haine prouvait à nouveau combien j'étais une personne mauvaise. Le bébé n'était pas responsable, et pourtant je le haïssais.

Plus les semaines passaient et plus ma peur grandissait : huit, neuf, dix… le bébé était encore en moi. Onze, douze, treize… il était toujours là. Parfois, je me réveillais la nuit et je sentais mes joues inondées de larmes. Mais à nouveau, je me refermais sur moi-même, je m'empêchais d'y penser. J'avais si honte et je me sentais si sale, je savais que si quelqu'un découvrait la vérité, je serais punie. C'était ce que papa m'avait toujours répété. Si seulement j'avais été un garçon… il ne m'aurait pas fait le mal qu'il me faisait.

Mes prières ont finalement été entendues, et deux jours après Noël 1986, j'ai saigné. On m'a conduite à l'hôpital pour m'opérer, et en me réveillant, je me sentais libre car je savais que c'était fini. Mais à peine rentrée à la maison, le désespoir est revenu de plus belle. Ma première grossesse n'avait pas duré longtemps, et j'avais presque pu prétendre qu'elle n'était jamais arrivée. Mais celle-ci s'était prolongée assez longtemps pour semer les graines de la terreur en moi. Pourquoi personne ne voyait-il ce qui se passait ?

— Il faut faire plus attention, Alice, m'a dit un jour maman alors que j'étais allongée sur mon lit. Tu n'as que seize ans. Tu es trop jeune. Tu dois attendre de trouver la bonne personne avec qui te mettre en couple et faire ta vie. Promets-moi d'y réfléchir. Je veux que tu sois heureuse dans ta vie, avec ton mari et tes enfants, mais ce n'est pas encore le moment. Tu as toute la vie devant toi.

Ma vie ? Comment pouvait-elle ne pas voir qu'on me la volait chaque jour ici même ? Je ne voulais plus vivre, et je m'isolais toujours plus, avec l'espoir de mourir.

— T'es qu'une pouffiasse inutile ! m'a craché au visage papa plus tard. Qu'est-ce que t'as foutu avec le bébé ? T'as fait exprès de le perdre, hein ?

C'était une question sans réponse. Ce que je voulais n'avait aucune importance. Je n'étais qu'une chose ; un corps qu'il battait quand sa colère éclatait et dont il abusait quand son désir sexuel montait. Je savais que ce n'était qu'une question de temps avant qu'il me mette à nouveau enceinte. J'étais prisonnière de mon père, et il ne me libérerait pas tant que je ne lui aurais pas donné ce qu'il voulait.

9

Kate avait posé sa main sur mon ventre rebondi.

— Tu crois que c'est quoi ? Un garçon ou une fille ?

— Je sais pas, ai-je répondu. Maintenant arrête de parler ou tu vas rater la suite.

Nous étions en avril 1988 et j'avais presque dix-huit ans. J'étais enceinte pour la troisième fois et mon bébé devait naître durant l'été. Tandis que Kate tournait la tête vers l'écran et se blottissait contre moi, je me sentais quasiment heureuse : assise sur le lit avec les petits, j'arrivais presque à oublier la réalité. Nous étions plongées dans un dessin animé. *Bambi* et *la Belle et le Clochard* étaient mes favoris ; Kate et Laura, elles, préféraient *Chitty Chitty Bang Bang*.

Une fois de plus, j'avais été dévastée en apprenant que j'étais à nouveau enceinte ; j'étais redevenue un zombie et j'avais essayé de mettre un terme à ma grossesse en me jetant du lit et en prenant des surdoses des antalgiques que le docteur me prescrivait. Mais le bébé s'accrochait. Refusant d'y penser davantage, j'ai attiré ma petite sœur contre moi pour regarder le film. J'avais dit à maman que le père était un copain de Michael que je connaissais depuis toute jeune et que j'avais croisé en allant à l'épicerie. Cette fois, elle n'avait pas cherché à savoir comment j'avais pu coucher avec un garçon alors que papa chronométrait mes sorties.

— Arrange-toi pour qu'il lui arrive rien à celui-là, m'avait dit papa en apprenant la nouvelle.

Évidemment, j'espérais précisément l'inverse, et pendant douze semaines, j'avais prié pour que les saignements reprennent. Mais ils n'avaient pas repris, et j'avais été prise de panique en réalisant qu'il n'y avait pas d'échappatoire. Je détestais le bébé qui grandissait en moi, encore plus que je détestais le sourire de l'idiot quand il contemplait mon ventre qui s'arrondissait. Parfois, il m'obligeait à me tenir nue devant lui afin de pouvoir me regarder. C'était comme si je lui étais soudain devenue infiniment précieuse maintenant que je lui avais donné ce qu'il voulait.

— Fais en sorte qu'il te reste du lait pour moi quand tu l'allaiteras, disait-il avec le sourire.

J'étais submergée de dégoût, mais en même temps, je sentais une autre émotion, inconnue, grandir en moi. Elle s'était manifestée un après-midi, après que l'idiot m'avait fait une remarque méprisante qui m'avait piquée au vif. Il m'y avait pourtant habituée. Je sortais de la cuisine en bavardant avec les petits quand il avait crié :

— Non mais vous allez la fermer oui ?

Il avait ramassé son marteau et nous l'avait balancé. Le marteau était passé à deux doigts de mon ventre et j'avais senti un torrent de rage monter en moi.

— Tu fais quoi, bordel de merde ! avais-je hurlé.

Le regard de papa s'était durci devant mes paroles et je m'étais aussitôt souvenue à qui je m'adressais. J'étais partie. Mais plus tard, j'avais repensé à cet épisode en me demandant ce qui m'avait poussée à protéger un bébé dont je ne voulais pas. Depuis le jour où l'on m'avait annoncé ma grossesse, je souhaitais sa mort. Je ne voulais pas de cet enfant, pas plus que je n'avais voulu des autres ; je n'imaginais pas comment je pourrais vivre en ayant accouché du bébé de mon propre père. Je refusais d'y penser à mesure que les semaines puis les mois s'écoulaient et que mon estomac s'arrondissait. Quelquefois, maman m'expliquait comment les choses se passeraient une fois le bébé né, mais je ne voulais pas en entendre parler. Je me refusais à nourrir le moindre intérêt ou à ressentir quoi que ce soit pour une créature que je détestais.

Changeant de position pour soulager mon poids, j'ai essayé de me concentrer sur le film. Je ne cessais de penser à mon frère Simon. Plus tôt dans la journée, j'étais allée l'aider dans sa tournée car je voulais prendre l'air. Il y avait si longtemps que j'étais enfermée ; j'avais à peine le droit de quitter la maison à présent. Mais papa me laissait parfois sortir quand Simon était là pour me surveiller. Sur le chemin du retour, j'avais eu un point de côté, et la douleur m'avait lacéré le flanc. Simon m'avait dit de m'asseoir, le temps de reprendre mon souffle. Il m'avait massé le point sensible jusqu'à ce que je me sente mieux. Nous étions arrivés avec dix minutes de retard et papa m'avait alpaguée dès que j'avais franchi le seuil.

— Où t'étais ?

— Je ne me sentais pas bien. On s'est arrêtés.

L'idiot s'était tourné vers mon frère.

— Qu'est-ce que vous fabriquiez tous les deux ?

Je ne comprenais pas pourquoi il était si furieux. Jusqu'ici, il m'avait toujours laissée sortir avec Simon. Il savait que nous lui obéissions.

— De quoi tu parles ? J'ai eu un point de côté. Simon s'est occupé de moi.

Le regard de papa s'était encore assombri.

— Je pense bien qu'il s'est occupé de toi ! De quoi il se mêle ce petit bâtard ?

— J'ai eu un point de côté ! Il m'a massé l'estomac pour calmer la douleur.

Se rapprochant de moi, l'idiot m'avait fusillée du regard.

— Il a fait quoi ?

— Il m'a massé l'estomac pour calmer la douleur.

Il m'avait poussée en arrière en hurlant :

— Alors c'est son môme à lui, c'est ça ? C'est ce que t'es en train de dire ? Tu baises avec lui ?

— Non ! m'étais-je défendue, le cœur battant de peur.

— Qu'est-ce que tu racontes ? avait crié Simon. De quoi tu parles ?

Je m'étais tournée vers lui, le suppliant du regard de me laisser calmer papa.

— Simon m'a simplement aidée.

— À quoi vous jouez, tous les deux ?

— On s'est juste arrêtés le temps que ça passe. C'est pour ça qu'on est en retard.

Mais l'idiot ne voulait rien entendre. Tout à coup, il s'était tourné vers Simon, les veines du cou gonflées jusqu'à éclater et j'ai su que rien de ce que je dirais ne le calmerait désormais.

— Vous croyez que je sais pas ce qui se passe ? hurlait-il. Vous pensez que j'ai pas compris votre manège ?

— Il se passe rien, papa, se défendait Simon. Rien du tout.

— Sale petit menteur ! (Papa s'était jeté sur lui, les poings serrés.) C'est ton môme, hein ? T'as couché avec ta sœur ? Je vais te buter, petit enculé !

Simon avait reculé en voyant papa fondre sur lui.

— Fous-moi la paix ! T'approche pas de moi !

L'idiot avait tenté de le rattraper avant qu'il n'atteigne la porte.

— Reviens ici !

Ouvrant la porte à la volée, Simon était sorti en courant tandis que l'idiot le pourchassait.

— J'en ai marre ! avait-il crié. T'entends ? T'es carrément siphonné, putain.

— Reviens là, espèce de petit bâtard ! Reviens ici tout de suite.

— Non. J'en ai marre, t'entends ? J'ai seize ans maintenant. T'as plus à me dire ce que je dois faire. Tu peux plus me frapper quand ça te prend. Je vais te coller les flics au cul, tu vas voir !

L'idiot s'était arrêté sur le seuil de la porte tandis que Simon détalait.

— Il va revenir, m'avait-il lancé, essoufflé. Maintenant, rentre et ferme la porte ! J'ai pas envie que les voisins fourrent leur nez dans nos affaires.

Le silence s'était fait dans la maison, mais Simon n'y avait pas remis les pieds, et à présent, assise avec les petites devant la télé, je me demandais où il était. Allait-il mettre sa menace à exécution ? Il n'oserait tout de même pas… ?

— J'ai soif, a dit Kate, et sa voix m'a tirée de mes songes.

— Ne bouge pas, ai-je répondu. Je vais aller te chercher à boire.

Je suis sortie de la chambre et descendue dans la cuisine. Il n'y avait pas un bruit dans le salon. En fait, toute la maison était silencieuse. Le calme avant la tempête.

Quelques heures plus tard, la police a débarqué pour informer papa que Simon avait déposé plainte contre lui et qu'une enquête avait été ouverte.

— On peut plus le gérer, ce môme, a dit l'idiot. C'est n'importe quoi. Il cherche juste à m'attirer des problèmes.

Les policiers se sont contentés d'écouter papa sans rien dire, avant de lui annoncer qu'ils repasseraient.

Visiblement, ils avaient pris les dires de Simon très au sérieux, et une fois la porte refermée, l'idiot est monté sur ses grands chevaux.

— Non mais pour qui il se prend ton bâtard de petit frère ? Cette petite ordure leur a raconté que je l'avais agressé et ils ont ouvert une enquête. Je vais le tuer ce petit connard.

Je n'en croyais pas mes oreilles. Personne ne s'était jamais rebellé ainsi contre papa. Comment savoir ce qu'il ferait ? Simon avait mis sa menace à exécution sans penser à nous. Ne savait-il donc pas qu'il nous condamnait ?

Papa a pris une grande inspiration et s'est avancé vers moi, le regard menaçant.

— Toi tu vas la boucler, compris ? Si tu souffles un mot de ce qui s'est passé aujourd'hui, tu le regretteras, t'entends ? Pas un mot sur ce que tu sais. Ils peuvent rien faire tant que c'est notre parole contre la sienne.

J'ai hoché la tête. Je savais déjà que je n'oserais jamais rien dire, quoi que Simon leur ait raconté. Nous ne pouvions rien faire d'autre qu'attendre la suite des événements. Durant les jours suivants, papa m'a laissée emmener les petits à l'école et les ramener mais pour le reste, nous étions cantonnés à l'intérieur. L'idiot restait collé devant la télé ; il avait l'air nerveux, presque apeuré. Il se demandait sans doute ce que la police allait faire. Durant toutes ces années, il s'était escrimé à nous cacher aux regards suspicieux, et voilà qu'aujourd'hui, ils se portaient à nouveau sur nous. À l'époque, nous nous étions débarrassés des assistantes sociales et de la police, mais cette fois-ci, c'était différent. L'idiot enrageait devant son impuissance. S'il y avait bien une chose dans sa misérable vie sur laquelle il pensait avoir du pouvoir, c'étaient ses enfants. Toutes ces années, il avait réussi à imposer son autorité par la terreur, mais voilà que Michael d'abord, puis Simon, se dressaient contre lui. S'il mettait la main sur Simon, j'étais certaine qu'il le battrait à mort.

Tandis que papa ruminait les événements des jours passés, nous rasions les murs pour ne pas lui donner de prétextes de s'en prendre à nous. C'était comme se retrouver dans une guerre : nous attendions que l'ennemi attaque. Je m'inquiétais, car j'étais sûre que si notre secret était révélé, la vengeance de papa serait pire que tout ce que nous avions subi jusqu'ici. Quand il m'appelait dans le salon, je ne pouvais pas décrocher mon regard du coffret à couteaux sous le lit ; je pensais à ses nunchakus (deux gros bâtons de bois reliés par une chaînette) et à son arbalète. Pouvait-on encore l'empêcher de nous tuer maintenant que l'un de nous s'était opposé à lui ? Je repensais constamment à ce que Simon avait fait. Comment avait-il osé ? Je priais pour que les choses se tassent et ne prennent pas des proportions trop graves… autrement, je redoutais d'imaginer notre sort.

Il ne s'était rien passé durant ces quelques jours. Mais le surlendemain, alors que j'accompagnais les petits à l'école, j'ai remarqué une voiture garée devant l'établissement. J'étais certaine de l'avoir vue près de notre maison en sortant. À l'intérieur, un homme et une femme nous observaient.

— Je crois qu'on nous a suivis sur le chemin de l'école, ai-je annoncé à l'idiot à mon retour.

Je voulais couper court à sa méfiance.

— Comment ça ?

— Il y avait un homme et une femme dans une voiture. Ils étaient garés devant la maison quand nous sommes sortis et je les ai revus à l'école.

— Putain ! C'est qui ? a-t-il demandé en se levant pour marcher jusqu'à la fenêtre.

Il a tiré les rideaux et la pénombre a inondé le salon tandis que la télé crépitait dans un coin.

— Si on sonne, tu réponds pas ! a-t-il dit.

Comme d'habitude, nous avons passé la journée à la maison : papa scrutait régulièrement la rue derrière les rideaux pendant que maman et moi restions silencieuses. Depuis le départ de Simon, maman parlait encore moins que d'habitude. On aurait dit un animal terré dans sa tanière attendant que le danger passe. Mais alors que je me préparais pour aller chercher les petits à l'école, le téléphone a sonné et maman a décroché.

Elle a écouté sans parler pendant quelques secondes, et soudain j'ai vu son visage blêmir.

— Comment ça ? a-t-elle demandé. Chez qui est-ce qu'ils sont ?

Je ne savais plus si je devais sortir ou rester. Papa lui a arraché le téléphone des mains.

— Qu'est-ce qui se passe ? C'est quoi, ce binz ?

Il a écouté un moment avant de se remettre à crier :

— Écoute-moi bien, pouffiasse ! Je vais venir chercher mes petits. Vous pouvez pas me les enlever !

Puis il a raccroché brusquement et a hurlé de plus belle :

— Quel petit enculé ! Les petits ont été placés. Ils les ont récupérés à l'école. Les services sociaux ont mis la main dessus.

Je ne comprenais pas. Tout ce que les services sociaux s'étaient contentés de faire jusqu'ici, c'était venir chez nous, inspecter rapidement la maison en se pinçant le nez et laisser des draps en plastique sur nos lits. Comment pouvaient-ils détenir les petits ? C'était ici qu'ils habitaient.

— Qu'est-ce qui se passe ? ai-je demandé d'une voix hésitante, en regardant maman et papa à tour de rôle.

— On nous les a retirés, pauvre conne, a dit papa. On les récupérera pas tant que ces connards auront pas terminé leur putain d'enquête.

J'ai senti une panique monter en moi. On ne pouvait pas nous prendre les petits ! Ils étaient tout ce que maman et moi avions. C'était pour eux que je tenais. Ils étaient ma seule raison de vivre.

Maman est sortie de la pièce et papa m'a attrapée par la gorge.

— Tu vas la boucler ! a-t-il grondé. T'entends ?

— D'accord, papa. Promis.

Il s'est rapproché.

— Je rigole pas. Je te tue si tu ouvres ta gueule.

Son regard était aussi noir que les ténèbres.

— T'as compris ? S'ils viennent me chercher, je vous planterai toi et ta mère avant qu'ils m'emmènent. Je vous découpe en morceaux. T'entends ?

Je ne pipais pas.

— T'entends, espèce de petite pouffiasse ? répétait-il en collant son visage tout près du mien.

— Oui, papa.

Je savais qu'il était sérieux. J'étais bien placée pour savoir de quoi il était capable : le bébé que je portais en était la preuve.

10

Une demi-heure plus tard, on a frappé à la porte et papa est allé ouvrir.

— Qu'est-ce que c'est que cette histoire ? l'ai-je entendu dire.

Deux policiers se tenaient sur le seuil.

— Veuillez nous accompagner, monsieur, a dit l'homme. Votre fils a proféré des accusations à votre encontre et nous souhaiterions nous entretenir avec vous.

— Simon est un menteur ! C'est de la calomnie. Il s'en sortira pas comme ça.

Ils ont placé papa dans une voiture qui attendait devant la maison. Avant que la portière se referme, il nous a lancé un regard éloquent pour nous rappeler sa promesse. La peur m'a envahie comme je regardais par la fenêtre la voiture de police s'éloigner. Qu'allait-il faire quand il rentrerait ? Deux policiers étaient restés chez nous – un homme et une femme – et papa les avait vus. Je ne voulais pas les laisser entrer car je savais ce qu'il penserait. Je ne voulais rien faire qui puisse donner à papa un prétexte pour se venger sur nous par la suite.

Maman était en larmes et restait muette. Le policier nous regardait.

— Nous devons parler, a-t-il dit.

Il était grand et maigre, avec des cheveux blonds sales. Je les ai conduits dans le salon lui et sa collègue. Je savais qu'en découvrant la crasse et la puanteur, ils se demanderaient comment nous pouvions vivre dans cette porcherie.

— Comme vous le savez, votre fils Simon a proféré de très graves accusations, a expliqué le policier. Il faut qu'on en discute avec vous.

Maman refusait toujours de parler. Elle semblait avoir perdu sa langue, mais je savais qu'en fait elle avait peur ; peur d'en dire trop et de donner à papa une raison de nous punir quand il rentrerait, peur de ne pas en dire assez et de perdre ses enfants.

— Qu'est-ce que Simon vous a dit ? ai-je demandé.

— Il dit que votre père a menacé de le tuer. Il a peur de rentrer chez lui.

Je suis restée muette. Le policier m'observait.

— Il affirme que lui, vous et vos frères et sœurs êtes maltraités depuis des années par votre père, et qu'il vous néglige. Il dit que votre père regarde des films pornographiques à la télé et qu'il détient des armes avec lesquelles il vous menace.

Maman ne bougeait pas d'un millimètre. À première vue, on pouvait prendre sa réaction pour de l'incrédulité, mais il n'en était rien : elle était terrorisée.

— Il a également affirmé que le bébé que vous portiez était celui de votre père.

À ces mots, mon cœur s'est mis à battre la chamade. Un tintamarre strident et assourdissant résonnait dans ma tête. Simon savait pour papa et moi ? Pour le bébé ? Un nœud s'est formé dans mon estomac comme la panique s'emparait de moi. Je ne voulais pas que maman entende ça.

— C'est faux ! ai-je crié. Le père est un ancien copain de mon frère.

Le policier s'est penché vers moi tandis que je me recroquevillais sur ma chaise.

— Je sais que ce n'est pas facile, Alice, a-t-il dit, mais nous sommes là pour vous aider. On peut mettre en place une mesure de protection si vous acceptez de nous parler.

J'étais incapable d'articuler le moindre mot. Soudain, maman a levé la tête.

— On n'a pas besoin d'être protégés ! a-t-elle rétorqué d'une voix pleine de colère.

— Votre fils semble penser le contraire.

— Écoutez, monsieur l'agent, je ne sais pas pourquoi il est allé vous dire ça, mais je vous assure qu'il n'y a aucun problème chez nous. Je veux qu'on me rende mes enfants. Vous ne pouvez pas me les enlever.

— Je crains que si. Votre fils a proféré de graves accusations et nous devons mener une enquête. Mais je tiens à vous assurer que si vous nous parlez, nous pourrons vous mettre à l'abri.

L'espace d'une seconde, j'ai croisé le regard de maman, mais cette seconde m'a suffi. Je me suis tournée vers les policiers.

— Non, vous ne pourrez pas, ai-je dit.

Après le départ de la police, un silence absolu a envahi la maison. Par la suite, la police est revenue fouiller notre logement en quête de preuves, mais elle n'a rien trouvé d'autre qu'une cassette vidéo du *Lagon bleu* : l'idiot avait pris soin de cacher tout ce qui risquait de le compromettre. Il n'y avait plus que maman et moi dans la maison et, hormis durant ces heures interminables que je passais enfermée avec papa, je n'y avais jamais entendu un tel silence. J'avais envie de voir les petits, de savoir où ils étaient et s'ils allaient bien. Charlie accepterait-il de dormir chez des inconnus ? Laura serait-elle sage ? Je savais qu'ils nous réclamaient et que la maison leur manquait car c'était tout ce qu'ils connaissaient. Je voulais qu'ils rentrent pour se blottir contre moi dans le lit au lieu de rester avec ces inconnus inquiétants. Il fallait que je suive les consignes de papa : si je confirmais ses dires, la police nous laisserait tranquilles et les petits pourraient rentrer.

— C'est vrai ? m'a demandé maman en brisant le silence pesant.

— Quoi ?

Je ne voulais pas en parler. Je savais que maman ne pourrait supporter la vérité.

— Est-ce qu'il t'a touchée ?

— Non ! me suis-je écriée. Non.

— Tu es sûre, Alice ?

— Je t'ai dit. C'est un copain de Michael.

— Où est-ce qu'il habite ?

— Près de l'épicerie.

— Eh bien il faut que tu expliques ça à la police et l'affaire sera réglée.

— Je leur ai dit. Tu m'as entendue. Et je leur répéterai. Je ne veux pas leur donner d'excuses pour nous retirer les petits.

À mon grand soulagement, maman n'a rien ajouté. Je ne voulais pas lui dévoiler le secret que je lui cachais depuis si longtemps. Maman avait bien assez de problèmes maintenant qu'on nous avait retiré les petits et elle savait ce dont les services sociaux étaient capables. Je me répétais que Simon n'avait aucune preuve. Il fallait que je tienne ma langue, sans quoi la police m'arrêterait et me mettrait moi aussi en prison.

Le lendemain, le policier est revenu nous parler, et nous lui avons assuré une fois de plus que tout allait bien. Simon avait tout inventé pour embêter papa. Plus tard dans l'après-midi, nous avons été autorisées à rendre visite aux petits dans un centre des services sociaux pendant une heure. J'avais une boule au ventre en entrant dans la pièce ; je me demandais ce qu'ils comprenaient de tout ça.

Maman a éclaté en larmes quand Charlie et Kate ont accouru vers nous, la bouche pleine de questions et réclamant des câlins. Laura était debout dans un coin ; elle ne disait rien mais me foudroyait du regard. Elle était fâchée et j'étais certaine que c'était contre moi.

— Pourquoi on rentre pas à la maison, maman ? a demandé Kate, comme la visite touchait à sa fin.

— Bientôt, ma chérie, a répondu maman. Dès que tout ça sera réglé.

Je me suis sentie honteuse devant leurs visages pétris de désarroi. Tout ça était ma faute : si je n'étais pas sortie pour accompagner Simon dans sa tournée, je n'aurais pas eu de point de côté, Simon n'aurait pas eu à me masser le ventre et papa ne s'en serait pas pris à lui ; nous serions tous ensemble à la maison à cette heure. Les petits ont commencé à pleurer lorsque nous nous sommes levées pour partir et ont demandé quand ils pourraient rentrer. Je comprenais ce qu'ils ressentaient car j'étais comme eux à leur âge : terrifiés par papa, mais très attachés à maman. C'est incroyable, l'attachement qu'un enfant peut ressentir pour son environnement familier, aussi dur et malsain qu'il soit : ils voulaient rentrer à la maison coûte que coûte.

— Pourquoi ne me laissent-ils pas les ramener à la maison ? sanglotait maman sur le chemin du retour. Comment peut-on faire, Alice ?

— Je ne sais pas, ai-je répondu, avec une pointe de culpabilité dans la voix.

— Il faut qu'on les récupère ! Il le faut.

Maman restait assise pendant des heures sans parler, le regard perdu dans le vide, et je la laissais tranquille. Je m'interrogeais sur notre sort à tous. C'était comme si le monde se refermait sur nous en nous écrasant : après ces années d'enfermement subi, je recherchais maintenant l'isolement. Je voulais à nouveau me couper du monde et j'avais désormais peur qu'on s'introduise dans ma prison. Entrevoir la liberté, après ce temps passé en cage, était plus terrifiant que je ne l'avais imaginé. J'avais toujours cru que si quelqu'un de l'extérieur découvrait un jour ce qui se passait chez nous, les portes de la liberté et du bonheur s'ouvriraient à nous, mais pas de cette façon. Les petits étaient enfermés dans un centre des services sociaux, et maman restait prostrée à la maison, le cœur brisé. J'avais envie de refermer la boîte et de retrouver notre monde d'avant. Au moins, je comprenais comment il fonctionnait, et personne n'essayait de le démolir. J'étais convaincue que tout s'arrangerait si nous suivions les consignes de papa.

Tandis que je réfléchissais, j'ai senti le bébé bouger en moi. Il fallait que ça reste un secret. Si je tenais ma langue, tout irait bien…

— Ils ne nous les rendront jamais, a fini par me dire maman.

Nous étions assises dans le noir et la télé crachotait dans un coin.

— Quoi ?

— Les petits… ils ne les laisseront pas revenir maintenant qu'ils ont soulevé un lièvre.

Maman a commencé à pleurer. Je lui ai pris la main.

— Ne dis pas ça. Ils seront bientôt là avec nous.

Elle m'a observée entre ses larmes.

— C'est peut-être mieux pour eux, a-t-elle murmuré. Au moins il ne leur fera plus de mal.

Nous nous sommes regardées. C'était la première fois que maman parlait ainsi… Un mot de sa part, un geste indiquant qu'elle voulait quitter cette maison et j'étais prête à lui déballer mes secrets. J'avais seulement besoin de savoir qu'elle comprenait, qu'elle m'aiderait à fuir si je lui racontais mon histoire. Nous pourrions alors récupérer les petits et vivre ensemble, comme j'en avais rêvé : l'idiot ne nous retrouverait jamais.

— Pourquoi ne pas parler ? ai-je demandé tout bas. Pourquoi ne pas tout dire à la police ?

Maman a fixé les ténèbres derrière les fenêtres.

— Tu sais bien, Alice. Parce qu'il nous retrouverait.

La police est revenue le lendemain pour me demander de les accompagner. Ils voulaient que j'identifie le père de mon bébé parmi des photos de jeunes hommes du coin. C'était un test. À mon arrivée au commissariat, le grand policier m'attendait. Il me tardait de rentrer à la maison, car on nous avait dit que papa serait relâché dans la journée : les policiers avaient fini de le questionner et, faute de preuves, ils étaient forcés de le remettre en liberté le temps de l'enquête. Je ne voulais pas que maman se retrouve seule face à lui ; je savais qu'il poserait des questions et piquerait une rage folle dès qu'elle dirait un mot de travers.

— Comment te sens-tu, Alice ? m'a demandé l'inspecteur alors que je m'asseyais. Comment va le bébé ?

J'ai détourné la tête. Je n'avais pas envie de parler de cette chose qui grandissait en moi, aujourd'hui moins que jamais.

— On a du nouveau, a-t-il poursuivi. On voudrait que tu quittes le domicile familial pendant quelque temps, comme tes frères et sœurs.

— Quoi ? Mais je ne peux pas laisser maman.

— Le juge t'a déclarée pupille du tribunal. Ça veut dire que tu ne peux pas rentrer chez tes parents pour l'instant et que tu dois aller dans un foyer pour enfants le temps qu'on tire cette affaire au clair.

— Vous n'avez pas le droit de m'arrêter ! ai-je crié, sentant monter la panique. Il faut que je m'occupe de maman ! Elle ne va pas bien ! Elle a besoin de moi !

— On veut te mettre à l'abri, mais on cherche aussi à connaître la vérité, alors c'est préférable pour l'instant.

— Mais j'ai répondu à toutes vos questions ! Simon ment. Il a tout inventé. Papa ne nous a jamais fait de mal. Le bébé n'est pas de lui. Laissez-moi rentrer à la maison. Laissez-moi retourner auprès de ma mère. Pourquoi vous ne voulez pas m'écouter ?

— C'est l'affaire d'une dizaine de jours, a dit l'inspecteur. Tu auras bientôt dix-huit ans, et à ce moment-là, tu seras adulte et tu pourras faire comme bon te chante.

Mais il fallait encore attendre plusieurs semaines pour mon anniversaire, et je ne croyais pas le policier. Ils allaient me retirer à ma famille pour toujours et m'enfermer. Le policier allait m'interroger jusqu'à ce que je craque et lui dise la vérité. Il m'enverrait alors en prison.

— On ne pourra pas te garder une fois que tu auras dix-huit ans, a-t-il répété. Tu seras libre d'aller où tu voudras et les services sociaux n'auront plus aucune autorité sur toi. Mais pour l'instant, nous allons tout faire pour te protéger.

Le policier s'est levé et a ouvert la porte. Ils se sont avancés vers moi, et j'ai commencé à envoyer des coups de pied et à hurler. Je voulais rentrer à la maison ! Je ne pouvais pas rester ici ! Je ne pouvais pas laisser maman seule avec lui.

— Vous ne pouvez pas ! S'il vous plaît, pitié, ne faites pas ça. Laissez-moi partir.

Papa penserait que j'avais parlé et il se vengerait sur maman. Il la tuerait comme il l'avait promis. Il fallait que je me sauve. J'avais vu maman couverte de plaies et d'hématomes tout au long de ces années. Cette fois, il ferait bien pire. Il fallait que je retourne auprès de maman.

Mais on me tenait fermement. Je me débattais en criant mais on me tirait hors du commissariat pour m'entraîner dans un véhicule de police.

— Vous allez vous blesser, a dit une voix. Calmez-vous. Vous reverrez bientôt vos frères et sœurs. Pensez au bébé ! Vous n'avez pas envie qu'il lui arrive quelque chose, pas vrai ?

Je refusais d'écouter. Ces gens mentaient. Ils n'allaient pas me protéger. Personne ne m'avait jamais protégée auparavant, alors pourquoi maintenant ? Il fallait que je rentre à la maison, car sans moi, maman serait à la merci de papa.

11

On m'a conduite dans le même foyer que Laura, Kate et Charlie, mais malgré la joie que j'avais de les retrouver, je ne pouvais m'empêcher de penser à maman. J'imaginais les couteaux cachés sous le lit, l'arbalète au-dessus de l'armoire, les étoiles de ninja... J'avais beau être loin de l'idiot pour la première fois de ma vie, son emprise terrifiante restait forte. J'étais effrayée de me trouver dans le monde extérieur, car je ne savais pas comment il fonctionnait, contrairement aux autres filles de mon âge. À l'heure où elles devenaient indépendantes, j'étais enfermée entre quatre murs, à m'occuper de mes frères et sœurs ; quand elles commençaient à sortir seules, je devais être accompagnée pour aller à l'épicerie, car papa ne me faisait pas confiance. Je ne comprenais pas le monde extérieur et j'étais paniquée maintenant qu'on m'y avait poussée. À la maison, papa me surveillait et savait que je ne faisais rien de mal ; ici, j'étais loin de lui et je savais que son imagination s'emballerait. Son esprit s'emplirait de fantasmes et il se figurerait que je le trahissais de toutes les manières possibles – autant d'actes imaginaires pour lesquels il n'oublierait pas de me punir.

Le foyer était un endroit bruyant, plein d'enfants qui hurlaient et d'assistantes sociales qui s'obstinaient à nous reposer les mêmes questions. Elles me prenaient à part pour m'interroger sur notre vie quotidienne : les vidéos porno, les armes, les jours sans manger, la crasse, les couteaux, les gifles…

— Apparemment tu te retrouves souvent seule à la maison avec ton père ?

— Y a-t-il quelque chose que tu voudrais nous dire à propos du bébé, Alice ?

— Est-ce vrai que ton père regarde des films pornographiques devant vous ?

— Lui arrive-t-il de vous menacer avec ses couteaux ?

Ils me posaient constamment des questions sur ma grossesse, au point que j'avais envie de hurler. Je ne voulais pas en entendre parler et je refusais d'évoquer la créature qui se développait en moi. Ce n'était rien d'autre que ça : une créature, et certainement pas un bébé. Mais ces femmes ne voyaient pas les choses du même œil, et ça me rendait malade de devoir en parler. Le grand inspecteur est aussi revenu. À chaque fois, il tâchait de me convaincre qu'il pouvait me mettre en sécurité : papa irait en prison si j'acceptais de faire une déposition. La police avait besoin de preuves, et l'inspecteur m'a dit qu'il voulait prélever un échantillon de sang de moi et de papa. Quand le bébé naîtrait, on ferait de même avec lui. Mais j'ai refusé de l'aider. Il ne savait pas de quoi papa était capable. Comment aurait-il pu l'imaginer ? Personne ne pouvait. Maman était seule à la maison avec lui, et si je l'accablais d'une manière ou d'une autre, papa m'avait dit ce qui m'attendrait.

— C'était un copain de mon frère, ne cessais-je de leur répéter. Mon père ne m'a jamais touchée.

Le plus souvent, le policier restait patient ; son regard était doux tandis qu'il tentait de m'arracher mes secrets. Mais quelquefois, je voyais l'agacement poindre sur ses traits quand je m'obstinais à nier l'évidence.

— Allons, Alice, disait-il avec un soupir. Parle-moi. Nous savons ce qui s'est passé.

— Non, vous ne savez rien ! Simon a tout inventé. Je vous en prie, laissez-nous rentrer. Notre mère a besoin de nous. Vous ne comprenez pas.

Comment aurais-je pu dévoiler les secrets de notre famille à ces gens que je connaissais seulement depuis quelques semaines ? On m'avait inculqué la méfiance à l'égard du monde extérieur alors je réagissais en conséquence : je rechignais à parler à quiconque. Alors me confier… Je savais que si je parlais, papa ne serait pas le seul à avoir des problèmes. J'en aurais aussi. Je n'osais pas imaginer le sort que la police me réserverait.

Les petits semblaient déboussolés mais pas particulièrement effrayés. Laura, en revanche, n'avait pas décoléré depuis mon arrivée au foyer et ne m'avait pas crue quand je lui avais assuré que nous rentrerions bientôt. Elle avait alors douze ans et comprenait la situation beaucoup mieux que les petits.

— Qu'est-ce que t'en sais ? avait-elle crié. Ils vont nous garder ici. Je veux retourner avec maman.

— Moi aussi. Tu verras, ils vont finir par nous relâcher.

— Et pourquoi ils feraient ça ? Ils ont tous les droits.

— Non. On sera bientôt rentrés. Il faut qu'on se serre les coudes et ils nous laisseront partir.

Les yeux de Laura lançaient des éclairs.

— Ta gueule, espèce de pouffiasse ! Qu'est-ce que t'en sais ? D'abord tout ça c'est ta faute.

— Quoi ? Attends, c'est pas moi qui me suis sauvée et qui ai été voir les flics. C'est Simon.

— Je parle pas de ça. Tu le sais bien.

— Alors de quoi tu parles ?

— Tout ça c'est parce que t'es tombée enceinte.

J'ai senti ma culpabilité se réveiller. Qu'entendait-elle par là ? Est-ce qu'elle savait elle aussi ? Tout le monde connaissait-il mon secret ?

— Tu crois que j'ai choisi ? ai-je crié tout à coup.

Ma question est restée en suspens. J'avais dit ça sans réfléchir : c'était la première fois que je faisais allusion à ma grossesse non désirée. J'ai regardé Laura avec un sentiment de malaise, en essayant d'étouffer la voix en moi qui voulait s'exprimer, le cri qui voulait sortir. Laura s'est retournée et est partie. J'avais envie de la rattraper, mais j'en étais incapable. Je savais qu'elle avait raison. C'était ma faute.

Nous ne nous sommes plus parlé après cela, et deux jours plus tard, on m'a placée dans une famille d'accueil. J'étais triste de laisser les enfants, mais en même temps soulagée de ne plus voir leurs visages angoissés. Je voulais me débarrasser de ce sentiment de culpabilité, l'enfouir en moi, comme j'avais appris à le faire durant ces années de maltraitances. Je m'inquiétais constamment pour maman. Je voulais avoir de ses nouvelles, mais personne ne m'en donnait. La femme chez qui on m'avait placée était douce. Comme je mangeais peu, elle me faisait boire un litre de lait par jour, mais sa gentillesse glissait sur moi. Je détestais l'entendre parler du bébé. Elle ne comprenait pas que je me moquais de son sort. J'étais dégoûtée de le sentir bouger en moi et dès que je surprenais mon reflet dans la glace, je détournais les yeux. Sans ce bébé, rien de tout ça ne serait arrivé. Je serais toujours à la maison et maman aurait ses enfants autour d'elle. Alors que maintenant, elle était seule et sans rien.

Quand le grand inspecteur est revenu me voir, je lui ai demandé comment allait maman.

— Elle est un peu abattue, a-t-il répondu. Elle se demande comment vont ses enfants.

Ce jour-là, j'ai failli tout lui dire. J'avais juste envie que tout s'arrête, de pouvoir rentrer à la maison ; de croire ces gens quand ils me disaient que papa irait en prison si je témoignais. Mais je n'arrivais pas à trouver les mots, donc je n'ai rien dit. Il fallait que je sache comment allait maman, alors un jour, j'ai décidé de rentrer à la maison en douce. J'étais terrifiée car je n'avais pas vu l'idiot depuis son interpellation. Savait-il que j'avais tenu ma langue ou serait-il furieux contre moi ? D'une manière comme d'une autre, il fallait que je prenne des nouvelles de maman. Le cœur battant, j'avais frappé à la porte de chez moi.

— Alice ! a crié ma mère en m'ouvrant.

Je suis entrée dans le salon où papa était assis. Il avait la mine sombre – sale et mal rasé – mais j'ai ressenti un immense soulagement en voyant maman. Elle était pâle et silencieuse, mais indemne et en un seul morceau.

— Te revoilà toi ? a grogné papa. Où t'étais tout ce temps ?

Je lui ai répété ce qu'il savait déjà : que j'étais dans une famille d'accueil.

— Avant ça, je n'avais aucun moyen de m'échapper, ai-je expliqué.

Tandis qu'il me bombardait de questions, je me suis tournée vers maman et tout à coup, j'ai vu dans ses yeux ce que j'avais toujours redouté d'y voir : une absence totale d'envie de vivre. Son regard était éteint. Elle avait perdu tout espoir et n'attachait plus aucune importance à ce que papa pouvait faire : maintenant que les enfants n'étaient plus là, elle avait baissé les bras. Et c'était ma faute.

— Viens par là et dis-moi ce que tu leur as raconté ! a hurlé papa. Et qu'est-ce que ces merdeux de mioches ont raconté à ces bons samaritains de mes deux ? Qu'est-ce que la police a voulu savoir ?

— Rien, ai-je répondu. On leur a rien dit. La police a voulu me faire une prise de sang mais j'ai refusé.

— Comment ça une prise de sang ?

— Ils voulaient un échantillon de mon sang. Ils ont dit qu'ils t'en feraient une à toi, une à moi et une au bébé quand il naîtra. Je leur ai dit que c'était pas la peine. Que Simon avait menti.

— Et ils ont dit quoi ?

— Ils n'étaient pas contents, mais je savais que tu ne voulais pas que je parle.

— Alors pourquoi les petits sont toujours avec les services sociaux ? Pourquoi ils sont pas rentrés à la maison ? Vous avez bien dû dire quelque chose.

— J'ai rien dit, papa. Je te jure. Je ne t'ai pas désobéi.

— J'espère bien, sinon tu le regretteras ! Je veux que ces trouducs me foutent la paix et que les petits reviennent.

L'idiot a passé le reste du temps à fulminer dans son coin. Régulièrement, il me décochait des regards méfiants.

— Alors comme ça, dans quelques semaines, tu vas quitter ta famille d'accueil ? a-t-il demandé comme je me levais pour partir.

— Oui.

— Eh ben tiens-toi à carreau pendant que t'es là-bas.

Il m'a lancé un nouveau regard noir et j'ai compris ce qu'il voulait dire. Maman allait peut-être bien pour l'instant, mais ça ne durerait pas si je ne tenais pas ma langue. Je me suis tournée vers elle pour la serrer dans mes bras. Je ne voulais pas la quitter. Je suis repartie sous le regard méfiant de papa. Ses mots tournaient dans ma tête tandis que je regagnais le domicile de ma mère d'accueil.

Encore quelques semaines et j'aurais dix-huit ans. Il savait ce que cela signifiait : je serais libre de partir loin de la maison… Mais comment pourrais-je faire cela ? J'attendais un bébé, maman était seule avec lui, les enfants étaient placés : nous étions dans une belle panade. Comment pouvais-je l'abandonner ? L'inspecteur ne cessait de me répéter que tout pouvait s'arranger, mais je savais qu'il n'en était rien. Jamais je n'aurais la force de m'opposer à papa. Il me tenait en laisse et chaque fois qu'il tirait, le collier se resserrait. Je ne serais jamais libre tant que maman et les petits ne seraient pas en sécurité. J'ai baissé les yeux sur mon ventre rebondi. Il n'y avait qu'une seule chose dont j'étais certaine : je devais être là pour maman. Il faudrait que je rentre à la maison à mes dix-huit ans. Je devais protéger maman car elle ne pouvait pas se protéger elle-même. Je ne pensais à rien tandis que je rentrais chez ma mère d'accueil. Mais ce que je ne réalisais pas sur le moment, c'était que j'allais offrir à l'idiot le plus beau des cadeaux : en choisissant de regagner ma prison, il saurait qu'aussi longtemps qu'il aurait maman, il m'aurait moi.

12

Papa a souri en sentant le bébé bouger.

— Il est en train de se retourner, m'a-t-il expliqué en déplaçant ses mains sur mon ventre.

— Comment sais-tu que c'est un garçon ?

— Ça se voit à la manière que tu le portes.

Il regardait ma poitrine nue.

— Tu vas pas tarder à avoir du lait.

Je me suis reculée. Les seules fois où la voix de l'idiot s'adoucissait, c'était quand il parlait du bébé. Lorsque j'étais rentrée à la maison le jour de mes dix-huit ans, c'est à peine s'il m'avait parlé. Maman avait un léger bleu au visage et semblait aussi amorphe que la fois précédente. L'idiot avait déchiré un chèque d'aides sociales qu'une assistante m'avait aidée à retirer : il avait horreur que des étrangers s'ingèrent dans nos affaires et voulait que je comprenne que tout l'argent que je touchais lui revenait de droit – quitte à détruire un chèque.

— Ils ont pas à t'accompagner chercher mon argent ! s'était-il écrié. C'est pas ces connards qui te donnent ton argent ! Tu croyais quand même pas que t'allais le garder ?

— Mais non. Elle m'a juste accompagnée là-bas pour que je le récupère.

— Il est à moi ce fric ! Alors fais pas ta maligne, t'entends ?

— Oui, papa. Je sais.

Malgré mon gros ventre, il avait recommencé à me maltraiter après mon retour à la maison. À nouveau, je me déconnectais de la réalité chaque fois que je le sentais près de craquer. Il guettait les signes de trahison de ma part, n'arrêtait pas de poser des questions, plus méfiant que jamais, il s'attendait à tout moment à entendre la police débarquer. Paranoïaque, il verrouillait la porte d'entrée à double tour et ne l'ouvrait que pour nous laisser sortir moi et maman, pour aller jusqu'à l'épicerie et revenir.

J'étais rentrée depuis quelques semaines quand la police est revenue pour emmener papa au commissariat afin de l'interroger. À sa sortie, il ne cessait de déverser son fiel contre un policier en particulier ; papa était convaincu qu'il voulait sa peau. Je ne savais pas s'il s'agissait du gentil inspecteur qui cherchait à me convaincre de parler, mais à l'évidence, papa le détestait, et ça le rendait encore plus méchant.

Je ne quittais pratiquement plus la maison désormais. L'idiot nous conduisait maman et moi au supermarché dans sa camionnette, une fois par mois, et le reste du temps, je devais courir à l'épicerie pour acheter quelques bricoles. Il tenait à connaître mes faits et gestes à chaque minute et je ne dormais plus dans la chambre à l'étage mais dans une pièce attenante au salon, afin qu'il puisse m'avoir à l'œil. Si j'allais aux toilettes, il me hurlait de sortir au bout de deux minutes ; si je mettais trop de temps à lui préparer son dîner, il râlait. Jour après jour, nous restions assises devant les images de corps nus défilant sur l'écran tandis que papa nous aboyait ses ordres.

Je savais que Simon continuait d'occuper ses pensées. Papa enrageait de ne pas pouvoir récupérer les petits et lui en voulait de l'avoir dénoncé. Un jour, en entrant dans le salon, je l'avais trouvé en train de rédiger une déclaration qu'il voulait que je recopie. Elle disait que Simon m'avait violée et qu'il était le père de mon enfant.

— Ils vont plus savoir où donner de la tête, disait-il en ricanant. C'est ce qu'on appelle une mesure préventive. Si Simon cherche la merde, il va la trouver. Ce petit merdeux va pas être déçu du voyage.

Maman nous a regardés. L'espace d'un instant, j'ai cru qu'elle allait dire quelque chose, mais finalement elle s'est rassise.

— Qu'est-ce que t'attends, connasse ? lui a crié papa. Bouge ton gros cul et ramène-moi une tasse de thé.

Elle est sortie de la pièce et papa m'a fait signe d'approcher.

— Rappelle-toi que t'auras autant de problèmes que moi si quelqu'un découvre pour ton mioche. Allez, maintenant recopie-moi ça avec ton écriture.

Je me suis assise et j'ai pris le stylo et la feuille qu'il me tendait. J'ai reproduit le texte et il l'a relu.

— Y a des fautes d'orthographe, espèce de conne. Recommence. Putain mais tu sais rien faire correctement !

Plus tard, il m'a envoyée au commissariat remettre la lettre à la police. Le grand inspecteur l'a lue puis m'a demandé :

— Pourquoi avoir attendu que Simon émette ses accusations contre ton père pour nous remettre cette déclaration ?

J'ai baissé les yeux sur mon gros ventre. J'étais certaine d'aller en prison si je n'obéissais pas à papa.

— J'avais peur.

Je n'aimais pas mentir, et pour être franche, je ne crois pas que l'inspecteur m'ait crue. Il ne me l'a pas dit explicitement, mais j'ai été soulagée que la lettre ne débouche sur rien. La revanche de papa avait échoué.

Maman était un vrai zombie ; elle se renfermait tellement qu'on avait l'impression qu'elle n'était plus là. Elle pensait sans doute aux petits durant ces longues heures passées à fixer le vide. Moi aussi ils me manquaient maintenant que j'étais rentrée. La maison était trop silencieuse, les journées trop longues ; autrefois, il fallait ramasser derrière eux, leur préparer à manger, les rassurer la nuit… aujourd'hui, nous n'avions plus rien à faire.

Maman et moi n'abandonnions pas l'espoir de récupérer les petits et nous avions entrepris de repeindre leurs chambres. Nous voulions qu'elles soient aussi jolies que possible pour leur retour. Papa nous avait laissées faire car il ambitionnait lui aussi de les récupérer. Pour lui, c'était une question de fierté : il n'avait peut-être pas vraiment envie de les revoir, mais il ne voulait pas pour autant qu'une autre famille les obtienne ; c'était aussi une question d'argent évidemment. Les allocations familiales qu'il touchait pour chaque enfant ne tombaient plus, et les fins de mois étaient difficiles. L'humeur de l'idiot s'aigrissait au fil des semaines tandis qu'il comptait chaque penny et épluchait chaque ticket pour s'assurer qu'on ne mettait pas une pièce dans nos poches. Si le compte n'y était pas, nous savions qu'il ne nous raterait pas.

Maman et moi avions peint la chambre des filles en mauve, et posé du papier peint avec des bateaux pirates et des châteaux dans celle de Charlie, en évoquant le jour où ils seraient de retour. Nous savions toutes les deux que Simon ne reviendrait pas, mais l'espoir de revoir les petits nous aidait à tenir. En attendant, je m'occupais d'elle au mieux. Les enfants ramèneraient de la vie dans la maison. Je ne songeais même pas qu'ils étaient plus en sécurité loin de papa : tout ce que je voulais, c'était être avec eux.

Parfois, pendant que nous décorions, je me surprenais à penser au bébé. Je me demandais comment les choses se passeraient quand il serait là. Mais je chassais aussitôt ces pensées. Dès que je me rappelais comment l'enfant avait été conçu, je me remettais à le détester et j'espérais qu'il ne vienne jamais au monde. Je ne pouvais pas imaginer tenir cette créature dans mes bras, sachant qui était son père. Je savais que l'idiot comptait en faire le premier d'une longue lignée, parce qu'il me l'avait dit.

— Quoi ? m'étais-je écriée.

— Ta mère peut plus en avoir, et j'en veux d'autres, alors c'est toi qui vas les porter.

Je refusais de penser à cette perspective tandis que l'embryon se développait en moi. Je me sentais en prison à l'intérieur de mon corps, tout autant que dans la maison, et rien ne pouvait m'en libérer – pas même la visite de mon frère Michael. Michael était venu un jour, quelques semaines après mon retour. J'étais loin d'imaginer qui frappait à la porte. Il y avait six ans que je n'avais pas vu l'homme qui se tenait devant moi. Mon frère ne ressemblait plus à l'adolescent dont j'avais gardé le souvenir. J'avais face à moi un adulte au torse large et aux cheveux plus longs, qui portait une barbe et une moustache.

— Michael ? ai-je murmuré.

Je n'arrivais pas à croire qu'il soit vraiment là, à quelques centimètres de moi, après tout ce temps.

— Ça va, sœurette ? a-t-il demandé, comme si nous nous étions vus hier. J'ai appris pour les gamins. Je suis venu voir papa. Où il est ?

— Dans le salon.

Michael est entré dans la pièce avec une confiance presque insolente, et je me suis retournée pour lui emboîter le pas. J'étais nerveuse. Que faisait-il là ? Comment papa allait-il réagir ? L'eau avait coulé sous les ponts, mais je savais que sa haine envers Michael n'avait pas baissé d'un cran.

— Salut, papa, a dit Michael.

Allongé sur son lit, l'idiot a levé les yeux de la télé.

— Qu'est-ce que tu fous ici, toi ?

Papa m'a lancé un regard noir sur le seuil. Il fronçait les sourcils, la bouche tordue d'un rictus. Assise sur le sofa, maman s'était figée, comme si elle n'arrivait pas à en croire ses yeux. Michael est allé l'embrasser puis s'est tourné vers papa.

— Je suis venu discuter des petits, a dit mon frère.

— Comment ça ? a rétorqué l'idiot.

— J'ai eu vent de ce qui s'est passé. Je sais qu'on vous les a retirés et je voudrais les prendre à la maison.

— Qu'est-ce que c'est que ces conneries ?

— Il me faut ton autorisation pour les faire sortir du foyer. Ils n'ont rien à faire là-bas, je peux m'occuper d'eux. Les services sociaux m'ont dit qu'ils pouvaient habiter chez moi en attendant la fin de l'enquête.

— Tu te fous de ma gueule ? a grondé papa. Tu crois que je vais te laisser me les prendre ? Jamais. Tu les auras pas !

— Pourquoi ? Ils seraient mieux chez moi que dans ce foyer.

— Jamais de la vie ! a répété papa. Faudra me passer sur le corps. Tu crois que tu peux revenir ici et faire ta loi, petit bâtard !

— Je proposais juste mon aide…

— Ton aide ? T'es qu'une merde, Michael. On n'a pas besoin de toi. T'es qu'une sous-merde !

J'ai regardé Michael : la colère et la tristesse se bousculaient sur son visage. L'idiot a commencé à hausser la voix. Maman et moi restions muettes : nous savions qu'une gifle pouvait tomber si nous disions un mot de travers.

Soudain, Michael s'est tourné vers moi en montrant mon ventre :

— C'est vrai ce qu'on dit ? C'est le sien ?

— Dis pas de conneries, putain ! a tonné l'idiot. Comment t'oses demander ça ? Allez fous-moi le camp !

— Pas tant que j'aurai pas tiré ça au clair.

— Fous-moi le camp d'ici, petit bâtard ! a hurlé papa. Tu m'entends ? Casse-toi de chez moi !

Michael ne bougeait pas. Je sentais les mots bouillonner en moi, mais j'étais incapable de remuer les lèvres. L'atmosphère de colère que j'avais connue étant enfant régnait à nouveau entre Michael et mon père. J'avais peur de ce que mon frère ferait s'il savait, et honte de moi : je craignais qu'il me juge. Il y avait bien longtemps que je n'étais plus la petite fille qu'il avait promis de protéger.

— N'aie pas peur de cet enfoiré, Alice, m'a dit Michael d'un ton rassurant. Je suis là et je le laisserai pas te toucher. Alors ? Qui est le père du bébé ?

— Pete, ai-je répondu.

— Pete !? Le frère de la fille avec qui je sortais à l'époque ?

— Oui. Je suis tombée sur lui il y a deux semaines.

— Vraiment ?

Michael m'a observée sans parler et j'ai vu l'incertitude et la confusion dans son regard.

— Oui, ai-je confirmé tandis que l'idiot criait de plus belle :

— Comment tu oses ? Dégage de chez moi !

Michael s'est retourné vers papa :

— Laisse-moi offrir un toit aux gamins et les sortir de ce foyer. J'ai vingt ans maintenant ; je suis assez âgé pour m'occuper d'eux.

Une lueur d'espoir s'est allumée en moi : Michael était revenu à la maison comme il l'avait promis. Il allait m'emmener avec lui. Je devais juste persuader maman de nous suivre et nous n'aurions plus rien à craindre. Ce serait comme dans le rêve que nous faisions étant enfants.

Papa a ricané.

— Pourquoi je te les laisserais ? T'es même pas leur vrai frère.

On aurait dit qu'un masque était tombé sur le visage de Michael : l'espace d'une seconde, un voile de tristesse a traversé son regard, avant de laisser de nouveau place à la colère.

— Je m'en contrefous ! a crié Michael. Je sais qui est ma mère. Ils sont de mon sang. Laisse-moi les petits.

— Tu peux toujours courir ! s'est exclamé papa.

Jamais l'idiot n'autoriserait Michael à mettre le grappin sur nous. Quand la dispute s'est tassée, maman et moi nous sommes rapprochées de Michael. Nous voulions avoir de ses nouvelles. Il était resté un bon moment, et nous avait annoncé qu'il avait une fiancée et une petite fille. J'étais très intimidée, car je retrouvais peu à peu le garçon auquel j'avais été tant attachée, mais je me rendais compte que je ne connaissais pas vraiment l'homme.

— Préviens-moi si tu as besoin de quoi que ce soit, maman, a-t-il dit en partant. Appelle-moi et j'arriverai.

Puis il s'est tourné vers moi :

— Prends soin de toi, sœurette.

Il n'a pas évoqué les accusations de Simon envers papa, et je pense qu'il n'y accordait pas de crédit, car certains secrets sont trop terrifiants pour les envisager. Il a promis de téléphoner plus souvent, et j'espérais qu'il tiendrait parole, car une partie de moi continuait de croire que mon grand frère reviendrait pour nous sauver maman et moi. Alors seulement je lui avouerais mon secret : une fois que nous serions loin d'ici et à l'abri. En attendant, je souffrirais mon sort en silence. Je ne pouvais pas partir en laissant maman.

J'entrais dans mon huitième mois de grossesse quand j'ai réalisé que je ne sentais plus le bébé bouger depuis quelques jours. Tout allait bien lors de l'échographie que j'avais passée quelques mois plus tôt, mais j'avais raté la dernière, parce que papa avait refusé de m'y conduire : je craignais qu'il y ait un problème. J'essayais de me souvenir de la dernière fois que je l'avais senti bouger, mais j'en étais incapable ; ce devait être la veille, mais je préférais ne pas y penser. Durant les deux jours suivants, je guettais le moindre mouvement du bébé – une indication que je m'inquiétais pour rien. Je m'étais habituée à ses coups et il était si grand maintenant que je voyais parfois une bosse apparaître sur mon ventre quand il bougeait son coude ou son pied. J'avais peur, car même si je n'étais plus qu'à deux semaines de mon terme, je refusais toujours de me projeter après la naissance. Je me souvenais de l'époque où mes frère et sœurs étaient bébés, de l'amour que je leur portais, même quand j'étais fatiguée et qu'ils me réveillaient au milieu de la nuit, ou qu'ils pleuraient sans arrêt. J'étais persuadée que jamais je ne pourrais ressentir la même chose pour ce bébé. Comment pourrais-je regarder maman dans les yeux et accepter son aide en sachant ce que je savais ?

— Il faut que j'aille voir le médecin, ai-je dit à l'idiot quand j'ai réalisé que le bébé ne bougeait plus du tout.

— Pour croiser le comité d'accueil ? Non. Les flics seront là à m'attendre et j'ai pas envie qu'ils me posent d'autres questions. Tu vas très bien.

Durant trois jours, je n'ai pas cessé de demander à papa de me conduire à l'hôpital : j'étais sûre qu'il y avait un problème. Ce n'est que le quatrième jour qu'il s'est finalement décidé : on m'a emmenée dans une salle où un médecin m'a examinée. Après quelques minutes, il s'est tourné vers moi, le visage grave.

— Je n'entends pas de battements de cœur. Je crois que votre bébé est mort dans l'utérus.

— Quoi ? me suis-je écriée, la voix chargée d'émotion.

— Votre bébé est mort dans votre utérus.

Mon premier sentiment a été de la colère – contre le manque de tact et l'insensibilité de ce médecin qui m'annonçait la chose comme un fait anodin. Puis je me suis dit : n'est-ce pas ce que je voulais ? Un soulagement m'a envahie quand j'ai réalisé que je ne mettrais pas cet enfant au monde. Peu importait comment l'idiot réagirait. Le bébé n'était plus là : mes prières avaient été exaucées. Je ne ressentais rien d'autre qu'une torpeur détachée.

On m'a expliqué qu'on allait me faire une injection afin de déclencher le travail, car le fœtus étant trop grand, il devait être extrait par les voies naturelles. Une série de douleurs m'a saisie quand les contractions ont commencé. Maman me tenait la main et je la lui serrais à chaque fois que j'avais mal. J'essayais de me déconnecter de ce qui se passait. Je voulais juste que cela se termine. Mais chaque fois, la douleur revenait et me rappelait ce que j'étais en train de faire : j'expulsais le bébé que papa avait mis en moi.

— Essaie de respirer, ma chérie, ne cessait de me répéter maman.

Je savais que l'idiot attendait dehors. Une autre contraction a commencé et mes dents se sont enfoncées dans la main de maman.

— Continuez de pousser, a dit le médecin.

Ça n'en finissait pas. Je poussais et poussais pour que la douleur cesse, mais elle persistait. Les contractions me déchiraient le ventre et j'entendais le médecin me dire de continuer. Et puis une dernière douleur, suivie du silence.

— C'est un garçon, a dit une voix.

J'ai détourné la tête. Je ne voulais pas le voir.

Cette nuit-là, les médecins m'ont donné des somnifères, mais mon esprit s'emplissait de pleurs dès que je fermais les yeux. Je rêvais d'enfants : Charlie et Kate bébés, dans leurs petits lits, me regardant et réclamant que je les réconforte. À mon réveil, je me sentais comme engourdie dans la lumière grise du matin. Il n'y avait plus rien en moi. Mon souhait avait été exaucé. Le bébé avait disparu. Peut-être que tous les problèmes qu'il avait causés disparaîtraient avec lui et que nous pourrions récupérer les enfants ?

Quand la police est revenue demander des tests sanguins, j'ai refusé, et j'ai également dit au médecin que je ne voulais pas qu'on effectue d'autopsie sur le bébé ; c'était ce que papa m'avait demandé. Je voulais oublier tout ce qui se rapportait à ce bébé presque né. Mais le monde m'étouffait chaque jour un peu plus, et je devais faire d'immenses efforts pour respirer, comme si je traversais un brouillard de béton. Il y avait une sorte d'écran invisible entre maman et moi. Quand elle venait me voir, elle pleurait des larmes sincères : à ses yeux, le bébé mort était bien réel, pour elle, j'avais perdu mon enfant et j'avais beau me convaincre du contraire, je n'arrivais pas à m'empêcher de penser à lui. Je l'avais prénommé Jonathan, et j'avais envie de hurler quand j'y pensais. Pourquoi étais-je triste ? C'était pourtant ce que j'avais voulu, que le bébé disparaisse, et c'était ce qui s'était passé. Jonathan était mort par ma faute. Durant tout le temps que je l'avais porté, j'avais souhaité sa mort : je l'avais tué.

À ma sortie de l'hôpital, maman m'a ramenée à la maison. Sachant que la police rôdait et posait beaucoup de questions, l'idiot s'y faisait rare ; il était souvent sorti, ou caché dans sa camionnette. Le reste du temps, j'essayais de l'éviter car je ne savais pas comment il réagissait à mon retour. Mais je ne pouvais pas l'éviter éternellement ; un jour, maman m'a demandé de lui apporter son repas dans sa camionnette. Il y avait deux jours que j'étais sortie de l'hôpital. J'ai frappé à la portière arrière et il m'a ouvert.

— Entre, a-t-il sifflé en regagnant la pénombre de l'habitacle.

La peur m'a envahie dès que je l'ai vu. Qu'allait-il faire ? Était-il furieux que son bébé soit mort ? Savait-il que Jonathan était mort à cause de moi ? J'avais demandé qu'il meure et on avait exaucé ma prière.

— Où est ta mère ? a aboyé l'idiot.

— À la maison. Je t'apporte ton repas.

— Je mangerai plus tard, a-t-il dit en balançant le plateau sur le sol.

Sans rien ajouter, il s'est assis au volant et a démarré. Comme nous commencions à nous éloigner, j'ai compris ce qu'il avait en tête. Accroupie à l'intérieur de la camionnette, j'attendais qu'il ralentisse. Bientôt, j'ai senti le plancher trembler tandis que la camionnette s'engageait sur une route caillouteuse. Il s'est arrêté dans un chemin de terre.

L'idiot a réenjambé le siège pour passer à l'arrière.

— Non, papa, s'il te plaît, ai-je murmuré tandis qu'il s'approchait de moi.

Je ne pouvais pas le supporter. Je ne pouvais plus le laisser me faire du mal. Il y avait seulement quelques jours que j'avais perdu Jonathan. Je ne voulais pas qu'il m'approche. Mon corps restait endolori et mon chagrin était encore frais.

— Ferme-la ! a grondé papa. Enlève ta jupe !

Quand j'ai senti ses mains me tripoter, j'ai tenté de déconnecter mon esprit comme je le faisais autrefois. Mais je ne pouvais pas m'empêcher de penser au bébé, mon bébé, le petit garçon que j'avais prénommé Jonathan. Au lieu de faire le vide dans mon esprit quand papa a commencé à me toucher, je ne songeais qu'à Jonathan. Je ne l'avais pas vu, ni tenu et je le regrettais. Peut-être alors aurais-je pu lui demander pardon ? De l'avoir détesté et d'avoir souhaité sa mort.

— T'as des montées de lait ? a demandé l'idiot en s'accroupissant devant moi.

— Non.

Il se penchait sur moi et un relent de sueur aigre m'a balayée. Je voyais ses ongles sales et ses cheveux qui pendaient autour de son visage.

— Tu mens, sale pute ! Regarde un peu ton T-shirt.

J'ai baissé les yeux et vu une tache humide sur ma poitrine : le lait du bébé que j'avais perdu.

— Retire-le ! a-t-il ordonné.

Je l'ai regardé : il n'allait quand même pas me demander ça ? Je n'en croyais pas mes oreilles.

— Qu'est-ce que tu veux ? ai-je murmuré.

— Je t'ai dit de retirer ton T-shirt ! Tu veux que je t'en colle une, putain ?

Ses yeux me dévoraient tandis que je soulevais mon haut et ôtais mon soutien-gorge. Quand il a penché sa tête sur ma poitrine, mon esprit s'est finalement mis en veille. Je ne pensais plus qu'à une chose : j'avais tué mon bébé et maman avait perdu ses enfants à cause de moi. J'étais foncièrement mauvaise, pourrie. Et j'endurais maintenant ma punition : mon père était ma punition, et il en serait toujours ainsi. C'était tout ce que je méritais.

13

Nous pouvions rendre visite aux petits dans leur foyer seulement deux fois par mois. Chaque fois que nous repartions, ils s'accrochaient à nous en demandant quand ils rentreraient. Nous n'avions aucune réponse à leur donner : les enfants avaient fait l'objet d'une ordonnance de placement et rien ne disait qu'on nous les rendrait, même si la police n'avait pas encore inculpé papa. J'ignorais s'ils comptaient le faire, mais pour le moment, papa était libre. Il était cependant bien décidé à mettre des bâtons dans les roues des travailleurs sociaux. S'il avait une peur bleue de la police, l'idiot prenait plaisir à manipuler mes frère et sœurs.

— Écoutez pas toutes leurs conneries ! leur disait-il. Leur obéissez pas ! S'ils vous disent d'aller vous coucher, dites-leur d'aller se faire foutre. S'ils veulent que vous mangiez leur bouffe, balancez-leur à la gueule. Faites-les tourner en bourrique pour qu'ils sachent qui vous êtes. Faut pas vous laisser faire !

Évidemment, les petits suivaient ses consignes : ils se montraient violents et semaient la pagaille dans le foyer. Papa les encourageait à fuguer, et plus d'une fois, on avait sonné à la porte et j'avais trouvé Laura debout sur le seuil.

— C'est bien, disait papa en riant. On va voir si ces connards vont te retrouver !

La police, ou quelqu'un des services sociaux, finissait par venir la récupérer, mais chaque fois qu'elle s'échappait, l'idiot considérait ça comme une victoire : il avait roulé dans la farine ces gens qu'il détestait. Quelques mois plus tard, papa était interdit de visites, et les personnes des services sociaux avaient dit à maman qu'elle seule était autorisée à voir les enfants. Papa était furieux. Écumant de haine, il s'obstinait à réclamer un droit de visite – plus pour agacer l'assistante sociale que par désir de voir les petits, je crois. Mais elle voyait clair dans son jeu et savait qu'il ne cherchait pas le bien des enfants mais à se servir d'eux pour propager sa haine. Papa n'avait pas obtenu gain de cause. Dès lors, il avait refusé de conduire maman aux visites : s'il ne pouvait pas voir les enfants, alors elle non plus. Maman avait trop peur de l'idiot pour essayer d'y aller seule.

Nous passions donc nos journées enfermés tous les trois dans la maison. Avec la fin des visites, maman a commencé à se renfermer de plus belle. Je voyais qu'elle était triste mais je ne pouvais rien faire pour l'aider car j'étais tout aussi perdue qu'elle. Je pensais constamment à Jonathan ; j'éprouvais une douleur que je n'avais jamais ressentie auparavant, un profond chagrin qui me laissait perplexe : comment pouvais-je pleurer la perte d'un bébé dont je n'avais jamais voulu ?

Les médecins m'avaient prescrit d'autres médicaments, mais ils n'avaient aucun remède à la honte qui me paralysait : je me moquais de mon propre sort désormais, car j'avais tué mon bébé. J'avais tué Jonathan, et à cause de moi, maman avait perdu ses enfants : j'étais aussi mauvaise que papa l'avait toujours dit. Lui en revanche ne parlait jamais du bébé : c'était comme si Jonathan n'avait jamais existé. Jusqu'au jour où une lettre est arrivée de l'hôpital. Elle disait qu'une cérémonie allait se tenir en sa mémoire. L'enveloppe contenait aussi le certificat de décès de Jonathan. Dès qu'il l'a vu, l'idiot s'est écrié :

— « Jonathan Peters » ? Pourquoi tu lui as pas donné mon nom ? Il te plaît pas, mon putain de nom ? Change-moi ça !

Il m'a tendu un stylo et je me suis assise pour inscrire son nom sur le certificat.

— Voilà, papa.

— Maintenant fous-moi le camp ! a-t-il crié en attrapant le papier pour me le balancer à la figure.

Je l'ai ramassé, en attendant de trouver un endroit où le ranger. C'était tout ce que j'avais pour me rappeler que mon fils avait existé.

— Est-ce que je peux aller aux obsèques ? ai-je demandé.

— Tu te fous de ma gueule ? Y aura la police, hein ? Pas question que tu pointes ton gros cul là-bas ! Maintenant débarrasse-moi le plancher !

Le jour des obsèques est arrivé, et je suis restée cloîtrée à la maison, sous le regard de l'idiot. Les semaines passaient, puis les mois, et j'avais l'impression que j'allais mourir sous un mélange de torpeur et de chagrin. Du moment où j'ouvrais les yeux le matin à celui où je les refermais le soir, je ne pensais qu'à mon bébé. Comment pourrais-je me pardonner ce que j'avais fait ?

Je songeais à Jonathan et à la vie dont je l'avais privé. Les tranquillisants et les antalgiques ne pouvaient rien contre cette douleur, et je volais les cachets de l'idiot pour les combiner. Je voulais me suicider et ne plus jamais me réveiller. Mais lorsque l'idiot l'a compris, il a commencé à ranger ses médicaments dans un sac de sport près de son lit. J'essayais tout de même de me faire du mal : je me plantais des épingles dans les jambes pour provoquer des ampoules, ou je me tailladais la chair. Une fois, je me suis entaillée si gravement le bras à l'aide d'un tesson de bouteille que papa m'avait balancé que j'ai dû aller faire panser la plaie à l'hôpital. En voyant la cicatrice, j'ai compris que je ne pourrais plus jamais oublier Jonathan, et dès lors, j'ai commencé à me taillader les avant-bras ou les chevilles à la lame de rasoir. Je regardais le sang couler en me répétant les mots de papa : j'étais mauvaise jusqu'à la moelle et je n'étais désormais bonne qu'à une seule chose : m'occuper de maman.

Quelque chose était mort en moi, mais elle aussi avait perdu une part d'elle-même. Sans les enfants, maman n'était plus la même : plus de sourires ni de câlins, plus de rires ni de blagues chuchotées. Elle restait assise toute la journée sur le lit, près de l'idiot, heure après heure, obéissant à ses ordres. Elle ne bronchait même plus lorsqu'il la giflait ou qu'il lui jetait quelque chose au visage ; elle se bornait à le fixer, de son regard vide.

— Qu'est-ce qui va pas chez toi, grosse débile ? criait-il, en essayant de provoquer la peur qu'il aimait tant voir sur son visage.

Papa, lui, devenait de plus en plus paresseux. Il fallait en faire toujours plus pour lui. Il ne prenait même plus la peine d'aller aux toilettes et utilisait une chaise percée qu'on avait donnée à maman car elle avait de plus en plus de mal à se déplacer. Mais papa s'était dit que cela lui économiserait des efforts à lui aussi, et il s'y asseyait pour faire ses besoins tandis que nous regardions la télé. Après quoi, l'une d'entre nous devait vider le pot.

Maintenant que maman avait perdu espoir, c'était comme si plus rien ne pouvait l'affecter. Les mois passant et les enfants ne revenant pas, il devenait évident que les services sociaux ne nous les rendraient jamais, même si papa n'avait pas été inculpé. Maman désirait plus que tout leur retour, mais vers la fin 1989, plus d'un an après leur placement, on nous a informés que nous ne les récupérerions jamais. Nous savions qu'ils avaient été séparés : Kate vivait dans une famille d'accueil qui souhaitait l'adopter – mais papa avait refusé ; Simon avait été placé en foyer dans une autre ville ; Laura et Charlie étaient aussi dans des foyers.

Un déclic s'est produit chez maman lorsqu'elle a réalisé que ses enfants étaient dispersés, et qu'elle était véritablement en train de les perdre. Après tout ce temps passé dans le mutisme et la prostration, elle est tombée dans l'excès inverse : elle n'arrêtait plus de parler d'eux, implorant papa de la laisser leur rendre visite, au risque de subir sa colère et de recevoir des gifles. Maman lui réclamait désespérément son aide, si bien qu'un soir, il a fini par craquer.

— Et si on demandait tout simplement à les récupérer ? avait suggéré maman pour la énième fois. J'aimerais bien aller là-bas voir ce qui se passe.

— Espèce de pauvre conne ! a rétorqué papa. T'as pas compris que tu les récupéreras jamais ? Et d'abord, pourquoi tu veux les reprendre ? T'as oublié ce qu'ils ont raconté sur moi ? C'est leur faute s'ils sont là-bas.

— Ils ont rien dit ! Je te jure. Ils veulent rentrer à la maison.

— Menteuse ! Qui c'est qui leur a raconté pour les vidéos ? C'est ces petits morveux. Je veux pas les revoir ici !

Maman l'a regardé dans le blanc des yeux.

— Moi si, a-t-elle répondu calmement.

Papa a haussé les sourcils.

— J'ai pensé à une chose qu'on pourrait faire… a enchaîné maman. Peut-être que si tu partais de la maison pendant quelques semaines, je pourrais les récupérer…

— Quoi ?

— Ce serait seulement pour quelque temps. Après tu pourrais rentrer.

Le visage de papa s'est assombri tandis qu'il la fusillait du regard.

— T'avise plus jamais de suggérer un tel truc, putain ! Comment tu oses me foutre à la porte ?

— Mais… je pourrais appeler les services sociaux et leur dire que tu n'habites plus avec nous. Comme ça, ils nous rendraient les petits.

J'avais peur pour maman. Elle s'entêtait à exposer son plan. Elle ne devait pas le contredire ; il ne laisserait jamais passer un tel affront.

— Boucle-la ! a-t-il grommelé. T'en veux une ?

Mais maman continuait :

— Écoute-moi… Je les récupère, et ensuite tu rentres à la maison. Ça ne sera pas long : juste le temps que les services sociaux nous fichent la paix.

Comme elle se levait pour venir le supplier, l'idiot a saisi un marteau et le lui a lancé. Maman l'a reçu sur la jambe et elle s'est effondrée sur la moquette en pleurant.

— Écoute-moi, s'il te plaît, il faut qu'on les récupère… sanglotait-elle.

— Hors de ma vue, sale pouffiasse !

Maman avait fini par se taire, mais je savais que l'idiot ne laisserait pas passer cet affront en ma présence. Cette nuit-là, j'ai perçu des gémissements étouffés dans le salon. Ce n'étaient pas les cris et les plaintes habituels. On aurait dit les pleurs d'un animal et cela avait duré des heures. En me réveillant le lendemain matin, je m'attendais à trouver maman avec un œil au beurre noir ou une lèvre fendue. Mais en fait, elle était couverte de marques de pincement violacées – des poignets jusqu'au côté du cou, et sur tout le bas du corps. Rien à voir avec les traces de coups d'autrefois : je ne savais pas ce que l'idiot lui avait fait, mais j'étais sûre que maman n'évoquerait plus jamais la possibilité de récupérer les petits.

Pendant des années, je me suis demandé pourquoi maman avait décidé de rester avec papa, après avoir réalisé qu'il lui coûterait ses enfants. Autrefois, je pensais que c'était par amour, mais j'avais fini par comprendre que je me trompais. Elle l'avait peut-être aimé quand elle n'était qu'une adolescente naïve, mais aujourd'hui, ce n'était plus de l'amour qu'elle ressentait pour lui, mais de la haine. Elle le détestait, mais le craignait trop pour imaginer la vie sans lui. C'était la peur qui liait maman à son tortionnaire – comme pour moi.

— Alice ! avait crié papa. Ramène-toi ici !

Il venait d'envoyer maman à l'épicerie, et mon cœur s'est mis à battre la chamade tandis que j'entrais dans le salon.

— Enlève ton soutif !

Je l'ai regardé. Je ne pouvais plus supporter qu'il me touche. Depuis que j'avais perdu Jonathan, j'avais envie de crier et de le griffer quand il me disait de monter sur le lit. Pourquoi se comportait-il ainsi ? Il savait que j'étais sa chose désormais. Il ne pouvait tout de même pas prendre plaisir à me voir ainsi morte sous lui ?

— Qu'est-ce que tu fous ? a-t-il lancé comme je le regardais sans bouger. (J'avais l'impression d'avoir les jambes en plomb : je ne pouvais pas m'approcher.) T'es sourde ou quoi ? Tu sais en combien de morceaux je vais te découper ? Imagine un peu la tronche de ta mère ! Et y a personne qui entendra !

J'ai retenu mon souffle tandis qu'il avançait vers moi.

— De toute façon, même si les gens entendaient, ils bougeraient pas. T'as pas encore compris ? Personne a envie de t'aider. Personne a envie d'écouter tes jérémiades ou de voir ta gueule ! T'es pire qu'une bonne à rien ! Si tu crois pouvoir me désobéir, tu te fous le doigt dans l'œil !

J'avais envie de le voir mort. Plus tard ce jour-là, j'ai volé certains de ses somnifères et les ai écrasés dans son thé. Puis je l'ai regardé boire. Cela suffirait-il à le tuer ? Maman et moi serions-nous enfin libres ? Évidemment, les somnifères n'ont eu aucun effet. Rien de ce que je ferais ne changerait jamais rien.

14

Je devais avoir seize ans quand l'idiot s'est découvert une passion pour le karaoké. La plupart des appareils électroniques qu'il achetait de manière compulsive (vieux magnétoscopes, télévisions, chaînes hi-fi) s'entassaient dans une des chambres et rejoignaient les milliers de cassettes vidéo qu'il s'était payées avec l'argent des allocations familiales. Il s'était également offert un karaoké, qu'il branchait la nuit pour chanter. Allongées sur le lit, nous devions écouter ses beuglements. Ses chansons favorites étaient *Put Your Sweet Lips a Little Closer to the Phone* de Jim Reeves, *In the Ghetto*, d'Elvis, et toutes celles de Hank Williams. Évidemment, après qu'on nous avait retiré les petits, nous ne percevions plus d'allocations et il fallait se serrer la ceinture. Alors, pour tenter de grappiller de l'argent, papa m'avait envoyée chez le médecin afin qu'il me déclare handicapée, ce qui m'aurait valu une pension. Mais ma demande avait été refusée. Papa gardait pour lui chaque penny des aides que maman et moi percevions, et les dépensait pour ses gadgets. Il s'était acheté un enregistreur et souriait en réécoutant sa voix.

Mais au début des années 1990, papa avait découvert une machine encore plus formidable : le karaoké. Il avait décrété qu'il en avait assez de cette ville. Nous ne récupérerions jamais les enfants, alors à quoi bon rester dans le coin. Je ne voulais pas déménager et m'éloigner des enfants, et je savais que maman partageait mon sentiment. Mais il y avait dix-huit mois qu'ils avaient été placés et l'idiot avait pris sa décision. Il a demandé à maman d'appeler Michael pour lui demander de nous héberger. Il agissait souvent ainsi : il se disputait avec des gens et restait fâché pendant des années, avant de ravaler subitement sa fierté s'il y avait quelque chose à en tirer. C'était ce qu'il avait fait avec Michael et je savais que mon frère accepterait de nous héberger, pour maman. Il ne pouvait pas lui refuser son aide, et je pense qu'une partie de lui espérait aussi la convaincre de quitter papa.

— Je t'aiderai à prendre ton indépendance, me disait-il parfois après que nous sommes repartis nous installer dans ma ville natale. (Nous logions dans le deux-pièces qu'il partageait avec sa petite amie Julie et leurs deux filles.) Je vais te trouver un chez-toi digne de ce nom.

Mais maman ne demanderait jamais à Michael de l'aider. Au début, je pensais que c'était parce qu'elle croyait expier le fait d'avoir perdu ses petits – tout comme je pensais expier la mort de Jonathan. Mais bientôt, j'ai réalisé qu'elle ne voulait pas laisser Michael nous aider parce qu'elle craignait que l'idiot s'en prenne à lui. Maman ne voulait pas causer d'ennuis à Michael. Il volait de ses propres ailes et avait fondé une famille. Il avait deux fillettes magnifiques : Paula, qui avait deux ans et les cheveux noirs, et Jacqueline, dix-huit mois, qui était rousse. Elles me rappelaient tant Laura et Kate que parfois, j'avais les larmes aux yeux rien qu'en les regardant. Maman le savait heureux et ne voulait pas gâcher ce bonheur.

Je ne sais pas trop ce que mon frère et sa compagne ont pensé de moi quand nous nous sommes installés. J'étais si renfermée qu'ils se sont sans doute dit, comme tout le monde par la suite, que j'étais une fille bizarre, un peu sauvage. J'étais en surpoids et je parlais peu : je me fondais dans le décor et prenais toujours garde à ne pas provoquer l'idiot. Quelque temps après notre arrivée, Michael m'avait présentée à des membres de la famille de maman, et notamment son neveu, Sam. Mais en dehors de quelques « bonjour » et « au revoir », je n'avais pas eu l'occasion de les connaître. Je restais cachée avec mes secrets, et personne ne s'intéressait à moi : j'étais invisible. Ils me croyaient simplement timide et sage. Ainsi, le soir de Noël, je me cantonnais au thé quand les autres buvaient de l'alcool. Mais la raison de cette abstinence était que j'avais été traumatisée par la raclée que papa m'avait administrée, le jour où j'avais bu en douce un peu de vin étant plus jeune ; depuis, je ne touchais plus une goutte d'alcool. Cette anecdote en dit long sur mon comportement durant les semaines où nous avons habité chez Michael : même si je ne me retrouvais jamais seule avec papa, je prenais garde à ne pas le contrarier.

Deux mois plus tard, nous avons emménagé dans un nouveau HLM, et l'idiot a immédiatement remis ça. Lui et maman dormaient sur un sofa dans le salon, tandis que je couchais dans la chambre attenante. Il pouvait constamment m'avoir à l'œil et, là encore, la porte d'entrée était verrouillée en permanence. Les jours s'enchaînaient, pareils les uns aux autres, et le monde se réduisait aux quatre murs de notre appartement. Je m'inquiétais de plus en plus pour la santé de maman qui se dégradait. Elle se rendait régulièrement à l'hôpital, et à plusieurs reprises, une ambulance était venue la chercher. Je faisais mon possible, évidemment, mais je savais que tous les cachets du monde ne pouvaient rien pour elle : ce n'était pas l'angine, ni la thyroïde ou les problèmes de tension qui la minaient, mais l'idiot.

Les semaines passaient, sans jamais aucune occasion, anniversaire ou fête, pour les distinguer. Tandis que l'idiot regardait ses films porno, heure après heure, je m'imaginais être ailleurs ; mon envie était si forte que les images et les parfums d'autres lieux remplaçaient presque ceux de ce salon crasseux et de mon père malodorant dans ma perception. C'est à ce moment que Michael a initié papa à quelque chose qui lui a plu davantage encore que le karaoké…

Mon frère aimait aller dans les clubs de danse western et country – des discothèques où les gens s'habillent comme au temps du Far West, pratiquent des danses en ligne, et se livrent à de fausses fusillades avec des revolvers chargés à blanc : pour l'idiot, c'était le paradis. Il pouvait s'adonner à sa passion des armes à feu en toute liberté, parmi des gens qui le prenaient naïvement pour un simple amateur de westerns. Lui et Michael ont commencé à fréquenter ces clubs une fois par semaine. Pendant ce temps, maman et moi restions à l'appartement. C'était la première fois que nous nous retrouvions seules, et ces soirées étaient les plus heureuses que j'eusse connues depuis qu'on nous avait retiré les enfants.

Pendant qu'ils étaient sortis, maman et moi nous préparions du thé et des toasts avant de nous blottir côte à côte devant la télé. La pauvre n'osait même pas prendre la télécommande pour choisir son programme. Quand j'étais plus jeune, maman adorait suivre les feuilletons policiers, alors nous nous installions devant une série policière. D'autres fois, nous nous asseyions à la table et jouions aux cartes : rami ou trente et un. Je faisais rire maman en la traitant de tricheuse. La sensation de liberté nous donnait presque le vertige : nous étions libérées de lui et de sa présence inquiétante. Plus personne pour nous espionner ni guetter le moindre de nos faux pas. Je voyais les yeux de maman s'éclairer quand je la taquinais, et je savais que j'avais fait le bon choix en revenant vivre auprès d'elle : j'avais bon espoir de la convaincre un jour de s'enfuir avec moi. Nous ne parlions jamais de papa durant ces soirées, ni du choix que j'avais fait de revenir à la maison. Nous ne voulions pas gâcher ces précieux moments en évoquant notre bourreau.

Si l'idiot s'était quelque peu rabiboché avec Michael, assez longtemps pour accepter de loger chez lui, leurs rapports demeuraient en dents de scie. Comme à l'époque où nous étions enfants : un jour il y avait une trêve, et le lendemain, les cris et les menaces reprenaient de plus belle.

— Ce petit bâtard remettra pas les pieds chez moi ! criait papa quand maman lui parlait de Michael. J'en ai ma claque. C'est fini !

Mais nous savions que ça ne l'était jamais vraiment. Michael finissait toujours par revenir après chaque dispute. Ils avaient chacun leur raison : mon frère voulait garder le contact avec maman, tandis que papa avait besoin de quelqu'un avec qui sortir. Ainsi, une trêve fragile et de courte durée était conclue et bientôt, ils repartaient ensemble dans les clubs de country. Bien sûr, la dispute suivante n'était jamais loin, et c'est après l'une d'elles que papa a décidé d'entraîner maman dans ces soirées.

Maman semblait contente de l'accompagner quand elle allait bien, mais il la forçait aussi à sortir quand ça n'allait pas. Pendant ce temps, je restais seule à la maison. Une fois Michael et papa à nouveau rabibochés, il arrivait qu'on m'emmène chez mon frère pour garder ses filles pendant que les deux couples sortaient. J'étais ravie ces soirs-là car je pouvais faire semblant d'être chez moi, avec mes enfants endormis dans leurs lits. Je n'avais jamais rêvé de ce genre de vie auparavant, mais les romans sentimentaux que je m'étais mise à lire avaient changé quelque chose en moi. Tout avait commencé par un coupon dans un magazine que j'avais renvoyé et qui offrait un exemplaire gratuit. Je pensais que les livres me permettraient de passer le temps. Je ne sortais de l'appartement qu'une quinzaine de minutes, deux fois par semaine – le mercredi, j'allais toucher mes aides, et le jeudi, la pension de papa – aussi les journées étaient-elles interminables. J'avais été captivée dès les premières pages, et je m'en étais rapidement procuré d'autres : tous mes soucis se diluaient le temps de la lecture, tandis que mon esprit se remplissait d'histoires de médecins et d'infirmières, d'amours maudits et de princes charmants.

Quand l'idiot a réalisé que je parvenais à échapper à son emprise par la lecture, il m'a clairement fait comprendre qu'il n'appréciait pas mon nouveau passe-temps. Mais j'étais bien décidée à m'y accrocher : ces livres étaient mes seules possessions. J'ai commencé à les cacher sous une serviette, dans la salle de bains, et je lisais quelques pages chaque fois que j'entrais aux toilettes. Je ne pouvais pas disparaître trop longtemps, car autrement, il se mettait à m'appeler, mais quelques pages suffisaient pour me redonner du baume au cœur. Ce n'étaient pas seulement les histoires que j'appréciais, mais aussi et surtout les sentiments qu'elles m'inspiraient. La nuit dans mon lit, je me surprenais à songer à des choses que je n'avais jamais considérées auparavant : je me demandais si moi aussi, un jour, je tomberais amoureuse et aurais ma propre famille. Dans les deux années qui avaient suivi la perte de Jonathan, j'avais été convaincue de ne pas mériter un tel bonheur. Mais à présent, de nouvelles émotions naissaient en moi à mesure que les livres m'ouvraient des fenêtres sur un monde que je ne connaissais pas : un monde où les hommes et les femmes s'aimaient d'un amour tendre, où les familles vivaient heureuses et loin de la peur. Je ne partageais mes pensées avec personne, bien sûr, et je ne lisais pas devant papa, mais le fait de les avoir à l'esprit me suffisait.

Dans tous les cas, papa était trop occupé par ses soirées pour remarquer les changements dans mon comportement. Il raffolait tellement de ces clubs de country qu'il s'est bientôt acheté la panoplie complète des participants : chemise à frange, long manteau, pantalon et chapeau de cow-boy, tous noirs. Il avait même un ceinturon, qu'il portait à la maison pour s'entraîner à dégainer son revolver. Il le pointait face à lui dans la glace, ou tirait dans des ballons. Les autres participants se servaient de répliques, mais lui mourait d'envie d'utiliser ses vrais revolvers ; j'en tremblais. En fait, à peu près un an après qu'il avait commencé à y aller, papa avait trouvé quelqu'un pour bricoler ses revolvers factices afin qu'ils acceptent de vraies munitions. Personne n'était au courant, évidemment, mais ça ne faisait qu'augmenter ma peur qu'un jour, il les utilise pour mettre ses menaces contre nous à exécution. J'avais toujours l'image de ces armes en tête quand il me forçait à avoir des relations sexuelles avec lui.

Quelques mois plus tard, un événement totalement inattendu s'est produit : il a décidé que j'allais l'accompagner. Je ne me souviens plus des circonstances exactes : peut-être que Michael n'était pas là, ou que maman était trop malade pour sortir. Toujours est-il qu'il m'y avait emmenée. Je n'y croyais pas. Il me demandait de sortir avec lui, comme un père et sa fille. Je savais qu'il valait mieux ne pas le contrarier, sinon, c'étaient des gifles ou des coups de canne assurés, ou des objets qu'il m'envoyait au visage.

Mais je ne comprenais pas ce qu'il avait en tête. Et j'étais nerveuse lors des premières sorties. Je restais en retrait et l'observais tandis qu'il riait et buvait avec ses amis. Je n'osais parler à personne, de peur de lui donner un motif de se mettre en colère.

Mais avec le temps, j'ai commencé à me dire que papa n'avait peut-être pas d'idée derrière la tête ; il appréciait sincèrement ces sorties. Pour ma part, je fréquentais enfin le monde extérieur, je rencontrais de vrais gens. Bientôt, j'allais en soirée deux fois par semaine, et même si je n'étais pas entièrement à l'aise – je savais que je n'étais pas vraiment libre de rire, boire et bavarder –, j'ai commencé à attendre ces sorties avec impatience, car pendant quelques courtes heures, j'arrivais à me convaincre que j'étais libre. J'avais fait la connaissance de femmes qui m'avaient appris quelques danses en ligne, et je participais même aux concours de tir. Je ressentais une bouffée d'orgueil quand je réussissais à toucher les ballons et que j'entendais les gens m'applaudir. Papa n'aimait pas trop ça, évidemment, alors par moments, je faisais exprès de rater. Néanmoins, je commençais à me sentir vivre.

C'était la première fois que je fréquentais ce monde. Je n'étais jamais allée en boîte de nuit, ni dans un pub auparavant. Les boîtes de nuit étaient des endroits amusants, pleins de monde, de fumée et de bruit, et j'avais envie de m'y jeter à corps perdu. Voir tous ces gens normaux – maris et femmes, ou jeunes hommes avec leurs petites amies – vivre leurs vies banales, me faisait réfléchir. Ces hommes ne vous mettaient pas le couteau sous la gorge en aboyant des ordres ; ils ne forçaient pas leurs propres filles à coucher avec eux comme des esclaves sexuelles. Ces gens n'avaient aucune idée du monstre qui évoluait parmi eux, souriant et plaisantant en se faisant passer pour l'un des leurs.

Même si je savais que les habitués auraient été horrifiés d'apprendre le secret de papa, jamais l'idée ne m'avait traversée de me confier à quiconque. J'étais certaine qu'on me repousserait et j'avais trop honte pour admettre ce qu'il se passait entre papa et moi depuis toutes ces années, si bien qu'à la fin de chaque soirée, je regagnais ma prison, sans savoir si papa me laisserait sortir à nouveau.

Chaque fois que nous entrions dans le club, je savais que j'appartenais à l'idiot, malgré tout je ne pouvais m'empêcher d'observer les autres couples. Certains riaient et plaisantaient, tandis que d'autres s'embrassaient et se faisaient des mamours. Au fil des mois, les rêves que les romans sentimentaux m'inspiraient semblaient se rapprocher de ma portée. Papa m'avait toujours répété que personne ne voudrait jamais de moi car j'étais une crasseuse et une bonne à rien. Mais à présent, je sentais monter en moi quelques notes d'espoir et commençais à m'envisager une vie en dehors de la maison. Même papa semblait ouvrir la porte à cette possibilité.

— Quand tu seras mariée, m'avait-il dit un jour, faudra que tu t'arranges pour pas habiter trop loin.

Je n'avais pas compris ce qu'il voulait dire.

— Je ne trouverai pas de mari, avais-je répondu prudemment : je craignais qu'il me tende un piège.

— Bien sûr que si. Mais si tu te maries, il faudra qu'on garde notre petit arrangement comme avant...

L'idée même me rendait malade. Je savais que si je tombais un jour amoureuse, il serait hors de question que je me taise plus longtemps. Il faudrait que ce soit comme dans les romans. Mais plus papa abordait le sujet, plus je songeais au futur. Après qu'on nous avait pris les enfants, j'avais presque perdu espoir de convaincre un jour maman de s'enfuir avec moi. Mais à présent, je me demandais si moi, j'en serais capable. Oserais-je rêver d'avoir ma propre famille ? Je ne savais pas quoi penser, mais je faisais attention à ne pas parler à n'importe qui au club, de peur de mettre papa en colère. Peut-être me tendait-il un piège en parlant de mariage ? Peut-être me testait-il ? Je ne voulais surtout pas lui dévoiler mes pensées.

15

Tout a changé le soir où j'ai rencontré Jimmy. C'était environ un an après notre retour dans ma ville natale, et je me trouvais au club avec papa lorsque j'avais remarqué qu'un homme m'observait. Il était grand et mince, les cheveux bruns et je le reconnaissais : c'était un copain de Michael. La première fois, mon regard avait glissé sur lui tandis que je balayais la foule des yeux, mais lorsque je m'étais à nouveau tournée vers lui, j'avais vu qu'il continuait de me fixer. Je me tenais debout près de papa, qui riait et plaisantait avec ses amis.

— T'as les portugaises ensablées ? avait crié l'idiot tout d'un coup.

— Quoi ?

— J'ai dit que je voulais une autre putain de vodka. Va m'en chercher une. T'es encore en train de rêver ?

Mon estomac s'était noué. Je savais que l'homme continuait de me dévisager et je ne voulais pas que papa s'en aperçoive. J'avais passé le reste de la soirée assise, sans oser le regarder. Quelques jours plus tard, quand nous sommes retournés au club, l'homme était à nouveau là. J'ai ressenti des papillons au ventre en l'apercevant, et deux minutes plus tard, mon cœur s'est mis à faire des bonds tandis qu'il marchait vers moi.

— Comment ça va ? a-t-il demandé.

J'aimais son sourire.

— Très bien.

— Je te vois souvent ici. Tu es une vraie tireuse d'élite, pas vrai ? Et une bonne danseuse aussi. Tu aimes venir ici ?

J'ai lancé un regard nerveux vers la piste de danse.

— Je m'appelle Jimmy, a-t-il continué. Jimmy Dean. Je connais ton frère, Michael. Toi, c'est Alice, c'est ça ?

J'ai tourné les yeux vers lui.

— Oui.

— Enchanté de te rencontrer. Tu bois quelque chose ?

— J'ai pas le droit de boire d'alcool.

— Mais si ! Allez, qu'est-ce que je t'offre ?

— Rien. Ça ira.

— D'accord. Alors tu veux danser ?

— Non. Il faut que j'y aille.

Je m'étais dépêchée de partir, plantant Jimmy au milieu de la foule. Je ne sais pas ce qu'il s'était dit : au mieux, que j'étais mal polie, au pire, que j'étais folle. J'étais sûre qu'il m'oublierait, mais je savais que moi, je ne l'oublierais pas. En me couchant cette nuit-là, j'avais repensé à lui. Il m'avait complimentée sur la couleur de mes yeux et j'étais restée bête. Je ne me souvenais pas qu'on m'ait jamais dit une chose aussi gentille auparavant.

Durant les jours qui ont suivi, je n'arrêtais pas de songer à Jimmy, et chaque fois, les papillons revenaient dans mon ventre. J'éprouvais une nervosité mêlée d'excitation ; je savais que l'idiot ne devait pas s'en apercevoir. C'était bizarre. Je me demandais quand papa me remmènerait au club et si j'y reverrais Jimmy.

— Jimmy veut savoir si tu accepterais de sortir avec lui, m'a dit Michael quelques jours plus tard, lorsqu'il est venu nous voir.

— Qui ça ?

— Jimmy Dean, tiens !

— Non ! me suis-je écriée.

— Pourquoi pas ? Il t'aime bien, tu sais ?

— Tu sais que je peux pas. Qu'est-ce que papa dirait ?

— Tu t'en fiches. T'as vingt et un ans, Alice. Tu es libre de faire ce que tu veux.

Je n'ai rien répondu. Michael ne se rendait pas compte. Papa me tuerait si j'avais le malheur de rencontrer Jimmy en dehors du club. J'espérais seulement le revoir là-bas et discuter un peu plus avec lui. Peut-être que l'idiot ne nous avait pas vus bavarder ? Ou qu'il n'y voyait pas d'inconvénient, tant qu'il pouvait me surveiller ? Il y avait maintenant plusieurs mois que je l'accompagnais en soirée. Peut-être avait-il décidé de m'accorder un peu plus de liberté ? De toute manière, je savais que jamais je ne pourrais accepter le rendez-vous que Michael avait suggéré. Papa gardait toujours un de ses couteaux sous la main.

Quelques jours après la visite de mon frère, on a sonné à la porte et je suis allée ouvrir. C'était à nouveau lui.

— J'ai amené quelqu'un qui voulait te voir, a-t-il dit, les yeux brillants. On est venus prendre un thé.

Je n'en croyais pas mes yeux. Jimmy venait d'apparaître juste derrière Michael.

— Salut, Alice, a-t-il dit.

À quoi Michael jouait-il ? Il savait que papa lui en voudrait d'avoir amené un étranger à la maison. Mais il ne semblait pas inquiet. Lui et Jimmy sont entrés dans le salon où l'idiot et maman étaient assis.

— Je vous présente Jimmy, a dit Michael. (Mon père le fusillait du regard.) On est juste passés quelques minutes. On prend un thé et on s'en va.

Papa ne disait rien. Il continuait de fixer l'écran de télé. Je l'observais du coin de l'œil tandis que Michael et Jimmy commençaient à bavarder. Je sentais la colère monter en lui : quelqu'un allait devoir payer les pots cassés.

— Comment vas-tu ? m'a demandé Jimmy.

— Bien, ai-je murmuré.

J'ai vu papa se lever du lit et sortir de la pièce. Je ne savais pas quoi dire à Jimmy. Une partie de moi ne voulait pas lui parler, mais une autre en mourait d'envie.

— Alors, quel genre de film tu aimes ? m'a-t-il demandé tandis que je buvais mon thé.

— Je ne vais pas au cinéma.

— Ah. Alors quel style de musique tu préfères ? Je sais que tu aimes la musique. Je te vois taper du pied en rythme au club.

— J'écoute la musique de papa, ai-je répondu.

— Exact ! a dit l'idiot.

Il se tenait près de la porte, les yeux rivés sur Jimmy et moi.

— Alice aime les mêmes choses que moi, pas vrai, Alice ?

— Oui, papa.

— Dans ce cas quel style de musique vous aimez ? a demandé Jimmy.

— Des trucs et d'autres. En quoi ça t'intéresse ?

— En rien. Je suis juste curieux.

Papa est resté un moment silencieux, comme pour essayer de percer Jimmy à jour. Mais en fin de compte, il n'a pas pu résister à l'occasion de parler de son sujet favori : lui-même. Personne ne pouvait en placer une quand il commençait à parler de lui.

— Je chante un peu sur le karaoké, s'est-il vanté.

Mon regard a croisé celui de Jimmy et j'ai aussitôt tourné les yeux vers papa.

— J'aime bien Jim Reeves[1] aussi, a ajouté l'idiot.

Nous sommes restés assis à l'écouter religieusement discourir sur lui-même, jusqu'à ce que Michael et Jimmy se lèvent pour partir.

— À plus tard au club, Alice ! a dit Jimmy en arrivant près de la porte.

— On y sera ! a grogné papa.

Je suis restée assise sur ma chaise, les yeux baissés, jusqu'à ce que la porte claque.

— Qu'est-ce qu'il foutait ici ? m'a demandé papa d'une voix hargneuse.

— Je sais pas. C'est Michael qui l'a amené. Je ne lui avais rien demandé.

— Mens pas !

— Je ne mens pas. Je le connais à peine. Jamais je l'inviterais ici.

— Ouais. T'as pas intérêt. Il refoutra pas les pieds dans cet appartement, compris ? Non mais pour qui il se prend ? Venir ici et poser des questions ! Essayer de te parler pendant que je suis assis dans mon coin comme un connard.

— Bien sûr, papa. Je ne lui ai pas dit de passer. Je sais pas pourquoi il est venu. Je le laisserai pas entrer la prochaine fois.

— Ouais. T'as pas intérêt.

Comme je me levais pour quitter la pièce, l'idiot m'a balancé sa tasse dans la tête.

— T'as entendu ? a-t-il crié. Autrement tu sais ce qui t'attend !

J'essayais de ne pas penser à Jimmy, mais parfois le souvenir de son visage souriant se faufilait dans mon esprit.

1. Chanteur américain de musique country, mort en 1964, très populaire en Angleterre.

Une partie de moi craignait que papa devine mes pensées, mais je ne pouvais pas les refréner. J'avais envie de parler avec lui, d'apprendre à le connaître, mais pour l'instant, je devais me contenter du souvenir de notre brève rencontre dans le salon. C'était la première fois que je recevais la visite d'une personne que je pouvais qualifier d'ami.

Cette semaine-là, l'idiot m'avait surveillée de près et je n'avais pas remis les pieds au club. Mais le vendredi, on avait à nouveau frappé à la porte. Mon cœur s'était emballé. Cette fois, j'étais seule. L'idiot était sorti faire des courses avec maman.

— Salut, Alice, a dit Jimmy quand j'ai ouvert la porte. Je peux entrer ?

Je suis restée un moment sans voix.

— Bien sûr, me suis-je empressée de répondre.

Je ne sais pas ce qui avait motivé en moi cet acte de rébellion. Je me disais peut-être que s'il ne restait pas trop longtemps, papa ne saurait jamais qu'il était revenu. Nous n'allions pas faire de bêtises. Quel mal y avait-il à discuter deux minutes ? Je voulais juste être comme les autres jeunes femmes.

Jimmy est entré et s'est penché vers moi. J'étais paralysée. Ses lèvres ont frôlé les miennes, gentiment. C'était la première fois qu'on ne m'embrassait pas de force.

— Je suis content de te revoir, a-t-il dit.

— Moi aussi.

Nous avons commencé à bavarder dans l'entrée, et Jimmy a demandé ce que j'étais en train de faire, si j'étais allée au club dernièrement. Le temps semblait se figer tandis que nous parlions, et une voix en moi murmurait : *Jimmy t'aime bien, il avait tellement envie de te revoir qu'il est revenu.* Mais tout à coup, j'ai entendu une clé dans la serrure et en me retournant, j'ai vu papa entrer. Il a vu Jimmy et s'est mis à crier :

— Qu'est-ce qu'il fout ici ? Tu croyais t'en tirer comme ça, Alice ? Tu croyais pouvoir le ramener ici sans que je sache ?

— Non, papa, ai-je murmuré.

— On était seulement en train de bavarder, a tenté d'expliquer Jimmy tandis que papa se tournait vers lui.

— Casse-toi de chez moi ! Et si je te revois pointer ton cul ici, j'appelle les flics, c'est compris ?

Jimmy m'a regardée l'espace d'un instant, l'air hésitant, avant de se tourner vers la porte. Je n'avais pas la force de lui adresser un dernier regard. L'idiot hurlait de plus belle. Je savais ce qu'il ferait à Jimmy si je l'énervais davantage.

— Je t'ai dit de dégager ! a aboyé papa. Fous-moi le camp d'ici avant que je te fasse sortir.

Jimmy a fait un pas vers la porte et ses yeux ont croisé les miens. J'ai détourné le regard. Il a ouvert la porte et a descendu l'escalier.

— T'as pas froid aux yeux ! m'a crié l'idiot une fois la porte fermée. Tu croyais t'en tirer à bon compte ? Tu croyais vraiment que j'en saurais rien, espèce de petite pute ?

— Mais non, papa. Il venait seulement d'arriver. J'étais en train de lui dire de partir.

Papa a foncé vers moi et j'ai senti ses doigts se resserrer sur ma gorge tandis qu'il me poussait contre le mur.

— Non, papa, ai-je dit dans un gargouillis.

Je ne pouvais plus respirer. J'avais les poumons en feu.

— Me mens pas, petite putain ! T'entends ? a-t-il hurlé en me frappant en pleine poitrine. Qu'est-ce que vous fabriquiez ? T'étais en train de te le taper, hein, sale traînée ? Vous étiez en train de baiser, c'est ça ?

— Non, ai-je dit dans un souffle.

Il a poussé un grognement alors que sa main se resserrait autour de mon cou.

— Qu'est-ce que vous foutiez, bordel de merde ? Tu crois que je t'ai pas vue ces derniers mois ? C'est pas le premier, hein ? Je t'ai vue au club. À faire des sourires aux mecs et à les chauffer pour qu'ils te matent. T'es bien comme ta mère : une sale pouffiasse !

Il a lâché ma gorge pour me frapper au visage. Mon œil m'a fait mal et j'ai inspiré une grande goulée d'air.

— Tu penses pouvoir faire ça dans mon dos ? Hein ? Tu crois qu'on me roule dans la farine aussi facilement ?

— Non. Non, s'il te plaît, papa. Je n'avais aucune mauvaise intention. Je te jure.

L'idiot m'a lâchée et j'ai repris mon souffle.

— Eh bien, c'est la dernière fois, tu m'entends ! Parce que cette fois, tu vas comprendre ta douleur !

16

Mes hématomes ont guéri, mais la minuscule lueur d'espoir que Jimmy avait allumée en moi s'est éteinte à jamais. Dès lors qu'il s'était rendu compte qu'un homme s'était intéressé à moi, l'idiot s'était comporté comme un chien avec sa femelle. Grognant et montrant les dents, il m'avait gardée enfermée à la maison pendant plusieurs semaines, refusant désormais de m'emmener au club.

— Tu restes ici ! disait-il. Je sais ce que t'as derrière la tête et c'est hors de question. T'entends ?

Il n'y avait rien que je puisse faire à part prier. Je m'efforçais de ne montrer aucune réaction quand il me crachait dessus ou qu'il se défoulait contre moi. Il ne me laissait même plus faire l'aller-retour jusqu'à l'épicerie désormais, alors maman devait faire les courses elle-même. J'avais mal au cœur quand je la voyais rentrer à la maison essoufflée. Je savais qu'elle n'était pas en état de marcher, mais papa se mettait en colère quand je proposais d'y aller à sa place.

— Pourquoi tu veux sortir ? Tu vas retrouver un mec ?

— Non, papa. Maman ne va pas bien. Elle est fatiguée.

— C'est du cinéma. Tu restes ici.

— Je n'en aurai pas pour longtemps. Je fais juste l'aller-retour.

Il me donnait un coup de canne.

— Tu penses que je vais te laisser sortir comme une putain de chienne en chaleur ? Les mecs du coin vont te voir venir. D'abord, qui voudrait de toi ? Regarde-toi un peu, espèce de grosse truie ! Feignasse. T'iras nulle part.

Autrefois, la porte d'entrée était simplement fermée au verrou, mais à présent, papa insistait pour qu'on donne un tour de clé et gardait celle-ci en permanence. Il ne voulait pas qu'on laisse entrer quiconque ni que je sorte, et les seules fois où j'étais autorisée à quitter l'appartement, c'était quand il m'envoyait au centre de planning familial passer un test de grossesse. Mais j'avais beau lui répéter que je n'avais pas eu de rapport avec Jimmy, il refusait d'écouter.

— Tu te le tapais quand j'avais le dos tourné, avoue ! Je suis sûr qu'il t'a foutue en cloque ! T'es qu'une chienne en chaleur.

Il avait fallu pas moins de deux tests pour convaincre papa que personne ne m'avait touchée et qu'il recommence à me faire venir dans son lit. J'étais persuadée que jamais plus je n'entreverrais une lueur de liberté. Il était plus furieux que jamais.

L'idiot a fini par m'emmener à nouveau au club, car Michael avait déménagé – nous restions parfois plusieurs mois sans le voir – et maman était souvent trop patraque pour sortir. Papa avait besoin de quelqu'un pour l'accompagner et lui rapporter ses vodkas, alors il m'emmenait moi. Mais Jimmy ne m'avait pas dit bonjour lorsque je l'avais revu. Il avait dû comprendre quel genre de fille j'étais en voyant mon père, et je ne prenais plus aucun plaisir à aller là-bas : j'avais peur. L'idiot m'emmenait là-bas deux ou trois fois par mois et je n'osais plus regarder personne. J'osais encore moins parler. Papa ne me quittait pas des yeux et si je me levais pour aller aux toilettes et que je bousculais quelqu'un en chemin, il m'épiait à distance.

— T'étais en train de lui faire du gringue ? grognait-il quand je revenais m'asseoir.

— Non. J'essayais juste de passer.

— Me mens pas, espèce de petite pute !

Le seul homme avec qui j'étais désormais autorisée à discuter était Gavin, qui avait l'âge mental d'un enfant. Il ne posait aucune menace pour papa, alors il le laissait danser avec moi. Mais sitôt la chanson finie, je retournais m'asseoir, impatiente de rentrer à la maison. Je ne voulais plus sortir dans les clubs, sachant que je n'aurais jamais ce dont je rêvais.

J'avais beau me montrer docile et discrète, papa n'en oubliait pas pour autant mon histoire avec Jimmy. Il ne laissait même plus l'employé du gaz entrer pour vérifier le compteur. Qu'est-ce qu'il s'imaginait ? Qu'il allait faire attention à moi ? Je portais des vêtements larges comme des sacs et des sous-vêtements qui n'étaient jamais à ma taille parce que c'était mon père qui les choisissait. Papa était le seul homme à me toucher.

Je m'étais remise à prendre la pilule après avoir eu Jonathan, mais j'avais à nouveau arrêté de la prendre à cause de mes migraines, alors l'idiot devait utiliser des préservatifs. Parfois il en mettait, parfois non. Je savais qu'il cherchait à se venger de Jimmy. Chaque mois, j'attendais mes règles avec nervosité : je comptais les jours et je ressentais un immense soulagement quand elles arrivaient. Les mois passaient et il n'y avait rien à signaler. Mais au bout de quelque temps, j'ai découvert avec horreur que j'étais retombée enceinte. Mon désarroi était encore plus profond que durant mon adolescence car je savais maintenant ce qui risquait d'arriver : j'en voulais à mon corps.

Mais une fois de plus, je me suis remise à saigner au bout de quelques semaines, et je suis allée à l'hôpital, où l'on m'a dit que j'avais fait une fausse couche. L'idiot m'a obligée à signer sous un faux nom, juste au cas où l'on m'aurait surveillée. Je savais qu'il était fâché contre moi. J'en étais à ma troisième fausse couche maintenant, et j'avais perdu Jonathan : j'étais aussi inutile qu'il le disait. Il n'y avait rien de plus simple que de porter un enfant, et même ça, je n'en étais pas capable. Mais l'idiot refusait d'abandonner. Pourquoi mon corps ne voulait-il donc pas lui donner ce qu'il réclamait, et me libérer du même coup ?

Depuis ma plus tendre enfance, je savais que l'idiot ne renonçait jamais devant une bataille. Papa ne se laissait jamais marcher sur les pieds.

Quelque temps après ma fausse couche, il s'est disputé avec la femme qui habitait l'appartement du dessous avec ses enfants. Le point de départ avait été la musique de notre voisine, qu'elle aimait écouter à plein volume, et papa écumait de rage quand les battements de la basse résonnaient à travers le plancher du salon, au point qu'il n'entendait plus sa télé.

— La ferme ! criait-il en tapant sur le sol.

Mais notre voisine ne baissait pas le volume pour autant, alors l'idiot s'énervait de plus belle. À deux reprises, la police avait dû intervenir quand la dispute avait viré à l'échange d'insultes dans la cage de l'immeuble. D'autres fois, c'était papa qui l'appelait pour lui créer des ennuis.

— Putain de pouffiasse ! crachait-il en composant le numéro. Je vais lui apprendre à se foutre de ma gueule !

Mais la plupart du temps, papa se contentait de monter le volume de la télé, et les cris d'Apache remplissaient le salon tandis qu'il s'escrimait à couvrir le son de la chaîne hi-fi. Mais notre voisine n'était pas du genre à se laisser intimider.

Dès qu'il montait le son, elle faisait de même, si bien que maman et moi nous retrouvions assourdies par un mélange de basses surpuissantes et de hurlements de cow-boys.

La situation s'était prolongée plusieurs mois. Plusieurs plaintes avaient été déposées et des enquêtes ouvertes, chaque partie jurant de l'emporter. Mais fin 1992, l'histoire avait atteint le point de non-retour quand l'idiot avait décidé de faire taire la voisine une fois pour toutes. Fatigué de taper sur le sol, il avait décidé de lui porter un coup mémorable. Fouillant parmi le fatras de l'une des chambres, il avait rapidement trouvé ce qu'il cherchait : une grosse barre à haltères, qu'il avait conservée du temps où il faisait de la musculation. Le visage rouge d'effort, il avait soulevé la barre au-dessus de sa tête et l'avait laissée retomber brutalement sur le sol. Papa avait poussé un grognement essoufflé tandis qu'il la soulevait à nouveau. Ses joues viraient au pourpre, mais il tenait bon. Il avait laissé retomber la barre une seconde fois en lâchant un cri.

— Si tu veux du boucan, je vais t'en donner, pétasse !

La barre à haltères s'était enfoncée dans le plancher, fracassant deux lattes et traversant en partie le plafond de la voisine. C'est ainsi que la dispute avait pris fin. Non pas que la femme ait rendu les armes devant le tour de force, mais papa avait décidé qu'il était temps de lever le camp. Il avait montré qu'il était le chef et c'était suffisant : il en avait assez de devoir monter les trois étages. Nous avons donc déménagé dans un appartement en rez-de-chaussée. J'étais soulagée, car au moins maman n'aurait plus à monter les escaliers et pourrait aller et venir sans se fatiguer. Elle avait de plus en plus de mal à marcher et s'essoufflait dès qu'elle faisait trop d'efforts. Mais elle ne se plaignait jamais. Chaque fois que je lui demandais comment elle se sentait, elle me répondait toujours en souriant :

— Ça va. C'est juste un mauvais jour à passer, mais demain ça ira mieux.

Toutefois, si notre nouveau logement donnait un peu plus de liberté à maman, il me rendait encore plus prisonnière. Étant au rez-de-chaussée, papa pouvait me surveiller même quand je sortais de l'appartement. Il n'y avait plus une seconde dans la journée où il ne savait pas ce que je faisais. Je sortais de mon lit quand il me le disait, j'allais me coucher quand il décidait qu'il était l'heure, et je ne pouvais pas m'attarder dans la salle de bains ou la cuisine sans qu'il se mette à hurler.

Je crois qu'il faisait une poussée d'orgueil parce qu'il voyait davantage sa famille. Ses sœurs, ses neveux et ses nièces nous rendaient parfois visite et ça lui donnait le sentiment d'être plus fort : il se sentait faire partie d'une tribu. Ses sœurs le mettaient sur un piédestal et cela renforçait son obsession du contrôle. Il y avait maintenant plus de quatre ans qu'on nous avait retiré les enfants et maman semblait toujours aussi perdue ; toute combativité s'était éteinte en elle. Quelquefois, je la trouvais assise dans un fauteuil, à regarder leurs photos en promenant son doigt sur leurs visages.

— Ils ne souffrent plus là où ils sont, répétait-elle. Ils n'ont plus rien à craindre.

Maman et moi étions les dernières personnes sur lesquelles papa pouvait encore exercer son autorité. Nous ne devions pas parler sans son accord et restions assises dans le salon des heures durant, pendant qu'il regardait la télé. Nous étions ses prisonnières et la peur était notre entrave. Je quittais de moins en moins l'appartement, et j'avais presque peur quand on m'envoyait à l'épicerie, car je savais que papa me surveillerait dès que j'aurais franchi la porte. La plupart du temps, les rideaux du salon étaient tirés, avec juste un interstice pour laisser passer un rayon de soleil car l'idiot aimait vivre dans la pénombre. Maintenant, quand papa m'envoyait chercher des cigarettes ou de quoi manger à l'épicerie, maman m'ouvrait la porte pour me laisser sortir puis il prenait sa canne près de son lit et soulevait le rideau pour me surveiller. Je savais qu'il m'épiait et mon cœur battait la chamade tandis que je traversais la route. C'était de plus en plus fréquent : j'avais l'impression que mon cœur allait exploser. Je joignais mes paumes moites de sueur et me répétais que tout allait bien, mais j'avais l'impression que j'allais mourir quand la panique s'emparait de moi. Je priais pour que la personne qui me précédait à la caisse de l'épicerie se dépêche.

— Qu'est-ce qui t'a pris si longtemps ? voulait savoir papa quand je rentrais.

— Il y avait la queue.

— On dirait pas. J'ai vu personne entrer ou sortir de l'épicerie. T'as parlé à quelqu'un ?

— Non.

— T'es sûre ?

— Oui, papa. C'est juste qu'il y avait du monde.

— Bon. Ben oublie pas que je t'ai à l'œil.

— Je sais.

— Et si tu tentes quoi que ce soit, je bute ta mère, tu m'entends ?

Ses menaces résonnaient dans ma tête chaque fois que je quittais la maison. Si une connaissance de papa m'arrêtait pour me demander des nouvelles, je n'osais jamais m'attarder. Je bafouillais deux mots et m'empressais de continuer ma route, car je savais qu'il était là à m'attendre, l'œil fixé sur la pendule, pour s'assurer que je ne mette pas une seconde de plus que prévu, ce qui lui aurait donné une excuse pour me punir.

17

Nul ne sait vraiment pourquoi les monstres se comportent comme ils le font. Cela dit, je crois que l'idiot avait tout simplement arrêté d'accomplir les tâches les plus basiques parce qu'il tirait un sentiment de puissance de nous voir les accomplir à sa place. Aucune besogne n'était trop dégoûtante, aucune requête trop repoussante pour que maman et moi osions la refuser.

Le trou noir dans lequel nous nous enfoncions n'a fait que s'approfondir après notre arrivée dans l'appartement du rez-de-chaussée. Rapidement, papa a cessé de sortir de son lit. Il ne bougeait plus que pour aller au club de country, de temps en temps, et bientôt, il a développé des escarres – des plaies rouges et purulentes dans le dos, comme les gens hospitalisés. Mais papa n'était pas malade, seulement paresseux et déterminé à nous humilier, maman et moi, chaque seconde de la journée. Cela a commencé par les bains de siège, qu'il exigeait que nous lui donnions parce que sa peau le démangeait, et bientôt, il a même cessé d'utiliser les toilettes.

Il y avait moins de trois mètres entre le salon et la salle de bains, mais il ne faisait même pas ces quelques pas. Au lieu de cela, il urinait dans des bouteilles ou s'accroupissait au-dessus d'un seau à serpillière qu'il gardait près du lit. Quelquefois, il jetait le papier toilette par terre après s'être essuyé et j'avais des haut-le-cœur quand je devais les ramasser. Il continuait de cracher par terre quand l'envie lui en prenait, et ses saletés jonchaient tout le salon. Évidemment, il ne visait pas toujours juste dans le seau, alors je devais nettoyer autour. Si je ne faisais pas assez vite, assez bien, ou que je l'empêchais de voir l'écran, il ne manquait pas de me le faire savoir :

— Magne-toi un peu le cul, connasse ! criait-il en ramassant un morceau de papier toilette sale pour me le jeter au visage.

Un jour qu'il nous rendait visite, Michael avait essayé d'aborder le sujet avec papa en le voyant sortir sa bouteille pour uriner, allongé dans son lit.

— Tu pourrais nous demander de sortir quand tu fais ça, non ?

— On choisit pas son moment ! avait répliqué l'idiot en esquissant un sourire, comme s'il prenait plaisir à nous choquer.

La seule chose que papa faisait lui-même, c'était se raser, car je crois qu'il hésitait à nous laisser manipuler un rasoir près de son cou. Il aurait suffi que la lame dérape et il y passait. Il sentait que c'était dangereux… Je repense aussi à cette nuit où j'avais subtilisé un de ses couteaux et m'étais penchée au-dessus de lui pendant qu'il dormait. Ma main tremblait. Un seul geste, bref et net, et nous serions libérées. Mais papa avait bougé dans son sommeil – à croire qu'il avait perçu ma présence – et j'étais retournée me coucher en silence, le cœur battant.

Papa contrôlait tous nos faits et gestes, et maman s'occupait de lui comme d'un bébé… Elle lui coupait les ongles des pieds, peignait ses cheveux gras. Mais quoi qu'elle fasse, il finissait toujours par crier contre elle, et avec le temps, la panique que je ressentais à l'extérieur m'a également envahie quand je l'entendais crier. Il ne bougeait plus que pour nous balancer des choses ou nous crier des injures. Les violences physiques se faisaient plus rares, mais dès que papa commençait à crier, je me mettais à trembler. Je savais ce qu'il cachait sous le lit ; je visualisais ses armes dans ma tête comme si elles avaient été devant moi. Va-t-il me tuer cette fois ? demandait une voix stridente dans ma tête. Est-ce qu'il va le faire ? Une autre voix, plus douce, murmurait alors : Je l'espère… parce que alors je serai enfin libre.

Ses sautes d'humeur n'avaient jamais aucune logique : il usait de tout prétexte pour nous humilier. Une nuit, par exemple, il nous avait envoyées maman et moi lui chercher un plat à emporter aux petites heures du matin. Nous avions marché longtemps dans le froid, et nous étions dépêchées de rentrer, dans l'espoir que sa nourriture soit encore chaude.

— Qu'est-ce que c'est que ça ? avait-il grondé en goûtant le plat. C'est un curry de chez ces putains de Chinois, hein ? Ces foutus Chinetoques savent pas cuisiner.

— Mais la friterie était fermée, avait tenté d'expliquer maman mais il lui avait balancé la nourriture fumante à la figure.

Des gouttes de sauce brûlante avaient éclaboussé mes bras nus comme je m'écartais du passage et l'assiette avait atterri par terre.

— Nettoyez-moi ça ! avait-il crié. Et trouvez-moi quelque chose à bouffer.

Il se moquait de nous laisser des hématomes maintenant, car on ne voyait pratiquement plus personne. Il ne laissait même plus rentrer les infirmières qui venaient voir maman. Il arrivait encore qu'il nous frappe maman ou moi, mais à présent, la violence était en grande partie psychologique. Il avait appris à nous contrôler sans utiliser ses poings. Un jour que j'entrais dans le salon, alors qu'il s'entraînait avec ses couteaux, l'un d'eux était passé juste devant mon visage. J'avais eu l'impression qu'il m'adressait un message. D'autres fois, il restait allongé au lit près de maman et n'arrêtait pas de la pincer. De tout petits pinçons… Il riait en la voyant sursauter.

— Arrête, s'il te plaît, disait-elle. Tu me fais mal.

— Je m'en cogne, espèce de feignasse, ricanait-il. Grosse truie ! T'es même plus capable de t'occuper de moi correctement. Je me demande à quoi tu sers. Je devrais me trouver une autre bonne femme, tiens.

— Peut-être bien, murmurait maman.

Il lui mettait alors une gifle et elle commençait à pleurer.

Papa ne me frappait plus aussi souvent qu'avant. En revanche, il ne me ménageait plus du tout lors des relations sexuelles et me faisait vraiment mal. Pendant longtemps, papa avait presque fait semblant d'être gentil ; comme quand j'étais petite et qu'il me demandait si j'aimais ça. Mais à présent, il ne s'en souciait plus. Il me pénétrait brutalement et m'obligeait à faire tout ce qui lui passait par la tête. Huit mois après notre arrivée dans l'appartement du rez-de-chaussée, je suis retombée enceinte. C'était durant l'été 1993 que je l'ai découvert. Une nouvelle fois, j'ai dû mentir sur la façon dont c'était arrivé, mais papa ne s'en est pas sorti aussi facilement car contrairement à maman, sa famille a posé des questions. Je savais que ses sœurs et ses nièces discutaient de cette grossesse. Elles étaient les seules personnes admises dans la maison, et savaient mieux que quiconque à quoi ma vie ressemblait.

— Comment elle a fait ? demandaient-elles. Elle sort jamais. Je l'ai jamais vue avec un gars.

L'idiot les faisait taire d'un regard méchant.

— C'est la plus grosse pute du coin ! rétorquait-il. Visez-moi un peu cette grosse pouffiasse. Y a que le train qui lui est pas passé dessus. Elle se fait mettre en cloque depuis qu'elle est gamine, cette petite pute !

Par chance, deux semaines plus tard, je me suis remise à saigner et j'ai subi une autre intervention. C'était ma quatrième fausse couche et je ne sentais plus rien désormais. Comment aurais-je pu ressentir quoi que ce soit, alors que j'étais morte à l'intérieur ? J'avais une pierre à la place du cœur désormais, et même si les interrogations de sa famille avaient forcé papa à être plus précautionneux pendant un moment, je savais qu'un jour viendrait où il ne le serait plus.

J'étais sa prisonnière, et l'idiot le savait parfaitement le soir où il m'a emmenée à un réveillon de Noël dans l'un de ses clubs. En voyant les familles rassemblées, j'ai repensé à mes frères et sœurs ; je me demandais où ils étaient et ce qu'ils faisaient en me souvenant des moments que nous avions passés ensemble et de nos rires. Ils ne tenaient jamais en place à l'approche de Noël ; ils réclamaient sans cesse une histoire du père Noël et de ses rennes. Se rappelaient-ils de moi ? Il y avait si longtemps que je ne les avais pas vus, mais tout à coup, ces souvenirs resurgissaient dans ma mémoire tandis que je voyais toutes ces familles autour de moi, buvant, chantant, dansant et faisant la fête ensemble. Maman et moi n'avions même plus le droit d'évoquer les enfants. Nous avions reçu deux ou trois courriers des services sociaux après qu'on nous les avait retirés, mais à présent, c'était comme s'ils n'avaient jamais existé. Je me sentais triste au milieu de toutes ces familles et de mes souvenirs. Je savais que je devais rester forte pour maman, car elle s'affaiblissait de jour en jour, mais c'était dur…

— Vous dansez ? avait demandé une voix, et j'avais levé les yeux.

L'homme qui avait parlé était grand et charmant, avec des yeux marron. Il me rappelait Jimmy.

Sans penser à papa ni à la punition qu'il me réserverait à coup sûr, j'avais accepté de danser avec lui. J'avais envie de me sentir vivante, comme quand les petits étaient encore avec nous, de croire qu'il existait quelqu'un dans ce bas monde qui voudrait de moi, et en dansant avec cet homme, j'avais pu y croire durant quelques minutes. Quand la chanson avait fini, il s'était penché vers moi pour m'embrasser et je l'avais laissé faire : c'était mon premier vrai baiser. Rien à voir avec le petit bisou de Jimmy ni avec ceux brutaux de papa. L'espace d'un instant, j'avais senti la vie renaître en moi. Je savais que les yeux de l'idiot étaient braqués sur moi, et quand je suis retournée m'asseoir à sa table, j'ai senti ses doigts s'enfoncer dans mon bras.

— À quoi tu joues, espèce de pouffiasse sans cervelle ? Tu crois que quelqu'un va vouloir de toi ici ? Tu crois qu'il sait pas que t'es la plus grosse pute du coin ?

Un homme assis derrière nous a tourné la tête en entendant l'idiot débiter son chapelet d'injures. C'était un copain de papa, mais il lui jetait maintenant un regard distant, comme s'il ne le connaissait plus. Il était parti s'asseoir plus loin sans dire un mot. En temps normal, papa prenait soin de cacher sa vraie nature au monde extérieur, mais cette fois, il était trop en colère pour se contrôler :

— En quelle langue il faut te le dire ? Personne voudra de toi, tu m'entends ? Ils savent que t'es complètement désespérée. Tout ce que ce lascar voulait, c'était tirer son coup, tu comprends ? Allez casse-toi.

Il n'avait pas arrêté de crier pendant le reste de la soirée, puis sur le chemin du retour, et une fois rentrés, il m'avait traitée de petite allumeuse en prétendant que j'avais tout fait pour exciter le type afin qu'il me baise. Mais personne n'était dupe, avait-il ajouté. Tout le monde dans le club savait que j'étais la reine des traînées.

— Elle ne voulait pas te mettre en colère, répétait constamment maman pour le calmer.

— À d'autres ! avait hurlé l'idiot en s'approchant de moi, un couteau à la main. Elle cherche à m'humilier devant mes amis.

Attrapant mon bras, il avait brandi la lame.

— Si jamais tu me refais un coup comme ça, je te jure que je te fais la peau ! Je t'emmène pas là-bas pour que tu te fasses ramoner, t'entends ?

Je fixais le couteau, terrorisée, tandis qu'il me toisait avec mépris. Je portais un nouveau T-shirt qu'il m'avait acheté, une vieille jupe et une paire de baskets.

— Redonne-moi ce T-shirt ! Je t'achète de jolis habits et tu vas te frotter contre le premier venu !

J'ai retiré mon haut et l'ai tendu à papa. Avec un sourire mauvais, il l'a déchiré en lambeaux. Je me suis retournée et dirigée vers ma chambre en jupe et en soutien-gorge pour aller chercher un autre T-shirt.

— Où tu vas, pouffiasse ? Fous le camp de chez moi ! Je veux plus te voir dans mes pattes, t'entends ? Je veux pas d'une petite pute ici.

J'ai attrapé un T-shirt qui traînait près de ma chambre et suis retournée dans l'entrée.

— Non ! a supplié maman. Il fait froid dehors. Elle va attraper la mort.

— Tant mieux ! a dit l'idiot en reniflant. Ça lui fera les pieds !

Il m'a poussée vers la porte.

— S'il te plaît, ne fais pas ça ! ai-je crié. Ne me mets pas dehors ! Je ne recommencerai plus. Je suis désolée ! Excuse-moi, papa !

Mais il refusait d'écouter. Il m'a poussée dehors dans le froid et j'ai entendu la clé tourner dans la serrure. Je ne voulais pas rester seule dehors. Je savais ce qui m'attendait. Papa m'avait suffisamment répété combien le monde était dangereux.

Assise sur les marches, j'entendais l'idiot hurler à l'intérieur tandis que maman l'implorait de me laisser rentrer. Je grelottais, à la fois de peur et de froid. Qu'allait-il lui faire ? Comment avais-je pu être aussi bête ? Je regrettais de l'avoir provoqué. Maintenant maman allait payer à cause de moi.

À un moment donné de la nuit, j'ai entendu des bruits de pas. Des voisins rentraient chez eux après une soirée arrosée et j'ai couru me cacher derrière les poubelles. Le sang battait dans mes oreilles tandis que j'attendais qu'ils rentrent chez eux. Je ne m'étais jamais retrouvée seule dehors comme ça. Je sortais en journée mais je regagnais toujours la maison avant la tombée de la nuit. Cette nuit-là, je voyais des ombres inquiétantes, j'entendais des cris et j'apercevais des lumières de phares. J'avais peur. Le monde semblait si grand maintenant que je m'y retrouvais seule.

— Laisse-moi rentrer, papa, murmurais-je par l'ouverture de la boîte aux lettres. S'il te plaît, laisse-moi rentrer.

Les heures passaient et mes suppliques se faisaient de plus en plus bruyantes. Je voulais être avec maman et m'assurer qu'elle allait bien. Je voulais retrouver ma prison !

— Je ne recommencerai pas, criais-je. Je serai gentille.

Il commençait à faire jour quand maman a fini par ouvrir la porte. On voyait qu'elle avait pleuré une partie de la nuit.

— Il a dit que tu pouvais rentrer. Va dans ta chambre.

C'est à ce moment que j'ai su que j'étais véritablement morte à l'intérieur. Alors que je regagnais ma prison, j'ai entendu la clé tourner dans la serrure et j'ai su que je ne pourrais jamais m'échapper.

Papa ne me frappait plus si souvent, mais tout comme quand j'étais petite, la peur qu'il m'inspirait était tout aussi terrible. Je me mettais à respirer fort et vite dès qu'il s'approchait de moi, et, sachant que cela l'agacerait, j'essayais de respirer en silence ; de me faire aussi discrète qu'une souris. Les migraines que j'avais depuis mon adolescence ont commencé à empirer et je prenais davantage d'anti-douleurs pour essayer de les calmer, mais ça ne marchait pas. J'avalais parfois jusqu'à quinze paracétamols par jour – c'était beaucoup ; une dose suffisante pour me tuer peut-être – mais ça ne calmait pas la douleur. J'avais l'impression que ma tête allait éclater, mais je devais attendre que papa m'autorise à aller me coucher. Quelquefois, il regardait ses films porno jusqu'à trois ou quatre heures du matin et je devais rester assise là à attendre, sans savoir s'il viendrait me chercher ou s'il me laisserait aller me coucher.

C'était toujours maman qui dégustait le plus. Il devait y avoir deux ans que nous avions emménagé dans l'appartement du rez-de-chaussée quand un jour, il l'a frappée si violemment à la mâchoire que pendant plusieurs jours, elle ne pouvait plus parler correctement. Elle m'avait fait comprendre que ce n'était pas trop grave mais je voyais bien ses hématomes et la grosseur à sa mâchoire. J'étais sûre qu'il la lui avait brisée.

— Il faut que tu ailles à l'hôpital pour qu'on t'examine, lui avais-je dit un jour dans la cuisine.

— C'est rien, Alice. Ça va guérir.

— S'il te plaît, maman. Il faut que tu lui dises que c'est grave et qu'il t'emmène à l'hôpital.

— Je te jure que ça va, ma chérie. Je me sens déjà beaucoup mieux.

Maman ne voulait rien entendre, alors j'avais fini par renoncer. Mais j'avais peur car je me demandais jusqu'où papa irait. Il semblait ne plus avoir de limites : c'était comme s'il cherchait à nous pousser à bout pour pouvoir mettre ses menaces à exécution. Chaque jour, j'attendais que la situation explose et c'était ce qui s'était passé deux semaines plus tard, quand maman lui avait apporté son dîner. L'idiot était sorti de ses gonds sitôt qu'il avait vu les œufs pochés sur toasts qu'elle lui avait préparés.

— Qu'est-ce que c'est que ça ? J'ai horreur des œufs ! Pourquoi tu m'apportes ça ?

Maman se tenait debout près du lit. Il lui a balancé l'assiette et celle-ci s'est fracassée sur la moquette. Maman a baissé les yeux sur les jaunes d'œufs éclatés parmi les débris de porcelaine.

— C'étaient les deux derniers, a-t-elle dit. Il n'y avait plus que ça.

— Quoi ?

L'espace d'un instant, elle l'a regardé en silence.

— J'ai dit que c'étaient nos deux derniers œufs.

— Eh ben j'en veux pas, sale pouffiasse !

Je me suis crispée en voyant papa repousser les draps et sortir du lit. Dans sa vieille chemise de nuit, il s'est traîné jusqu'à un morceau de bois posé contre le radiateur.

— T'as perdu la tête, putain ? a-t-il hurlé. Tu oses me répondre ?

Maman n'a pas bougé et j'ai commencé à crier :

— Non, papa ! Elle disait ça comme ça. Attends ! Je vais te rapporter quelque chose à manger.

— Dégage ou tu vas t'en prendre une aussi !

Brandissant le morceau de bois, il l'a abattu sur la tête de maman, qui a titubé, avant de tomber sur la moquette. Elle semblait abasourdie, comme si elle n'arrivait pas à croire ce qu'il venait de faire. Serrant le poing, papa s'est dressé au-dessus d'elle, la défiant de se relever. Maman a porté sa paume sur son crâne : elle était en sang.

— Qu'est-ce que tu as fait ? ai-je hurlé.

Je me suis accroupie près de maman. Le sang coulait abondamment d'une blessure de cinq centimètres dans son cuir chevelu.

— Il faut appeler une ambulance ! Il faut que quelqu'un l'examine ! Regarde-la ! Ça pisse le sang !

— De quoi ? a-t-il répliqué. Mais c'est rien du tout…

— S'il te plaît, papa. Elle a besoin d'un médecin.

— Arrête un peu ! Et dégage-moi cette grosse truie d'ici ou c'est toi qui vas t'en manger une !

Maman essayait de reprendre son souffle tandis que je l'aidais à se relever et à sortir du salon.

— Ça va aller, ça va aller, répétais-je à voix basse. Je vais m'occuper de toi.

Je l'ai accompagnée dans l'entrée. Elle ne disait rien.

— Assieds-toi, ai-je dit avant de courir dans la cuisine pour humecter un torchon sous le robinet.

Je suis revenue en courant et j'ai commencé à tamponner la plaie. Je ne voulais pas lui faire de mal, mais il fallait que je stoppe l'hémorragie. L'entaille semblait profonde et le sang coulait dru. Je craignais de ne pas pouvoir l'étancher.

— Ça va aller, répétais-je tandis que maman grimaçait. Je vais te soigner.

Il a fallu une éternité pour que l'hémorragie s'arrête. Le torchon était imbibé de sang. Un tournis m'a saisie à ce moment : si papa avait tapé plus fort, il l'aurait tuée.

— Ça va mieux ? ai-je demandé en la serrant dans mes bras. Comment te sens-tu ? Je suis là. Je vais m'occuper de toi.

Maman restait muette, blottie dans mes bras. Je me demandais si elle pensait la même chose que moi :

quand papa nous tuerait-il enfin ? Quand tout cela prendrait-il fin ?

— Reviens là ! a crié papa depuis le salon.

Il était remonté sur son lit et un film d'horreur passait à la télé.

— Assoyez-vous toutes les deux et fermez-la. C'est rien qu'une putain d'égratignure. Ça vous apprendra à me préparer un truc que j'aime pas !

J'ai regardé maman : elle fixait l'écran. Tournant la tête vers l'écran, j'ai ravalé les larmes qui me piquaient les yeux. Plusieurs semaines plus tard, en me réveillant un matin, j'ai constaté que ma vision était trouble. Je ne voyais que des ombres et des silhouettes devant moi quand j'ouvrais les yeux. Je suis allée voir des médecins qui m'ont fait passer une série d'examens, mais ils n'ont rien trouvé. Finalement, ils m'ont dit que ma perte de vision n'avait aucune explication physique : elle était sans doute due au stress. Au bout de quelques semaines, ma vue a commencé à revenir, mais quelques mois plus tard, le même problème s'est reproduit. Là encore, ma vision est revenue, mais c'était étrange : on aurait dit que mon corps essayait de m'aveugler, pour m'empêcher de voir les horreurs de mon quotidien.

18

Fin 1995, je suis tombée enceinte pour la sixième fois, et l'idiot m'a dit de m'assurer que ce coup-ci, rien n'aille de travers. Maman ne m'a même pas demandé qui était le père. Cela m'avait mis un peu en colère, mais je m'étais raisonnée : un jour ou l'autre, elle finirait par trouver le courage de relever la tête. En attendant, je me tairais et m'occuperais d'elle de mon mieux, comme je l'avais toujours fait.

Au fil des semaines, puis des mois, mon ventre s'arrondissait et l'idiot me répétait que ce bébé serait le premier d'une longue lignée.

— T'avais déjà compris ça, non ? avait-il déclaré avec un sourire. Ta mère peut plus en avoir, alors c'est toi qui vas t'y coller.

Je me demandais s'il finirait par me laisser tranquille ; si les violences cesseraient une fois qu'il aurait obtenu ce qu'il voulait. J'étais prête à tout pour ça. Ce bébé serait ma libération, voilà ce que je me disais, et je me dégoûtais de penser ainsi. Mais c'était peut-être notre seule chance que papa nous laisse tranquilles. Je m'inquiétais constamment pour maman. J'ignorais combien de temps elle tiendrait encore. Il fallait que je trouve un moyen de l'aider.

J'étais certaine que je perdrais ce bébé, comme j'avais perdu tous les autres, mais à mesure que les semaines passaient, l'idiot acquérait la certitude que ses souhaits avaient enfin été exaucés. Jour après jour, il me couvait jalousement du regard, tel un chat s'assurant que la souris qu'il vient de capturer ne s'échappe pas. Il m'interdisait de porter des charges lourdes, se documentait sur les différents stades de la grossesse, et m'obligeait à me déshabiller et à me tenir devant lui quand maman sortait pour pouvoir observer mon ventre. Parfois, il posait ses mains sur moi en essayant de sentir le bébé bouger et me répétait que j'allais avoir un garçon. Il me rappelait aussi que personne dans la famille ne devait savoir pour ma grossesse. Alors, si quelqu'un nous rendait visite, je devais rester assise dans un fauteuil. J'étais relativement en surpoids à cette époque, et dans mes vêtements amples, je n'avais pas de mal à cacher mon gros ventre. De toute manière, on voyait peu de gens, et quand la famille de papa passait, c'était à peine s'ils me remarquaient.

Les mois passant, j'ai commencé à sentir le bébé bouger, et je me suis souvenue de ce que j'avais ressenti quand j'attendais Jonathan. À l'époque, je réprimais ces émotions, mais cette fois, c'était plus difficile : je ne pouvais m'empêcher de me demander à quoi ressemblerait le bébé, d'imaginer son sourire. La douleur d'avoir perdu Jonathan ne m'avait jamais quittée et à présent, je ne savais plus quoi penser. Une partie de moi détestait ce bébé à cause de la façon dont il avait été conçu, mais une autre mourait d'envie de le mettre au monde, car j'avais désespérément envie d'avoir un petit être rien qu'à moi à aimer – comme toutes ces femmes que j'avais rencontrées dans les clubs de country.

Mais le plus souvent, je me refusais de penser au jour où je deviendrais mère. Je ne pouvais pas imaginer que ce jour arrive, car cela signifierait que mon cauchemar deviendrait réel. Il s'était écoulé dix années depuis ma première grossesse et le temps m'avait montré que rien ne pouvait se mettre en travers des objectifs de l'idiot, si ce n'était mon propre corps, qui refusait obstinément de laisser naître son enfant. Lorsque j'étais allée passer une échographie à vingt-huit semaines et qu'on m'avait dit que le bébé ne se développait pas normalement, j'étais sûre que j'allais le perdre. Le soulagement l'avait disputé à la surprise lorsque les docteurs m'avaient rassurée en me disant qu'il fallait simplement surveiller les choses de près. Tandis que je rentrais annoncer la nouvelle à papa, je me disais qu'ils essayaient juste de me cacher la vérité.

— Comment ça, il se développe pas normalement ? s'est-il écrié. Tu m'as l'air d'aller bien. T'es grosse et bien ronde.

— Les docteurs disent que le bébé est trop petit et qu'il va falloir que je passe des examens plus souvent.

— Bon, eh ben fais ce qu'ils disent.

J'étais certaine que l'histoire allait se répéter, mais j'avais tort. Les docteurs m'ont suivie de près durant le reste de ma grossesse, ils m'ont mise sous stéroïdes et ont programmé une césarienne à trente-sept semaines, en juillet 1996. Le bébé était petit mais vivant.

J'ai étouffé un cri comme on me poussait dans la salle d'opération sur un chariot. Ça ne pouvait pas arriver. Ça ne pouvait pas être vrai. J'avais envie de m'enfuir, de me cacher dans un coin, de m'endormir pour me réveiller dans un autre endroit. Je ne supportais pas de lui donner ce qu'il avait fait entrer en moi de force. Je voulais fermer les yeux et mourir. J'étais dans une salle d'un blanc immaculé, entourée de visages qui m'observaient derrière leurs masques ; j'étais sûre qu'ils avaient percé mes secrets à jour.

Une voix de femme a dit :

— Ça prendra juste quelques minutes, mademoiselle Lawrence. Vous allez sentir un petit tiraillement et votre bébé sera là.

Je ne savais pas qui parlait et je n'osais pas répondre à ces regards. Ils semblaient si froids, si sévères, comme s'ils connaissaient la vérité. Je le lisais dans leurs yeux. Une bouche s'est approchée de mon oreille et j'ai entendu une voix dire :

— Ça va aller, Alice. Comme dans du beurre. Ça va prendre deux minutes.

Papa était près de moi. J'ai détourné la tête. Je ne voulais pas de lui ici, mais il avait insisté pour assister à la naissance. Il fallait qu'il voie son précieux bébé venir au monde. J'étais malade en pensant au plaisir qu'il prendrait à voir les médecins me charcuter. Je leur avais dit que le père du bébé était un jardinier paysagiste qui travaillait en dehors de la ville. Jamais ils n'auraient pu se douter qu'il se tenait en vérité dans cette pièce, avec eux… Mon père et le père de mon bébé ; mon frère et mon enfant. Je savais ce que les médecins auraient pensé s'ils avaient su. « Comment a-t-elle pu laisser faire ça ? » « Quelle salope. » « Une vraie détraquée. »

L'idiot s'est penché en avant et a posé sa main sur le bord du lit. Je l'ai repoussée tandis que les médecins commençaient la césarienne, mais il n'a pas fait attention. Il était captivé par ce qui se passait derrière le drap qui m'empêchait de voir mon ventre. Un sentiment de dégoût m'a saisie en le voyant se gargariser ainsi du spectacle, excité comme un écolier dans une confiserie. Je le haïssais et je haïssais le bébé qui allait venir au monde. Je le savais à présent. Il n'y avait aucun amour en moi. Ce bébé était la somme d'années de souffrance, le produit de centaines de gifles et de dizaines de coups de poing ; il serait maudit à jamais, tout comme je l'étais. J'ai senti qu'on me tiraillait les entrailles. J'avais envie de fermer les yeux en espérant que tout ça cesse.

— C'est une fille, a dit une voix.

J'ai retenu mon souffle en écoutant ; j'attendais d'entendre un cri qui me prouverait qu'elle était réelle. J'étais maman. Je me suis souvenue des secondes de silence qui avaient suivi la naissance de Jonathan, quand une infirmière avait emporté la petite créature sanguinolente dans une salle attenante.

— Qu'est-ce qui se passe !? ai-je demandé. Où l'emmenez-vous ?

— Ne vous en faites pas, mademoiselle Lawrence. Elle est un peu endormie. On va juste la réchauffer.

Un fils, et maintenant une fille… Tous deux complètement silencieux. Celle-ci était exactement comme le premier. Mes deux enfants perdus…

Et là, je l'ai entendu.

Le cri.

Elle a pleuré.

Son hurlement a fait vibrer tout mon corps.

À cet instant, j'ai su que mon bébé n'était pas ma malédiction. Elle n'avait pas demandé à être conçue. C'était ma fille ; un petit enfant innocent que je devrais protéger le restant de mes jours.

— C'est bien, ai-je entendu papa dire.

Un sentiment que je n'avais encore jamais ressenti a déferlé en moi : jamais je ne laisserais le père de ma fille lui faire le mal qu'il m'avait fait.

J'ai appelé mon bébé Caitlin. Il m'a fallu attendre trois jours pour pouvoir la porter, car elle était faible et petite. Elle ne respirait pas correctement à la naissance et avait dû être transfusée. On l'avait mise en soins intensifs et placée sous couveuse, sous une armée de tubes et de fils. Mais je remerciais en silence la chance qu'elle ait survécu.

— Elle est magnifique, m'a dit maman en la voyant.

L'idiot a esquissé un sourire et j'ai détourné la tête. Il avait enfin obtenu ce qu'il voulait. Après toutes ces années, il avait réussi à obtenir un nouveau bébé. J'avais envie de lui arracher les yeux tandis qu'il se penchait sur la couveuse en me répétant qu'il la trouvait belle. Pour n'importe qui, il ressemblait à un grand-père fier de sa petite-fille. Mais ce n'était pas le cas et nous le savions tous les deux. Je voulais qu'il parte, qu'il me laisse admirer Caitlin seule, allongée et minuscule dans son petit lit. Elle a bougé légèrement et a replié ses doigts, et un élan d'amour m'a inondée.

Les médecins ne savaient toujours pas ce qui n'allait pas. Ils savaient juste que Caitlin était faible et qu'elle n'arrivait pas à se nourrir correctement, alors on avait introduit un petit tube dans son nez pendant qu'elle était dans la couveuse. Mais j'étais sûre qu'elle prendrait des forces : après tout, n'avait-elle pas survécu à sa naissance ? Je m'étais promis de rester auprès d'elle jour et nuit. Elle était si minuscule que j'avais presque peur de la toucher. L'époque où je m'étais occupée de Charlie et de Kate datait : je craignais de ne pas être capable de la manipuler. Elle était si frêle… Mais les infirmières m'ont montré comment m'y prendre, et bientôt, j'ai commencé à l'habiller et à lui faire des mamours. Je réapprenais à m'occuper d'un bébé.

Quelques jours plus tard, les médecins m'ont dit que j'étais suffisamment rétablie pour rentrer chez moi. Caitlin, en revanche, allait devoir rester à l'hôpital car elle était encore nourrie par sonde. Je ne voulais pas la laisser, mais je n'avais guère le choix, et je suis rentrée à la maison avec une sensation de vide immense. J'étais de retour dans ma prison pendant que ma fille était couchée dans un petit lit d'hôpital, loin de moi. Je n'arrêtais pas de penser à Caitlin, toute seule là-bas. Je voulais être avec elle. L'espace d'une seconde, lorsque j'étais rentrée et que la clé avait tourné dans la serrure, j'avais eu peur : et si l'idiot m'empêchait de retourner auprès d'elle ? Mais pendant que j'étais à l'hôpital, je n'arrêtais pas de me répéter qu'il ne pourrait rien faire pour nous séparer, et je savais que je devais garder cela en tête désormais. Caitlin avait besoin de mon lait, que j'allais devoir exprimer plusieurs fois par jour afin de lui apporter dans des biberons.

— Tu vas pouvoir réclamer des allocations familiales maintenant, m'a dit l'idiot le matin de mon retour.

— Quoi ?

C'était la dernière chose que j'avais en tête. Je n'arrêtais pas de penser à Caitlin et je voulais partir pour l'hôpital dès que possible.

— Tu vas toucher des aides pour ta petite, en plus des tiennes.

— Il faut que j'aille voir Caitlin. Je n'ai pas le temps de passer au bureau de l'aide sociale.

— Bien sûr que si. Je t'y emmène ! Il faut qu'on dépose la demande tout de suite.

Il était plus facile de lui obéir, alors je l'ai accompagné sans piper au bureau des aides sociales, où j'ai rempli les formulaires sans réfléchir.

— Tu peux m'avancer un peu de sous en attendant que je perçoive mes aides ? ai-je demandé à papa en regagnant la voiture. Je n'ai rien du tout pour Caitlin. Il me faut des vêtements et un landau pour quand elle rentrera.

— Ah ! Tu vas me coûter encore plus cher maintenant, c'est ça ? a-t-il dit d'un air méchant. Je vais voir si j'ai de l'argent de côté, mais t'attends pas à des mille et des cents. Un bébé, c'est pas censé coûter de l'argent, tu sais.

Je n'ai pas compris ce qu'il voulait dire ; je m'en fichais à vrai dire.

Bientôt, une routine a commencé à rythmer mes journées : chaque matin, j'allais voir Caitlin, avec l'espoir qu'elle reprenne des forces. Parfois, je passais même la nuit avec elle, et même si l'idiot était furieux, il savait qu'il ne pouvait pas m'en empêcher. Caitlin avait besoin de moi, et lui aussi voulait qu'elle sorte de l'hôpital le plus vite possible, alors chaque fois qu'il grommelait, j'avais l'excuse parfaite pour quitter la maison. C'était comme si le fait d'avoir Caitlin avait allumé une lueur en moi : tout avait changé car maintenant, j'avais un but dans la vie, une tâche à accomplir, dont même l'idiot ne pouvait pas m'écarter. Au lieu de passer mes journées enfermée à la maison, je sortais, car j'avais des choses à faire à l'extérieur.

— Où tu vas encore ? criait-il quand il me voyait enfiler mon manteau.

— Au magasin, pour acheter des couches à Caitlin.

Ou :

— Qu'est-ce que tu vas encore foutre dehors ?

— J'ai besoin d'affaires pour le bébé.

Il ne pouvait pas me retenir, et je ressentais une bouffée d'excitation en claquant la porte. Pendant si longtemps, j'avais vécu dans la peur, mais désormais, l'amour que je ressentais pour Caitlin me rendait plus forte. Jour après jour, semaine après semaine, je me sentais devenir plus courageuse. Évidemment, je continuais d'avoir peur, mais aussi longtemps que Caitlin serait à l'hôpital, papa ne pourrait plus m'enfermer à la maison. Caitlin était devenue ma raison de me lever le matin et de vivre. Les jours gris d'autrefois se paraient désormais de mille couleurs tandis que je sortais de la maison et marchais jusqu'à l'arrêt de bus pour faire le trajet de vingt minutes jusqu'à l'hôpital. Une fois descendue, je montais l'allée en sentant l'air frais souffler sur mon visage. Certains jours, il faisait froid, d'autres jours, il pleuvait des cordes, mais je m'en fichais : j'avais désormais un endroit où me rendre.

Pour la première fois depuis des années, je circulais dans le monde. J'étais émerveillée par la multitude de gens différents qui le peuplaient. Je ne m'étais jamais aventurée dans le centre-ville auparavant, et j'essayais de ne pas dévisager les gens quand je voyais leurs collants bariolés et leurs cheveux multicolores, leurs piercings sur le visage. Une autre chose qui me fascinait était le nombre de personnes qui possédaient un téléphone portable. J'en avais vu à la télé, mais je savais qu'ils coûtaient extrêmement cher. Je marchais jusqu'à l'hôpital en contemplant le monde, remplie de bonheur et d'excitation à l'idée de retrouver Caitlin dans l'unité de néonat. J'avais le sentiment d'avoir ma place là-bas : les infirmières me connaissaient, les autres mères bavardaient avec moi. J'étais « la maman de Caitlin » ; j'étais une personne à part entière, et rien de ce que l'idiot ferait ne m'empêcherait d'être la meilleure mère du monde.

19

Je fumais une cigarette devant l'entrée de l'hôpital quand une femme que je connaissais s'est approchée de moi. Elle s'appelait Lisa. Caitlin avait maintenant quelques semaines et Lisa était une des mamans avec qui j'avais sympathisé. Son fils Josh était né avec un bec-de-lièvre et avait lui aussi besoin de soins spéciaux. J'aimais beaucoup bavarder avec Lisa et les autres mamans ; elles étaient presque devenues des amies. Nous discutions de nos bébés et échangions des nouvelles de leur santé.

— Comment va Caitlin ? a-t-elle demandé.

— Bien. Elle a pris quelques kilos. Les médecins sont contents. Et Josh, comment va-t-il ?

— Bien, à ce qu'ils disent. Mais je le trouve trop petit pour subir toutes les opérations dont ils m'ont parlé.

— Je sais. J'ai flippé à mort la première fois qu'ils ont sorti Caitlin de sa couveuse pour que je puisse la tenir. J'étais sûre que j'allais la faire tomber.

Lisa m'a souri avant de reprendre un air grave.

— J'arrête pas de gamberger, m'a-t-elle confié. Des fois je le regarde et je me demande si c'est ma faute. Est-ce que j'ai fait quelque chose de travers ? Tu vois ce que je veux dire ?

— Oui.

— J'y pense sans arrêt, je retourne la question dans ma tête, mais je ne trouve pas d'explication. Je crois pas avoir fait de bêtise, et pourtant j'ai bien dû en faire une.

— Je suis sûre que non.

Lisa a écrasé son mégot.

— Bon, je ferais mieux d'y aller. Il va être quinze heures. Mes filles vont pas tarder à rentrer de l'école. Il faut que je me dépêche. On se voit là-haut ?

Je lui ai adressé un signe de tête. Je comprenais ce qu'elle ressentait mais j'étais sûre qu'elle n'avait rien à se reprocher pour les problèmes de son fils. Moi en revanche… Le cas de Caitlin était différent et je le savais. J'y pensais de plus en plus dernièrement, quand je l'observais ; les questions se bousculaient dans ma tête et dans ces moments-là, mon courage me faisait défaut. Étais-je responsable de ses problèmes ? Payait-elle le fait que j'avais laissé mon père la concevoir ? Comme Jonathan ? J'essayais d'éviter d'y penser quand je me tenais à son chevet. Je me retenais de poser des questions aux médecins, par peur d'entendre leurs réponses. Récemment, ils avaient commencé à aborder avec moi le sujet de l'origine de ses problèmes : ils soupçonnaient une cause génétique.

— Nous devons faire certaines analyses, m'ont-ils dit un jour, et pour ce faire, nous avons besoin d'échantillons de sang, de vous et du père de Caitlin. Auriez-vous ses coordonnées ?

— Non. Je l'ai perdu de vue et je n'ai aucun moyen de le contacter.

— Donc vous n'avez ni téléphone ni adresse ?

— Non, rien de tout ça.

Évidemment, j'ai accepté de faire une prise de sang, et même demandé à mon père de faire de même, mais il a refusé.

— On pourrait acheter une seringue pour la faire ici et je leur apporterai l'échantillon, ai-je proposé, en désespoir de cause.

C'était une idée stupide, bien sûr, mais je voulais tout faire pour aider Caitlin. N'était-il pas prêt à faire de même ? Je savais qu'il ne l'aimerait jamais – il n'avait jamais aimé aucun de ses enfants – mais Caitlin était malade : peut-être accepterait-il de l'aider ?

— Non mais t'es complètement conne ! a-t-il craché. Je veux plus entendre parler de cette histoire, compris ?

J'ai renoncé à le convaincre et répété aux médecins que je n'avais aucun moyen de joindre le père de Caitlin. Mais la culpabilité me pesait sur le cœur, tout comme je m'étais sentie coupable à l'époque, quand on nous avait retiré les enfants. Tant de personnes avaient souffert à cause de ce que j'avais laissé papa faire, et maintenant, j'avais peur que mon bébé paie lui aussi.

Je me disais que Caitlin irait mieux si je lui donnais assez d'amour. Elle commençait déjà à prendre des forces et dormait à présent dans un lit normal, et plus en couveuse. À plusieurs reprises, on m'avait même laissée l'habiller et la descendre à la cafétéria de l'hôpital dans un landau. Mais j'avais beau être fière de la pousser dans les couloirs de l'hôpital, les médecins m'avaient dit que je devrais encore attendre un peu pour la ramener à la maison.

La raison principale de son maintien à l'hôpital était ses problèmes pour s'alimenter. J'ai dû apprendre à la nourrir à l'aide d'une sonde car elle ne parvenait pas à téter au biberon. Les infirmières m'avaient montré comment introduire délicatement dans son nez un petit tube qui descendait jusque dans son estomac. C'était difficile car Caitlin avait un si petit nez, et le tuyau était si gros. Une fois cela fait, je devais m'assurer qu'il n'y avait pas d'air dans le tube et vérifier qu'il était bien arrivé dans l'estomac. Ensuite seulement, je pouvais verser lentement le lait du biberon dans la seringue fixée au tube et la nourrir jusqu'à ce qu'elle soit rassasiée.

Je désespérais de maîtriser la technique et craignais que l'état de Caitlin ne lui permette jamais de sortir de l'hôpital. Tout ce que je voulais, c'était l'avoir auprès de moi, et maman partageait ce désir. Elle venait la voir chaque fois que papa acceptait de la conduire à l'hôpital ; les jours où elle ne pouvait pas, elle me demandait de ses nouvelles quand je rentrais.

— Comment allait-elle ? Est-ce qu'elle a bonne mine ?

Nos discussions agaçaient l'idiot, mais j'avais l'impression de lui avoir communiqué un peu de mon courage, car elle continuait à discuter malgré ses remontrances. Jusqu'à ce qu'il lui lance le regard noir de trop et qu'elle se taise à nouveau. J'adorais discuter de Caitlin : de son état de santé, de la pâleur de sa peau, de ses tout petits pieds. Maman et moi étions justement occupées à cela un jour, assises près de son petit lit, quand les médecins sont venus me demander si j'avais pu contacter le père de Caitlin.

— Non, je n'ai pas de nouvelles, ai-je menti. Je n'arrive pas à le joindre. Il a disparu.

— Vous êtes bien certaine, mademoiselle Lawrence ? C'est très important. Nous aurons beaucoup de mal à réaliser un diagnostic efficace sans la collaboration de son père.

— Je ne peux rien faire, ai-je affirmé, sentant mes anciennes craintes me nouer l'estomac. Je vous ai dit et répété que je ne savais pas où il était.

Une fois les médecins partis, maman m'a lancé un regard interrogateur :

— Tu ne sais vraiment pas ? a-t-elle demandé. Il n'y a rien que tu peux leur dire ?

— Non ! ai-je répondu avec colère. Arrête tes questions. J'ai eu ma dose avec les docteurs !

Maman n'a plus rien dit, jusqu'à ce que nous soyons assises dans le bus pour rentrer. Elle s'est alors tournée vers moi.

— Caitlin avait bonne mine aujourd'hui, tu ne trouves pas ? Je suis sûre qu'elle prend des forces.

— Oui. J'ai hâte qu'ils me laissent la ramener à la maison. Ça ne devrait plus tarder…

— Ça va faire du bien d'avoir à nouveau un bébé à la maison.

— C'est vrai. Je ne supporte pas de devoir la laisser là-bas. Il me tarde de l'avoir avec moi toute la journée.

J'avais mal au cœur quand je l'imaginais là-bas toute seule. Pourquoi fallait-il l'abandonner chaque soir à ces étrangers alors qu'elle avait une maison à elle qui l'attendait ? C'était douloureux. Nous sommes restées un moment silencieuses avant que maman ouvre à nouveau la bouche.

— Il y a une question que je voulais te poser…

Je savais déjà ce qu'elle allait me demander. Je me suis crispée.

— C'est lui, le père ?

J'ai pris une profonde inspiration. Une éternité s'est écoulée avant que je lui réponde.

— Non. Non, ce n'est pas lui.

Maman n'a rien ajouté, à mon grand soulagement. Je n'étais pas certaine de pouvoir lui mentir une deuxième fois. Je me suis tournée vers elle. Elle fixait la route, le regard vide. Je savais que j'avais bien fait. Maman n'avait pas envie d'entendre ma réponse. J'ai posé ma main sur la sienne et nous avons terminé le trajet en silence.

Quelques jours plus tard, le médecin est revenu me voir et m'a dit qu'il y avait du nouveau.

— Nous lui avons fait passer un scanner. Il faut vous préparer, Alice.

— Comment ça ? Il y a un problème ?

— Je suis désolé mais il n'est jamais facile de dire cela : nous avons décelé des lésions cérébrales chez Caitlin.

Je l'ai regardé sans comprendre. De quoi parlait-il ? Caitlin était parfaite.

— Nous n'avons pas vraiment d'explication, mais il semblerait que toute son activité cérébrale soit touchée, c'est-à-dire que les dégâts ne sont pas limités à une seule zone. Tous les aspects de sa vie seront affectés.

— Je ne comprends pas. Elle semble pourtant aller bien, elle grandit normalement.

— Je sais, a répliqué le médecin. On ne parvient pas à identifier la cause exacte de son problème, mais nous sommes quasiment convaincus que c'est d'ordre génétique. C'est très grave, Alice, et vous devez savoir que l'étendue de ses lésions fait qu'elle n'atteindra probablement jamais la puberté.

J'ai eu envie de crier en entendant ces mots. Comment pouvait-il me dire cela ? Comment pouvait-il savoir combien de temps elle pourrait vivre alors qu'il ne savait même pas exactement ce qu'elle avait ?

— Caitlin souffre de graves lésions cérébrales et a une espérance de vie réduite.

J'ai baissé la tête ; mes mains tremblaient. Comme je le craignais, le médecin était en train de me dire que Caitlin payait pour mes péchés.

— Mais elle est parfaite… insistais-je.

Le médecin est parti et je me suis penchée au-dessus du lit de Caitlin. Elle était endormie ; elle semblait si paisible. J'ai tendu la main pour toucher sa petite joue.

Je refusais de croire les paroles du médecin. Il n'était même pas sûr de lui, et quand bien même, je n'allais pas abandonner mon bébé. Qu'en savait-il ? Je ferais en sorte que Caitlin survive. Il fallait qu'elle vive. Elle était toute ma vie désormais.

20

J'ai souri en enveloppant Caitlin dans une serviette. Je venais de lui donner un bain et je n'allais pas tarder à la coucher.

— Il était une bergère, et ron, et ron, petit patapon, chantonnais-je. Qui gardait ses moutons…

Caitlin avait émis un petit gargouillis tandis que je la séchais en la tapotant. Je me suis penchée pour l'embrasser. Je ne me lassais pas de son odeur : elle sentait le propre et le frais. Je me suis rendu compte que ce qu'on disait des bébés était vrai : ils étaient un cadeau du ciel.

J'ai essuyé délicatement l'extérieur du tube qui entrait par sa narine. Je m'en sortais de mieux en mieux depuis que nous étions rentrées ; en fait, mon seul problème était quand elle jouait la canaille et qu'elle le faisait ressortir. Mais la visiteuse de santé m'avait assuré que je me débrouillais vraiment bien : Caitlin prenait du poids comme prévu. Je m'inquiétais cependant que la femme me reproche de vivre dans une porcherie : les rangées d'étagères couvertes de toiles d'araignées, les placards remplis des cassettes vidéo poussiéreuses de papa, la puanteur de son bazar dans le salon. Je m'efforçais de garder ma chambre aussi propre et en ordre que possible, mais l'idiot refusait que je nettoie le reste de l'appartement.

— C'est ici qu'on passe le plus de temps, expliquais-je à la dame. On ne va pas trop dans le salon.

Elle avait regardé autour d'elle et souri à Caitlin, blottie dans mes bras.

— Essayez juste de la tenir éloignée de la poussière, m'avait-elle conseillé gentiment, et j'avais eu l'impression qu'elle devinait que je faisais de mon mieux. Mais je préférais tout de même qu'elle ne vienne pas trop souvent à la maison alors, quand la météo s'y prêtait, j'emmenais Caitlin à son cabinet pour qu'elle la voie. Le reste du temps, papa ne me laissait pas sortir, et la porte d'entrée restait comme toujours fermée à clé. Je demeurais donc à la maison avec Caitlin, à la câliner, la nourrir, changer ses couches et lui donner des bains. Ça ne me dérangeait plus d'être enfermée : j'adorais m'occuper de Caitlin, et maman idem.

— Laisse-moi la prendre, me disait-elle si Caitlin vomissait son lait, ce qu'elle faisait fréquemment à cause de ses problèmes gastriques.

— Elle va te salir, maman. T'inquiète pas, je vais le faire.

— Eh alors ? rétorquait maman avec un sourire. Ce ne sera pas la première fois ni la dernière. Laisse-moi lui faire un câlin.

Tout en lui murmurant des mots doux, maman la déshabillait doucement. Mais à deux ou trois reprises, j'avais vu ses mains commencer à trembler quand elle avait soulevé le bébé ; elle avait peur de faire du mal à ce petit être si fragile et si précieux. L'idiot, en revanche, hurlait si Caitlin pleurait trop fort, et n'arrêtait pas de grommeler quand le bruit l'empêchait d'entendre sa télé, ce qui se produisait assez souvent. Caitlin pleurait parfois pendant des heures d'affilée et elle n'était pas facile à calmer. Papa devenait fou de rage. Mais pour une certaine raison, il ne me volait pas trop dans les plumes. En vérité, c'était surtout maman qui récoltait des raclées et des insultes, et je me mordais la langue à chaque fois. Il lui donnait des coups de pied dans les bras pour la faire tomber quand elle sortait du lit à quatre pattes et s'esclaffait quand elle faisait pipi sur elle. Je savais qu'il ne valait mieux pas me mêler de leurs disputes : je devais m'occuper de Caitlin et je ne voulais pas donner à papa de raisons de se mettre en colère et de se venger sur elle. Mais je m'inquiétais pour maman, car l'idiot devenait de plus en plus ignoble.

Avoir Caitlin à la maison était aussi merveilleux que je l'avais anticipé durant ces longues semaines où elle était à l'hôpital. Je pouvais passer des heures à la regarder, contemplant le visage de mon bébé en imaginant son avenir. Je ferais en sorte qu'elle ait tout ce que je n'avais jamais eu : une bonne éducation, de beaux habits, la chance de sortir avec des camarades de son âge. Je savais ce que les médecins avaient dit, mais j'essayais de ne pas y penser, même si pour eux, je ne faisais que me voiler la face. Lorsque j'emmenais Caitlin à l'hôpital pour ses visites de contrôle, j'étais sûre qu'elle se portait mieux qu'ils ne le disaient. Par exemple, les médecins avaient affirmé qu'elle ne me reconnaîtrait pas, mais c'était faux. Quand je lui parlais et que je la chatouillais, elle m'adressait des petits sourires et j'étais la seule à pouvoir la calmer quand elle pleurait.

Mon rôle de maman me fatiguait plus que je ne l'avais jamais été dans ma vie, car je devais nourrir Caitlin à la sonde toutes les deux heures, le jour comme la nuit. Mais ça ne me dérangeait pas car c'était grisant : ce sentiment ne m'avait pas quitté depuis le jour de sa naissance. Je n'étais plus simplement le jouet de l'idiot ; j'avais l'impression d'avoir accompli quelque chose à la fin de la journée. Avant l'arrivée de Caitlin, les semaines et les mois s'enchaînaient, semblables les uns aux autres, à rester assise en silence devant l'écran de télé. J'avais vingt-six ans maintenant et il y avait huit ans qu'on nous avait enlevé les enfants : huit longues années de terreur et de ténèbres.

Mais désormais, chaque jour semblait différent du précédent, et je savais que maman adorait avoir Caitlin à la maison, presque autant que moi. Je le voyais à son visage, quand elle la berçait. Nous discutions sans arrêt du bébé, et j'étais heureuse que Caitlin fasse sourire maman : je lui apportais enfin un peu de bonheur, après ces années de chagrin. Même après tout ce temps, je continuais à ressentir une immense culpabilité à cause de ce qui s'était passé entre papa et moi. J'avais trahi maman en laissant son mari se livrer à ce qu'il faisait. J'éprouvais aussi une honte indicible au souvenir de mes grossesses précédentes. Maintenant que j'avais un bébé, je me rendais compte de la vilenie de mes sentiments, et j'étais remplie de remords à la pensée des bébés mort-nés que j'avais tués. Mais à présent, j'espérais enfin faire quelque chose de bien : j'aimerais Caitlin doublement, pour tous les autres bébés que j'avais laissés mourir, et un jour peut-être, elle nous donnerait à maman et moi le courage de partir.

Il était pratiquement impossible d'obtenir le moindre sou de papa pour acheter au bébé ce dont elle avait besoin, et je devais le supplier pour l'argent des couches. J'avais cependant réussi à le convaincre de me donner quelques billets pour acheter un petit lit d'occasion et un landau : maman et moi en avions gardé une partie pour quelques peluches. À Noël, il m'avait même donné quelques billets pour acheter à Caitlin une lune en plastique multicolore que j'avais accrochée au pied de son lit. Ce jour-là avait été pareil à tous les autres – ni dinde ni guirlande – mais Caitlin l'avait rendu particulier.

Michael jubilait lorsqu'il l'a vue pour la première fois.

— Elle est magnifique, sœurette ! s'était-il exclamé, et je m'étais sentie si fière.

Dans de tels moments, j'arrivais presque à oublier qui était son père et je souriais comme n'importe quelle maman. Mais la nuit, lorsque je me réveillais dans l'appartement plongé dans le noir et le silence, je me souvenais. Je me disais que Caitlin ne lui appartiendrait jamais ; elle était à moi, et je prendrais soin d'elle comme il faudrait, je la protégerais de lui. Parfois, papa la tenait lorsque j'étais occupée à cuisiner ou à plier le linge, mais j'avais horreur qu'il s'approche d'elle et je la lui reprenais dès que j'avais fini ce qu'il m'avait demandé de faire.

Les interrogations des médecins sur les soucis de santé de Caitlin avaient cependant effarouché l'idiot, et il s'était remis à utiliser un préservatif. Il se souvenait sans doute des questions que la police avait posées quand on nous avait retiré les enfants : s'il n'y prenait pas garde, on commencerait à se poser d'autres questions. Les relations sexuelles continuaient donc à l'occasion, quand maman était sortie, mais elles étaient moins fréquentes qu'autrefois. Je n'osais pas lui dire non, car j'avais trop peur de ce qu'il ferait à Caitlin. La seule chose qui ne manquait jamais de le mettre en colère, cela dit, c'étaient les questions d'argent, et il avait commencé à me harceler à ce sujet presque aussitôt après l'arrivée de Caitlin à la maison.

— Tu sais que tu peux faire une demande de pension d'invalidité, maintenant ? me répétait-il en permanence. Tu toucheras des aides supplémentaires parce que la petite est handicapée.

Au début, je n'y faisais pas attention. Je ne voyais pas les choses sous cet angle : j'essayais juste de m'habituer à la présence du bébé, à subvenir à ses besoins. Caitlin devait prendre un traitement et avait un moniteur fixé à la poitrine vingt-quatre heures sur vingt-quatre, qui émettait un bip dès que son cœur ralentissait. Lorsqu'il se déclenchait, j'accourais ; mais la plupart du temps, c'était elle qui l'avait décroché. Une fois en revanche, j'ai dû lui masser doucement le cœur comme on me l'avait appris : j'étais terrifiée. Les crises qu'elle avait commencé à faire après son arrivée à la maison me terrifiaient également. Parfois, j'étais certaine qu'elle ne survivrait pas tant elle était faible et petite. Mais Caitlin avait prouvé au monde combien elle était forte en janvier 1997, quand elle avait contracté une pneumonie : elle avait alors sept mois.

Les médecins m'avaient dit de me préparer au pire lorsque je l'avais amenée à l'hôpital, et j'avais passé la nuit à son chevet, en priant pour qu'elle se rétablisse. Le lendemain matin, on m'avait prévenue qu'elle n'était toujours pas tirée d'affaire et j'avais fait venir un pasteur. Les joues en larmes, je l'avais regardé faire le signe de croix pour baptiser Caitlin. Je ne pouvais pas la perdre. Elle n'avait pas à payer pour le mal que j'avais fait.

Je guettais un signe d'amélioration, implorant quiconque voulait bien m'entendre de sauver Caitlin. Je savais que ma fille avait des problèmes de santé, mais je voulais lui offrir une bonne vie, remplie de bonheur, la meilleure possible. Deux jours d'une attente atroce plus tard, les médecins m'avaient annoncé qu'elle était hors de danger. J'avais éclaté en sanglots. J'avais toujours su que malgré ses problèmes, Caitlin était plus forte que tout le monde le pensait, et elle venait de leur prouver.

L'idiot se fichait bien de Caitlin : son état de santé, l'attention constante dont elle avait besoin. Tout ce qui l'intéressait, c'était que j'aille demander une pension d'invalidité ; il me tannait jour après jour.

— Ta petite pourrait te rapporter plus, tu sais. Elle est malade. Elle a besoin de soins. Il y a des aides pour les mômes comme elle.

J'étais retournée au bureau des aides sociales, où j'avais rempli tous les formulaires nécessaires, avant de les poster et de reléguer tout ça dans un coin de ma tête. Mais lorsqu'un courrier était arrivé dans la boîte aux lettres quelques semaines plus tard, l'idiot était entré dans une rage noire.

— Putain ! Comment ils osent te refuser ça ? Pourquoi ils lui donnent pas de pension d'invalidité ? Regarde-la. T'as bien rempli les formulaires comme il fallait ? T'as bien tout précisé ?

J'ai senti un flot de colère monter en moi, si violente que j'en ai oublié à qui je parlais.

— Il n'y a que ça qui t'intéresse ? ai-je crié. Qu'est-ce que ça fait ? C'est qu'un bébé. Je te donne tout ce que je touche. Qu'est-ce que tu veux de plus ?

Papa m'a fixée droit dans les yeux.

— Autant que je peux avoir ! a-t-il rétorqué. Bon, donne-moi la copie du formulaire, je vais vérifier si tu l'as bien rempli. Il doit bien y avoir un moyen d'obliger ces rapiats à nous donner plus de sous.

Je lui ai tendu le papier avec une pieuvre au creux du ventre. Pour lui, tout – enfants, femme, maladies ou grossesses – était ramené à une question d'argent. Pendant des années, j'avais essayé de comprendre pourquoi il se comportait de la sorte : était-ce ma faute ? Avais-je quelque chose à me reprocher ? Existait-il une autre fille qui ait poussé son père à agir de la sorte ? Mais à présent, je réalisais qu'en plus du pouvoir, de la peur et du besoin de contrôler, c'était une question d'argent. Voilà pourquoi papa s'était mis en colère en apprenant que maman ne pourrait plus avoir de bébés, et qu'il m'avait prise de force année après année. Nous lui rapportions un paquet d'argent quand nous étions enfants, et il voulait que maman continue d'avoir des bébés pour toucher encore plus. Et dès que j'avais été en âge, il m'avait mise « à contribution » en me violant afin d'obtenir un autre enfant, et l'allocation d'aide qui allait avec. Je l'ai regardé, écœurée. J'avais été stupide. Il était prêt à tout pour se mettre plus d'argent dans les poches.

Papa avait parcouru au peigne fin la copie du formulaire que j'avais déposé, puis avait téléphoné au bureau des aides sociales pour leur reprocher vertement leur refus de me verser une pension d'invalidité pour Caitlin. On lui avait répondu que Caitlin était encore un bébé et que par conséquent, ma demande n'était pas recevable. J'étais bien contente qu'on l'ait envoyé bouler. Ça lui ferait les pieds.

Deux mois après que Caitlin se fut remise de sa pneumonie, les médecins m'ont dit qu'elle devait subir une opération. Elle continuait d'être nourrie par sonde nasale et ils m'avaient expliqué qu'il serait plus confortable pour elle qu'on lui introduise un tube directement dans l'estomac. Je les écoutais parler de l'intervention, en me demandant si Caitlin en avait vraiment besoin. Elle pesait maintenant six kilos huit cents : la façon dont je la nourrissais actuellement semblait donc fonctionner. À dire vrai, elle avait pris tant de forces que j'étais sûre que les médecins ne tarderaient pas à reconnaître qu'ils avaient fait une erreur de diagnostic. Je savais que Caitlin était différente des autres bébés – elle ne levait jamais la tête, ne gigotait pas, jamais de gazouillis ni d'éclats de rire. Mais elle constituait mon monde, et en tant que sa mère, je repérais le moindre changement chez elle. Mais les médecins m'avaient assuré que l'intervention lui permettrait de devenir plus forte, et je me disais que je devais les écouter. J'ai donc accepté l'opération et emmené Caitlin à l'hôpital, fin mars 1997.

L'intervention était programmée pour le lendemain. Les médecins lui ont passé tous les examens nécessaires pour s'assurer qu'elle supporterait l'opération, puis je l'ai couchée dans son lit. Je n'ai quasiment pas dormi cette nuit-là tant je m'inquiétais, et je mourais de peur le lendemain matin en l'habillant. Je ne voulais pas la laisser partir quand l'infirmière est venue la chercher. Mes bras me semblaient vides sans elle, le monde paraissait tellement silencieux. Aux dires des médecins, l'intervention durerait quatre heures, et ces quatre heures ont été les plus longues de ma vie. J'ai poussé un ouf de soulagement quand on l'a ramenée dans le service.

— Tout s'est très bien déroulé, m'a dit l'infirmière.

J'ai passé le reste de l'après-midi assise à son chevet.

Caitlin a dormi à poings fermés jusqu'au soir. Chaque fois qu'elle se réveillait, je lui caressais la main pour qu'elle sache que j'étais là. Finalement, vers 23 heures, je l'ai embrassée une dernière fois pour lui souhaiter bonne nuit.

— Dors bien, mon bébé, ai-je murmuré avant de m'asseoir dans le fauteuil près du lit.

J'étais impatiente de la ramener à la maison. Caitlin prendrait des forces encore plus vite désormais. Nous donnerions tort aux médecins, songeais-je en m'endormant. Je me demandais combien de temps encore elle resterait à l'hôpital.

Quelques heures plus tard, j'avais été réveillée en sursaut : des visages m'entouraient et des silhouettes se tenaient autour du lit de Caitlin.

— Votre fille est en détresse, a dit une voix.

— Comment ça ? ai-je crié en me levant.

— Je vais vous demander de nous laisser une minute, Alice. Nous devons nous occuper de Caitlin.

J'étais hébétée, je ne comprenais pas ce qui se passait, des mains me guidaient vers la porte pour me faire sortir.

— Mais je veux rester près d'elle ! ai-je crié. Laissez-moi rester !

— Vous ne pouvez pas, Alice, a dit une infirmière. Les médecins ont besoin d'examiner Caitlin. Ils viendront nous voir quand ils seront prêts. On doit les laisser faire leur travail maintenant.

L'infirmière m'a emmenée dans la salle fumeurs et j'ai allumé une cigarette. La fumée avait un goût amer. Je n'avais pas envie de fumer. Je voulais remonter à l'étage. Pourquoi m'en empêchaient-ils ?

— S'il vous plaît, sanglotais-je. Laissez-moi y retourner. Je suis sa maman. Elle a besoin de moi.

— Il n'y en a plus pour longtemps, m'a répondu l'infirmière.

J'ai attendu, les joues baignées de larmes, jusqu'à ce que la porte s'ouvre et qu'une autre infirmière me demande de la suivre.

— Où est Caitlin ? ai-je demandé. Comment va-t-elle ? Elle va bien ? Que s'est-il passé ?

— Le médecin va vous parler, Alice, s'est bornée à répondre la femme tandis que nous entrions dans l'ascenseur. Il sera là dans une minute.

La panique m'a coupé le souffle tandis que les portes de l'ascenseur s'ouvraient et que l'infirmière me conduisait vers une pièce.

— Je veux voir Caitlin ! Que se passe-t-il ? Dites-moi, s'il vous plaît.

La porte s'est ouverte : une infirmière et un médecin m'attendaient à l'intérieur.

— Où est ma fille ? Qu'est-ce qui ne va pas ? Pourquoi vous ne voulez pas me dire où elle est ? Je veux seulement la voir.

J'étais en larmes et j'avais du mal à rester debout. Je tremblais comme une feuille tandis que le médecin s'approchait de moi.

— Je suis désolé, Alice, mais nous n'avons rien pu faire, a-t-il dit.

— Quoi ? Comment ça !?

— Votre petite fille était très malade. Nous avons fait tout ce que nous pouvions.

— Je ne comprends pas. Où est Caitlin ? Il faut que je la voie.

— Je suis désolé de vous dire ça, Alice, mais nous n'avons pas pu la sauver.

— Où est-elle ? Vous disiez qu'elle irait mieux.

— Je suis désolé. Caitlin n'a pas survécu.

— Quoi ? ai-je hurlé. Je veux la voir. Elle a besoin de moi.

— Alice, écoutez-moi…

J'ai senti des mains m'attraper tandis que je tombais.

— Caitlin est décédée.

Tout est devenu noir.

21

Des deux jours qui ont suivi la mort de Caitlin, je ne me souviens de rien si ce n'est de fragments : je cherchais à tout prix à retourner à l'hôpital car j'étais sûre qu'on m'avait volé mon bébé, qu'on me la cachait, il fallait que je retrouve mon bébé et que nous soyons réunies ; Michael venant me voir et m'empêchant de quitter la maison.

— Laisse-moi y aller ! criais-je en essayant d'atteindre la porte. Il faut que je la retrouve. Ils la retiennent.

— Mais où tu vas, Alice ?

— Voir Caitlin. Elle est à l'hôpital.

— Non. Elle n'y est plus.

— Mais si. Je la leur ai laissée.

— Viens. Tu ne peux pas aller là-bas maintenant, Alice.

— Laisse-moi. S'il te plaît, laisse-moi y aller.

Michael m'avait finalement emmenée voir les médecins à l'hôpital.

— Où est-elle ? avais-je demandé en arrivant. Lequel d'entre vous la retient ?

— Elle n'est plus ici, m'avait répondu un homme.

— Mais si ! On est en train de l'opérer. Elle va aller mieux. Ils m'ont dit qu'elle irait mieux.

— Je suis désolé, Alice. Caitlin est décédée. Elle n'est plus ici.

— Je ne comprends pas.

— Elle est partie.

— Où ça ? Où est mon bébé ?

Quand je n'étais pas sous sédatifs, je demandais instamment aux gens de m'aider, puis tout redevenait noir. Même les obsèques de Caitlin sont floues dans ma mémoire. Plus tard, on m'a raconté que lorsque je l'avais préparée pour la cérémonie (je l'avais habillée d'une robe froncée blanche, à nœuds roses, et d'un gilet blanc), je l'avais serrée fort contre moi et je ne voulais plus la lâcher. Apparemment, mes parents, Michael, et une partie des médecins et infirmières qui s'étaient occupés de Caitlin ont assisté à la cérémonie, mais je ne m'en souviens pas. Je sais que j'avais couru vers le cercueil quand les portes du corbillard s'étaient ouvertes et que plus tard, j'avais hurlé quand le cercueil avait disparu derrière les rideaux du crématorium.

Puis c'est le flou. Je me rappelle ensuite m'être réveillée dans ma chambre, seule, en me demandant où était Caitlin. Je ne l'entendais pas respirer ; tout semblait si silencieux. Et là, Michael était entré.

— Tu es réveillée, sœurette ?

— Oui.

Je m'étais assise en regardant autour de moi : le petit lit de Caitlin était vide.

— Il faut que je récupère le livret d'allocations familiales, avait dit Michael. Ils vont le réclamer.

Je l'avais regardé, et soudain tout m'était revenu : Caitlin était morte. Elle n'était plus avec moi.

— Je ne l'ai pas, avais-je répondu. Demande à papa.

Michael avait refermé la porte et je m'étais recouchée.

C'est tout ce dont je me souviens de cette période : un sentiment de vide à l'intérieur, et une douleur vive et lancinante dans mon cœur brisé. Je n'arrivais pas à croire que je me retrouvais à nouveau seule. Je voulais qu'elle revienne. Je voulais que Caitlin soit avec moi.

Ma vie n'avait plus aucun sens. Sans mon bébé, je n'avais aucune raison de continuer à vivre, rien ne semblait plus important, je restais assise des heures durant à fixer le vide. Ma vie avec l'idiot et maman est redevenue ce qu'elle avait toujours été : j'étais enfermée dans l'appartement, seulement autorisée à sortir pour aller à l'épicerie, et deux fois par semaine pour aller percevoir les aides. La seule différence était que papa m'avait payé des cours de conduite. Il ne voulait même plus sortir du lit pour conduire maman à ses rendez-vous à l'hôpital.

— J'en ai ras le cul de lui servir de chauffeur, avait-il dit un jour. T'as qu'à l'emmener. T'as rien d'autre à foutre !

C'était comme si Caitlin n'avait jamais existé : il me donnait une heure pour sortir de l'appartement, faire la queue à la poste et toucher notre argent, récupérer les ordonnances chez le médecin et passer à la pharmacie chercher les médicaments. Une minute de retard et il posait des questions. Chaque fois que je rentrais, il vérifiait le kilométrage sur la voiture, car il savait que le trajet aller-retour était de trois kilomètres. Mais je m'en fichais : je ne pensais même plus à me sauver. Sans Caitlin, ma vie n'avait plus de sens ; sans elle, à quoi bon m'accrocher ? Pendant si longtemps, j'avais rêvé de fuir, en espérant qu'un jour maman et moi finirions par le faire. Mais à présent, je savais que je ne vivrais jamais une vie normale, car j'avais détruit ma propre fille. J'étais un monstre.

Les médecins m'ont dit que Caitlin avait été victime du syndrome de mort subite du nourrisson, mais je savais que c'était moi la responsable. Elle avait payé mes erreurs de sa vie. Je lui avais donné naissance et j'avais accepté l'intervention. J'étais censée la protéger ; au lieu de ça, j'avais laissé les docteurs n'en faire qu'à leur tête. Résultat : elle était morte. J'avais laissé l'idiot me mettre enceinte et Caitlin en avait payé le prix. Je n'arrivais pas à chasser ces pensées sordides de mon crâne et chaque jour, je restais assise des heures, une photo d'elle à la main. Parfois, l'image de son visage devenait floue mais je continuais à fixer la photo. Je me sentais morte en dedans. Chaque seconde de la journée me faisait mal car je savais que Caitlin aurait dû être là avec moi et qu'elle n'y était pas.

La seule personne à me comprendre était maman. Elle aussi avait perdu des enfants : elle savait ce que je ressentais. Caitlin lui manquait presque autant qu'à moi, et parfois on s'asseyait ensemble en pleurant devant les photos, jusqu'à ce que l'idiot nous dise de la fermer. La nuit, je me couchais avec une photo de Caitlin et l'une de ses peluches. C'était un petit ours blanc coiffé d'une casquette rose, et j'avais laissé le bracelet d'hôpital de Caitlin autour de sa patte. Allongée dans le noir, je roulais sur moi-même pour trouver le sommeil. Mais je n'y arrivais pas. Caitlin avait payé mes mauvaises actions de sa vie et je savais que ma punition serait de rester à jamais prisonnière de papa.

Les mois passant, je suis devenue pareille à une ombre : je restais immobile et indifférente quand papa me giflait, ce qui le rendait encore plus méchant. Il pouvait me faire n'importe quoi, ça ne m'affectait plus ; du coup, il n'en tirait plus aucun plaisir. Il ne lisait plus la terreur sur mon visage, ne reniflait plus l'odeur de la peur dans l'air. S'il me jetait quelque chose à la figure, je ne bougeais pas ; s'il me frappait, je regardais mes pieds ; s'il m'injuriait, je tournais la tête vers le mur.

L'année 1997 touchait à sa fin ; Caitlin était décédée depuis neuf mois et j'étais toujours aussi renfermée.

Sexuellement parlant, l'idiot continuait de se servir évidemment, mais je restais morte sous lui, et il ne réclamait plus autant de sexe. Je m'en fichais. Il pouvait bien faire ce qu'il voulait de moi maintenant.

Michael a commencé à me rendre visite plus souvent après la mort de Caitlin, et parfois il amenait ses filles avec lui. Elles étaient grandes à présent : Paula avait dix ans et Jacqueline neuf. Elles étaient comme un éclair de vie dans nos ténèbres. Maman aimait quand elles nous rendaient visite car nous ne les avions pas beaucoup revues après ces quelques mois, sept ans plus tôt, où nous habitions chez Michael. Maman retrouvait un peu de gaieté chaque fois qu'elle les voyait. Pas moi. Rien ne pouvait assécher le chagrin qui me ravageait.

— Je m'inquiète pour toi, Alice, m'a dit Michael lorsqu'il est venu nous rendre visite à Noël. Pourquoi tu ne viens pas habiter chez nous pendant un temps ? Ça te changerait.

— Tu sais bien que je ne peux pas, ai-je répondu.

— Pourquoi ? Maman s'en sortira très bien ici.

Il ne comprenait pas.

— Allons, Alice. Tu as trop de souvenirs dans cette maison. Tu pourras rester aussi longtemps que tu voudras.

Je l'ai regardé. Se souvenait-il de la promesse qu'il m'avait faite des années plus tôt, quand nous étions enfants, et qu'assis sur le lit, il transformait par la magie de son imagination le pain en biscuit et l'eau en limonade ? Il devait bien se douter qu'il était trop tard ? J'ai ressenti une pointe de jalousie en le voyant partir avec ses filles. Ils formaient une famille, tout comme moi et Caitlin. Je savais que je ne renoncerais jamais au désir d'être à nouveau mère, aussi longtemps que je vivrais. Caitlin m'avait changée pour toujours. Elle m'avait montré qu'il y avait une vie au-delà de ma prison.

— Tu pues, a dit sèchement l'idiot, un jour que maman lui tendait une tasse de thé. Prends un putain de bain, ça sera pas du luxe !

Je regardais la télé quand j'ai entendu maman sortir de la pièce. Les robinets se sont ouverts dans la salle de bains.

— Qu'est-ce que tu fabriques assise là comme une putain de débile ? m'a crié papa.

J'ai senti ses yeux posés sur moi.

— Ramène-toi ici. Ta mère en a pour un bon moment.

Je n'ai pas bougé.

— Je t'ai dit de te ramener ici. Plus vite que ça !

Je savais ce qu'il voulait. Mais j'avais décidé de refuser.

— T'es bouchée ou quoi ?

Je ne bougeais toujours pas.

— Obéis ou ta mère se prendra une bonne dérouillée. T'entends ?

Les tuyaux d'eau ont émis un grondement tandis qu'on fermait les robinets dans la salle de bains.

— Ramène ton putain de cul ici tout de suite, espèce de connasse !

Je l'ai entendu renifler et j'ai senti un objet toucher ma jambe. Il m'avait jeté quelque chose. J'avais mal mais je n'ai pas regardé.

— Alice ! a-t-il crié. Tu m'écoutes oui ?

Je me suis levée et j'ai marché vers la porte.

— Où tu te barres ?

Un verre s'est fracassé contre le mur derrière moi tandis que j'ouvrais la porte et sortais dans le couloir. Je suis entrée dans la salle de bains. Maman était assise dans l'eau et il y avait de la vapeur.

— Laisse-moi te frotter le dos, ai-je dit.

Je me suis agenouillée près de la baignoire, et j'ai pris le savon dans ma main avant de le plonger dans l'eau et de le frotter entre mes paumes.

— On va te faire toute belle et toute propre, maman, ai-je murmuré.

J'ignore pourquoi j'avais tenu tête à l'idiot ce jour-là. Ça m'arrivait de temps en temps quand j'étais plus jeune et que les petits étaient encore là, mais je finissais toujours par céder quand il se mettait à battre maman ou les enfants. Mais ce jour-là, quelque chose était différent. Peut-être avais-je pris conscience qu'il ne fallait plus qu'un autre enfant soit puni, comme Caitlin l'avait été ? Ou peut-être était-ce la bouée de sauvetage que Michael m'avait lancée en me proposant d'habiter chez lui : j'avais quelque part où aller. Ou encore ce sentiment que je n'avais plus rien à perdre ? J'étais battue et violée depuis mes onze ans, mais maintenant que j'avais perdu Caitlin, rien ne pouvait plus me faire de mal.

Le lendemain, papa s'en est pris à moi dès que nous nous sommes retrouvés seuls.

— Tu crois que tu vas t'en tirer comme ça, hein ? Sûrement pas ! Je vais lui faire la peau à ta mère, et tu t'en mordras les doigts ! Non mais pour qui tu te prends, putain de merde ? Tu fais ce que je te dis, quand je le dis ! Compris ?

Je ne lui répondais plus. Je ne le regardais plus, je ne bronchais plus quand il s'approchait de moi et qu'il collait son visage devant le mien. Je ne réagissais pas quand il me jetait des choses ou qu'il me giflait. Je ne disais rien tandis qu'il m'injuriait et je n'obéissais plus quand il me commandait de lui préparer une tasse de thé ou d'aller à l'épicerie. Les jours passaient et l'idiot enrageait de plus en plus : je ne mangeais plus, ne buvais plus, ne parlais plus.

— Il faut que tu arrêtes, Alice, me disait maman. Il est vraiment en colère. Je ne sais pas ce qu'il va faire.

Je m'en fichais. Je voulais qu'il me tue, qu'il mette sa menace à exécution afin de pouvoir retrouver Caitlin. Je voulais juste qu'il le fasse, qu'il passe à l'acte après ces années d'intimidation. Jour après jour, je restais assise comme un zombie, sans bouger ni répondre, attendant qu'il me tue. Je m'étais vue mourir un million de fois dans mes cauchemars et je voulais qu'il joigne l'acte à la parole.

— Espèce de pouffiasse sans cervelle ! criait l'idiot. Sale bonne à rien. Même pas capable de pondre un mioche et de le garder ! T'es incapable de faire quoi que ce soit à part rester là assise comme un tas.

J'attendais. Je savais qu'il finirait par craquer, et pendant de longues semaines, j'ai continué de l'ignorer. Je refusais de lui parler, de le regarder, de lui obéir. Jour après jour, l'idiot criait mais je ne bougeais pas. Je m'en fichais ; je voulais qu'il prenne l'un de ses couteaux et qu'il me plante, qu'il sorte un de ses revolvers et qu'il m'abatte.

— Ça rime à quoi ? a-t-il crié un jour qu'il rentrait du supermarché avec maman, en me trouvant assise au même endroit qu'il m'avait laissée. Mais merde ! Ça va durer longtemps ?

Il m'a asséné une violente gifle.

— Ça suffit ! Faut te réveiller maintenant sinon je vais t'enfermer une bonne fois pour toutes. Y aura plus d'aller-retour à l'épicerie ! Plus de télé. Tu resteras enfermée dans ta chambre vingt-quatre heures sur vingt-quatre. Tu bougeras plus, tu respireras plus, tu dormiras plus sans ma permission !

Je me suis levée en silence et je suis allée dans la salle de bains. Tirant le verrou sur la porte, je me suis assise sur les toilettes et j'ai fixé le vide. Combien de temps devrais-je encore attendre ? Quand allait-il se décider à m'achever ?

— Alice ! a-t-il hurlé à travers la porte. Qu'est-ce que tu fous là-dedans ?

La poignée de la porte a tourné. Je l'entendais hurler :

— Ouvre tout de suite cette porte !

Je n'ai pas bougé tandis qu'il commençait à donner des coups de pied.

— Ouvre ! Magne-toi !

Il n'arrêtait pas de taper dans la porte, essayant de la casser. Il devait être fou de rage ; ses mains le démangeaient probablement de se refermer sur ma gorge. Hurlant de colère, il a passé la jambe à travers la porte.

— Ouvre, bordel ! Ouvre ou je te bute !

La porte a cédé avec fracas et j'ai levé les yeux. Papa se tenait devant moi, portant seulement un vieux T-shirt gris, et rien en bas. Poussant un grand cri, il s'est jeté sur moi et m'a giflée.

— Je vais te crever si tu te réveilles pas !

J'ai levé la tête, et pour la première fois depuis plusieurs jours, je l'ai regardé.

Vas-y.

Tue-moi maintenant.

Achève-moi.

Laisse-moi rejoindre Caitlin.

Mais tandis qu'il me dévisageait, j'ai lu dans son regard une chose que je n'y avais jamais vue : de la faiblesse et de la confusion. Il savait ce que j'essayais de faire et il ne voulait pas s'y résoudre. Il avait trop peur. Jamais il ne me tuerait. Jamais je ne rejoindrais Caitlin car il était trop lâche pour mettre ses menaces à exécution.

Il fallait que je m'enfuie.

Je ne pouvais plus attendre maman. Papa ne me tuerait jamais comme il avait menacé de le faire toutes ces années. C'était une brute, un sadique, mais maintenant je savais que c'était aussi un lâche. Je l'avais vu dans ses yeux, et je ne pourrais jamais plus l'oublier. Il ne mettrait jamais un terme à mon calvaire. Il me garderait pour toujours près de lui et je vivrais le restant de mes jours en enfer.

22

La terreur m'a saisie dès que j'ai posé les pieds par terre le lendemain matin. Je savais que je devais partir au plus vite, sans quoi je ne retrouverais jamais le courage de le faire. J'ai pensé à Caitlin, à la vie qu'elle m'avait laissée entrevoir, celle que je pourrais avoir si je fuyais loin de lui. J'ai fourré dans un caddie quelques bas de survêtement, un T-shirt, et les photos de Caitlin. C'était tout ce dont j'avais besoin, en plus du numéro de téléphone de Michael.

Je ne l'avais pas, et j'en avais besoin : il était le seul à pouvoir m'aider. Mais je savais que maman possédait un carnet avec des numéros de téléphone ; celui de Michael s'y trouvait probablement. Alors, la nuit passée, pendant que maman et papa dormaient, je m'étais glissée dans le salon en retenant mon souffle. Nous avions à nouveau déménagé et ma nouvelle chambre ne donnait plus directement dans le salon. Je devais franchir deux portes pour y arriver et je priais pour qu'elles ne grincent pas. Il faisait presque nuit noire mais je distinguais néanmoins les silhouettes de papa et maman allongées dans le lit. L'un d'eux respirait bruyamment alors que je m'approchais du buffet près de la porte et cherchais le calepin à tâtons.

Mais, juste au moment où je sortais de la pièce, quelqu'un s'était retourné dans le lit et la respiration s'était arrêtée. Je m'étais figée, mes jambes flanchant sous moi. J'étais certaine que les battements de mon cœur l'avaient réveillé. Le sang cognait contre mes tempes. J'avais attendu une éternité. Puis, quand les ronflements avaient repris, j'avais regagné ma chambre sur la pointe des pieds, recopié le numéro de Michael sur un bout de papier que j'avais glissé dans ma chaussette, avant de me recoucher.

Maintenant, les pensées se bousculaient dans ma tête tandis que je m'habillais et entrais dans le salon. J'étais prête, mais je n'avais aucune idée de comment j'allais sortir de l'appartement. Papa gardait en permanence la clé sur lui et ne nous la donnait que lorsque nous devions sortir. Mais sitôt que nous étions rentrées, il demandait la clé et s'assurait que nous ayons bien verrouillé la porte.

L'idiot était allongé devant sa télé, et maman assise à côté de lui comme d'habitude, quand je suis entrée avec une tasse de thé. Je l'ai bue en silence avant de me lever.

— Bon. Je vais aller chercher ton argent, ai-je dit.

C'était le jour de la paye et je savais qu'il voulait son argent au plus vite.

— Tu sors tôt aujourd'hui, a-t-il répondu. C'est bien…

Maman a déverrouillé la porte pour me laisser sortir. Je ne pouvais pas m'enfuir à ce moment-là, car je n'avais pas d'argent, et je ne voulais pas laisser derrière moi ce qui me restait de Caitlin. J'avais peur. Le fait de me trouver dehors me rappelait combien le monde était grand ; il semblait sans fin. Pourrais-je survivre seule dans ce monde ? Je n'avais jamais occupé d'emploi ni vécu une vie normale. Depuis mon enfance, on m'avait toujours dit quoi manger, quand me coucher, quand parler et quand dormir. Luttant contre la panique, je suis passée récupérer l'argent de papa à la poste. Je ne pouvais pas me servir car il m'accuserait de vol, et je ne voulais pas lui donner de munitions contre moi. Mais le lendemain, je devais aller percevoir mes propres aides. Peut-être pourrais-je en garder une partie et me sauver ?

À mon retour, maman m'avait laissée entrer et s'était aussitôt dirigée vers les toilettes. Normalement, elle refermait immédiatement derrière moi, mais aujourd'hui, elle avait une envie pressante. J'avais refermé la porte moi-même, sans la verrouiller. Au moment où j'entrais dans le salon, le téléphone avait sonné et l'idiot avait décroché. Il discutait, le dos tourné. Je lui avais jeté son argent sur le lit, en gardant un billet de vingt livres destiné à régler une facture. Après avoir vérifié que le compte y était, il m'avait dit de sortir du salon. Il fallait toujours qu'il s'assure que je n'avais pas gardé un seul penny avant de me renvoyer faire une course.

Tout à coup, je me suis rendu compte que la porte d'entrée n'était toujours pas fermée à clé. J'avais un billet de vingt livres à la main. C'était l'occasion ou jamais ! Il fallait que je m'échappe maintenant. Dans un tourbillon, je suis sortie du salon en tirant la porte derrière moi, et suis allée dans ma chambre chercher le caddie que j'avais préparé. Revenue dans l'entrée sur la pointe des pieds, j'ai trouvé maman qui m'attendait.

— Il faut que je m'en aille, ai-je murmuré. Il le faut, maman.

Je ne savais pas combien de temps j'avais avant qu'il raccroche le téléphone et réalise qu'il se passait quelque chose. Il fallait que ce soit maintenant. Je n'avais pas le temps de réfléchir. Je savais que maman ne viendrait pas. Je lui avais demandé un millier de fois et elle avait toujours refusé. Elle ne le quitterait jamais.

— Désolée, maman, mais je dois partir.

— Je sais, a-t-elle murmuré.

Elle s'est mise à pleurer tandis que je la regardais, et

l'espace d'un instant, j'ai cru que j'allais renoncer. Mais je me suis souvenue de Caitlin, de la vie qu'elle m'avait laissée entrevoir. Il n'était peut-être pas trop tard.

— Je t'aime, maman, ai-je dit en l'embrassant.

— Moi aussi je t'aime.

La main tremblante, j'ai ouvert la porte et je suis sortie. L'espace d'une seconde, j'ai voulu me retourner et rentrer. Comment allais-je faire ? Seule, sans maman, loin du seul foyer que j'avais jamais connu. Je me suis forcée à poser un pied devant l'autre et j'ai commencé à descendre la rue. Je savais que maman me suivait des yeux mais je ne voulais pas me retourner : je risquais de faire marche arrière.

Frissonnant d'appréhension, j'ai continué de m'éloigner de ma prison. L'idiot allait-il me voir depuis la fenêtre ? Et sortir pour me poursuivre ? J'étais sûre que d'une seconde à l'autre, j'allais l'entendre hurler mon nom, comme il le faisait depuis toutes ces années.

J'ai entendu un cri et j'ai fait volte-face. Ce n'étaient que des gamins qui jouaient. J'ai pressé le pas, tête baissée. Je savais que papa ne me courrait pas après – il était trop paresseux – mais il risquait de prendre la voiture pour partir à ma recherche. Essoufflée, j'ai couru jusqu'à une cabine téléphonique située devant un pub. Il y avait des numéros de taxi coincés derrière l'appareil. Tremblante d'angoisse, j'ai décroché et composé l'un des numéros.

Vite. Vite.

Est-ce qu'il me poursuivait ?

Allait-il me retrouver et me ramener ?

Les minutes me semblaient interminables tandis que j'attendais au bord de la route. Au bout d'une éternité, une voiture s'est arrêtée à ma hauteur.

— Besoin d'un taxi, jeune fille ? a dit une voix. C'est vous, Alice ?

Un homme a passé la tête par la vitre.

— Oui.

— Vous allez où ? a-t-il demandé.

— À la gare.

— Laquelle ? Y en a un paquet dans cette ville.

— La plus grande.

Je ne savais ni où elle se trouvait ni à quoi elle ressemblait. Mais peut-être pourrais-je me rendre chez Michael à partir de là-bas ? Et l'idiot ne penserait jamais à m'y chercher. Le taxi a démarré et j'ai regardé par la vitre. J'étais persuadée qu'il me suivait. Peut-être était-il juste derrière nous ? Aucun doute, il allait essayer… il ne me laisserait pas partir.

Vingt minutes plus tard, le taxi s'est arrêté devant un grand édifice ; il n'y avait aucun signe de papa.

— Nous y voici ! a dit le chauffeur.

Je l'ai payé et suis sortie de la voiture. Je n'avais jamais mis les pieds dans une gare. L'endroit était si animé, il grouillait de gens déambulant en tous sens. J'ai levé les yeux vers les grandes pancartes affichant les horaires. Comment trouver mon chemin jusque chez Michael ? Je ne savais pas comment prendre un train, ni même où aller. J'ai sursauté en voyant deux policiers passer dans mon dos. Est-ce qu'ils me cherchaient ? Les avaient-ils avertis que je m'étais sauvée ? J'ai marché jusqu'à une cabine et je me suis baissée pour récupérer le numéro de téléphone de Michael dans ma chaussette. J'ai introduit une pièce dans la fente et composé le numéro.

— Allô ? a dit une voix. (C'était Michael.) Allô ?

J'étais incapable d'articuler un mot. Les larmes ruisselaient sur mes joues. J'avais si peur. Pourquoi avais-je quitté maman ?

— Alice ?

— Oui, ai-je bredouillé.

— Où tu es ?

— À la gare. Je me suis sauvée. Je l'ai quitté.

— Je sais. Il a téléphoné en demandant si tu m'avais appelé. Il m'a dit que tu étais partie.

Son ton était sec et nerveux. J'ai failli raccrocher. Michael m'en voulait-il de m'être enfuie ?

— Tu as de l'argent ? a-t-il demandé.

— Pas grand-chose.

— Eh bien prends un taxi jusqu'à la gare routière. Là-bas, bois un thé en m'attendant. Je viens te chercher.

— Tu ferais ça ?

— Bien sûr. Attends-moi, j'arrive.

J'ai fait comme Michael m'avait dit. Je suis sortie et j'ai pris un autre taxi jusqu'à la gare routière. Le lieu était tout aussi bondé : les gens fourmillaient, attaché-case à la main, courant ci et là. J'ai repéré le café et j'y suis entrée pour commander une tasse de thé avec ce qui me restait d'argent.

Si Michael ne me retrouvait pas, j'étais perdue. J'ai senti un tournis et une nausée m'assaillir et je me suis assise. Le café était rempli de monde, et si bruyant. Il y avait de la fumée dans l'air, des lumières clignotaient sur les pancartes, tout le monde discutait et bougeait en même temps. Michael me retrouverait-il ? Ou papa le ferait-il avant lui ? Je ne pouvais plus rentrer. Si je le faisais, je me condamnais.

J'ai senti une main sur mon épaule et je me suis retournée en sursautant. C'était Michael. J'ai su immédiatement qu'il n'était pas fâché ; il était juste inquiet et soulagé de me voir en bonne santé. Me levant d'un bond, je me suis jetée à son cou en le serrant si fort qu'il pouvait à peine respirer.

— Tu n’as plus rien à craindre maintenant, tout va bien, a-t-il dit.

— Mais… je me suis sauvée… il va venir me chercher.

— Non, Alice.

— Mais si. Il ne me laissera jamais partir.

— Il n’a pas le choix. Tu es déjà partie. Et je ne le laisserai pas te faire du mal.

23

Je n'avais aucune idée jusqu'alors que le monde était aussi vaste : des magasins remplis d'habits à essayer à sa guise, des cinémas aux écrans aussi hauts qu'une maison, et des parcs où les pelouses s'étiraient à perte de vue. Durant les premières semaines après ma fuite, j'avais tellement de choses à découvrir… Tout ce que je connaissais en fait se réduisait aux rues autour des appartements ou des maisons où j'avais vécu. Je n'avais aucune idée de tout ce qu'il y avait à voir et à faire, et c'en était presque étourdissant ; comme si le monde avait avancé sans moi, en me laissant à la traîne.

Dans les premiers temps, je ne m'éloignais pas de la maison de Michael. J'avais trop peur que l'idiot vienne me chercher. Je savais qu'il était furieux que je me sois enfuie ; il avait essayé de me créer des problèmes en appelant la police. Quand deux agents s'étaient présentés au domicile de Michael, j'avais été sûre qu'ils étaient là pour me ramener à la maison. L'idiot m'avait accusée de l'avoir volé, mais lorsque j'avais montré aux policiers l'objet du délit (une carte de vidéo-club, un carnet de quittances et quelques factures), ils m'avaient suggéré de simplement les lui renvoyer par la poste.

— Vous n'êtes pas venus me ramener là-bas ? ai-je demandé.

— Non, a répondu l'un des policiers en me regardant bizarrement. Vous êtes adulte, libre de vivre où bon vous semble. Les disputes entre vous et votre père ne nous concernent pas.

Évidemment, l'idiot a été furieux que la police refuse de lui servir de bras armé. Il a commencé à téléphoner à Michael en lui disant de se méfier de moi : j'étais une traînée, et il ne me donnait pas un an pour tomber enceinte d'un drogué ; j'allais attirer des problèmes à sa famille. Papa lui conseillait de me mettre à la porte. Il ne s'était pas déplacé jusqu'à chez Michael, n'avait pas cassé ses vitres ni pris son revolver pour venir me récupérer, malgré cela, je restais terrifiée. On n'efface pas des années de terreur en quelques jours. Je sursautais chaque fois qu'on frappait à la porte et je paniquais quand le téléphone sonnait, car même si j'étais enfin libre, je m'attendais à tout moment à ce que l'idiot prenne sa revanche.

Michael et Julie s'occupaient de moi sans poser trop de questions, et je ne parlais pas de ce qui s'était passé pendant les années où je vivais avec papa. Pour eux, j'étais simplement une fille qui avait vécu trop longtemps avec ses parents pour s'occuper de sa mère. Je m'étais contentée de dire que j'en avais assez du comportement de papa, et Michael avait compris. Il savait que maman et moi avions été maltraitées toutes ces années : il n'avait pas oublié la vie avec papa. Mais nous avions si bien enfoui ce secret en nous que personne ne voulait le ramener à la lumière. Je refusais de dire toute la vérité à Michael car j'étais sûre qu'il irait s'en prendre à papa. Pour Julie, comme pour lui, je ne pouvais pas prendre le risque de le voir finir en prison.

Il n'y avait pas qu'à Michael que je refusais de me confier cependant. Dès lors que j'ai quitté la maison de l'idiot, je m'étais promis de l'oublier. Il m'avait volé trop d'années et je refusais de lui en donner d'autres. Je savais que je ne révélerais jamais mon histoire à personne. Je voulais l'oublier et l'enfouir au fond de moi ; faire comme si cela était arrivé à quelqu'un d'autre, dans une autre vie ; et pour l'heure, commencer à vivre, tout simplement. J'avais toujours du chagrin pour Caitlin, mais je me disais que c'était la vie qu'elle m'avait laissée entrevoir, et je devais la vivre pour elle.

La première chose que Michael et Julie ont faite a été de me présenter à toute la famille que je ne connaissais pas. J'avais déjà rencontré plusieurs membres de la famille de papa, ainsi que Sam, le neveu de maman, et quelques autres proches lorsque nous vivions chez Michael en 1990. Mais à présent, je rencontrais pour la première fois d'autres membres de la famille, du côté de maman. Ils étaient si nombreux : des hommes, des femmes, avec leurs conjoints et leurs enfants. Ils remplissaient le salon de Michael et Julie, débouchaient des bouteilles en bavardant. Je crois qu'ils ne savaient pas trop quoi penser de moi : ils ne comprenaient pas pourquoi ils ne m'avaient jamais rencontrée.

— J'habitais avec mes parents, expliquais-je.

— Mais pourquoi tu ne passais jamais voir Michael ?

— Ma mère était malade. Je devais m'occuper d'elle.

Ils ne posaient pas d'autres questions et j'étais soulagée qu'ils m'acceptent aussi facilement dans le groupe. Au début, je trouvais leurs soirées bizarres car je n'avais jamais participé à ce genre de chose auparavant ; je restais assise sans parler, à les écouter se lancer des vannes. Je ne comprenais pas leur humour. Ils se taquinaient constamment et je ne trouvais pas ça drôle. Mais avec le temps, j'ai découvert que c'était ainsi que les vraies familles se montraient leur affection. Ma nouvelle famille était un peu bruyante, et brute de décoffrage, mais ils étaient tous gentils et amusants. Une famille quoi…

Ce n'était pas la seule chose dont je faisais la première expérience. Je pouvais me lever le matin à l'heure que je voulais, décider de quoi manger à chaque repas ; chaque jour était une succession de décisions inédites à prendre. J'avais vingt-sept ans, et cette déferlante de liberté me terrifiait. Mais Michael et Julie se montraient très patients. Les premières semaines, quand j'allais percevoir mes aides, Julie m'emmenait faire les magasins et je dépensais jusqu'au dernier penny en vêtements. Je me suis ainsi payé des sous-vêtements, des pantalons, des hauts, mon tout premier manteau, et même une paire d'escarpins avec un petit talon. Jusqu'ici, je n'avais porté que des baskets et je me sentais vraiment élégante dans mes nouvelles chaussures. Je n'arrivais pas non plus à croire au nombre de produits de cosmétique qu'on pouvait trouver. La moitié du temps, l'idiot ne nous achetait même pas de dentifrice ni de serviettes hygiéniques. Désormais, j'avais du déodorant et du parfum, une crème hydratante, et même un soin antirides.

Je suis allée au pub et j'ai goûté un verre de vin, je suis entrée dans un fast-food et j'ai commandé un burger, je suis allée au cinéma voir un film pour enfants – je n'y étais allée qu'une seule fois auparavant, quand j'avais quinze ans, avec Michael. Mais ce que j'aimais par-dessus tout, c'était garder mes nièces. Je ne les connaissais pas très bien au début, car son instinct maternel avait poussé Julie à se méfier de papa et elle nous les ramenait très rarement à la maison. Mais nous avons vite fait connaissance, et j'adorais m'occuper d'elles. Je trouvais ça rassurant car Paula et Jacqueline me rappelaient les petits, et Caitlin. Je ne me lassais pas de leurs visages enjoués et rieurs. Le matin, je me levais avant elles, je leur préparais leur petit déjeuner et je les accompagnais à l'école. Plus tard, j'allais les chercher et en chemin, nous nous arrêtions au parc pour qu'elles s'amusent, sans regarder l'heure. Le week-end, nous sortions tous ensemble et faisions des activités. Chaque jour avec elles regorgeait de découvertes.

Pourtant, j'avais beau tenter d'oublier le passé, je ne pouvais pas l'ignorer totalement. Je pensais encore souvent à Caitlin ; elle me manquait horriblement et je me demandais sans cesse comment allait maman. Je savais que j'avais pris la bonne décision en partant, mais je me sentais tout de même coupable de l'avoir laissée. Quand je fermais les yeux, je revoyais son visage quand je lui avais dit au revoir – si triste et désemparé. Le lendemain de mon arrivée chez Michael, je lui avais envoyé une carte d'anniversaire qui disait : « Je t'aime, tu me manques, à bientôt. » Je ne savais pas si elle l'avait reçue car je n'avais pas eu de nouvelles. Peut-être que l'idiot l'avait battue si violemment qu'elle ne pouvait plus parler au téléphone, ou qu'il se montrait encore plus tyrannique maintenant que j'étais partie. J'avais bien tenté de l'appeler à plusieurs reprises, mais c'était toujours l'idiot qui décrochait, et il raccrochait dès qu'il entendait ma voix. La seule façon pour moi d'avoir des nouvelles était que Michael l'appelle. Quand l'idiot avait cessé de déverser ses chapelets d'injures à mon encontre, mon frère lui demandait des nouvelles de maman.

— Il vaut peut-être mieux que je reparte, ai-je dit à Michael après un coup de fil de papa. Je ne veux pas t'attirer de problèmes. Tu sais comment il est.

— Tu n'iras nulle part, a répondu Michael. Tu habites avec nous, que ça lui plaise ou non.

— Mais s'il vient ici ? Tu as pensé à Julie et aux filles ?

— Il ne viendra pas. Crois-moi. Tu n'as rien à craindre.

— Tu es sûr ?

— Oui. Je suis un grand garçon maintenant, Alice. Je peux me charger de lui.

— Mais tu sais comment il est…

— Oui, je sais, et je sais aussi qu'il ne montrera pas sa trombine ici. J'ai trop de copains qui s'occuperaient de son cas.

Je me disais que papa mettrait au moins Michael au courant s'il arrivait quelque chose de grave à maman. Mais je ne pouvais pas m'empêcher de penser à elle, et je savais que si je voulais entrer en contact avec maman, j'allais devoir parler à l'idiot ou aller le voir, comme Michael l'avait fait toutes ces années. Cette perspective me terrifiait, mais je savais que je ne pouvais pas abandonner totalement maman, même si j'étais maintenant partie. Elle avait besoin de moi, et je devais faire mon possible pour l'aider.

Quelques semaines après m'être enfuie, j'ai demandé à mon cousin Sam de m'accompagner à la maison pour rassembler quelques affaires. Je savais qu'aussi longtemps que je serais avec quelqu'un, l'idiot n'oserait pas me faire de mal. J'avais vu de quoi il était capable toutes ces années : il me torturait seulement derrière des portes closes. Mais quand Sam et moi sommes arrivés à l'appartement, je tremblais de peur ; j'ai frappé à la porte et maman a ouvert.

— Alice ! s'est-elle écriée.

Elle était si pâle et avait les traits tirés. Je me suis approchée pour la serrer dans mes bras.

— Bonjour, maman.

Aussitôt, l'idiot a commencé à crier. Tapi dans la pénombre, il avait entendu maman prononcer mon prénom.

— Ferme cette putain de porte ! a-t-il aboyé. Qu'elle foute le camp d'ici ou c'est moi qui la fous dehors ! Elle a fait son choix ! Maintenant elle existe plus !

Sans un mot, maman s'est reculée de moi.

— S'il te plaît, ai-je crié. Juste une minute.

Mais la porte a claqué. Tandis que je la regardais, je me suis demandé comment je réussirais à revoir maman. Quelques semaines plus tard, Michael a appris qu'elle avait été hospitalisée. Nous savions tous les deux que l'idiot se vengerait sur elle si je lui rendais visite. Michael a essayé, mais on l'a éconduit parce que papa avait donné comme consigne que personne ne vienne la voir. Comme je le craignais, l'idiot m'avait peut-être perdue, mais il continuait à punir maman pour m'atteindre. J'ignorais quand je la reverrais, et même si je la reverrais un jour. Pendant si longtemps, maman avait été tout pour moi, la raison qui m'avait fait rester, et j'avais l'impression d'avoir perdu ma meilleure amie.

Trois mois après mon départ de la maison, j'ai quitté l'appartement de Michael. Je venais d'avoir vingt-huit ans et j'avais peur de faire le grand saut, mais je savais qu'il était temps de prendre confiance en moi. J'avais passé si longtemps à être contrôlée que je devais désormais apprendre à vivre ma propre vie. Michael a fait en sorte que j'emménage avec l'un des membres de la famille, dans un appartement non loin de chez mon cousin Sam : il voulait s'assurer qu'il ne m'arrive rien. J'avais décidé de prendre un peu de temps pour m'accoutumer à ma nouvelle vie avant d'entreprendre de nouveaux projets : comme aller à l'université et passer des examens, ou encore trouver un emploi et travailler comme Michael. Tellement de possibilités s'ouvraient à moi maintenant que j'étais libre.

Libre…

Je ne cessais de répéter ce mot dans ma tête ; j'avais du mal à y croire. Après toutes ces années, j'étais enfin débarrassée de l'idiot, et chaque matin en me réveillant dans ma nouvelle chambre, je me rappelais la chance que j'avais. Michael avait repeint ma chambre pour moi et posé un parquet stratifié. C'était tout propre et tout neuf. Désormais, j'avais tous les ingrédients pour commencer une véritable vie, à commencer par un chez-moi et des amis.

Après mon emménagement, je fréquentais beaucoup Sam et sa copine. Nous étions devenus proches et j'aimais passer mes soirées dans leur appartement à regarder la télé. Ils avaient des tas d'amis, et même si je continuais à rester en retrait, l'un d'eux en particulier avait attiré mon attention. Il s'appelait Steven et j'avais fait sa connaissance quand Sam m'avait invitée à fêter ma crémaillère.

Au début, je trouvais Steven un peu ennuyeux. Il n'arrêtait pas de faire des blagues et de cogner sa jambe contre la mienne quand nous étions assis sur le sofa. Il avait cinq ans de moins que moi et semblait un peu prétentieux. Mais quand je m'étais levée à la fin de la soirée pour partir, il avait proposé de me raccompagner chez moi, et en arrivant devant la porte, il semblait évident qu'il avait une idée derrière la tête.

Je m'étais retournée pour lui dire bonne nuit.

— Je boirais bien une tasse de thé… avait-il dit d'un air espiègle.

— D'accord, mais cinq minutes alors, avais-je répondu en entrant.

Là, il s'était passé une chose étrange, quelque chose auquel je ne m'attendais pas du tout. Steven m'avait embrassée dans le couloir et je m'étais sentie tout électrisée, à la fois nerveuse et excitée. Lorsque je m'étais reculée, il m'avait suivie dans le salon et s'était assis sur le sofa près de moi.

— J'aimerais bien t'embrasser encore, avait-il dit.

— Pourquoi ?

— Parce que je t'aime bien, Alice, avait-il répondu en riant.

Tout s'était bousculé dans ma tête comme il se penchait vers moi. Je n'arrivais pas à croire ce qui se passait. Je me trouvais dans mon propre appartement, je pouvais faire ce que je voulais et pour la première fois de ma vie, laisser un homme m'embrasser sans craindre de recevoir une raclée pour cela. Alors, quand Steven a demandé s'il pouvait passer la nuit, j'ai accepté. Je savais que c'était trop rapide et que je n'étais pas prête ; j'avais peur quand nous nous sommes allongés l'un à côté de l'autre. Mais plus que tout, je voulais savoir ce que cela faisait de se sentir normale – j'en avais rêvé depuis si longtemps, et voilà que ma chance de le découvrir se présentait enfin.

Évidemment, en me réveillant le lendemain matin, je n'arrivais pas à croire ce que j'avais fait et j'avais peur. Mais Steven a continué de m'appeler et de venir me voir même quand je lui avais dit que je ne recoucherais plus avec lui. Après toutes ces années durant lesquelles l'idiot m'avait dit que les hommes n'étaient intéressés que par une seule chose, j'étais certaine qu'il se lasserait. Mais Steven semblait se satisfaire de cette amitié. Nous bavardions et il s'intéressait à ma vie ; quand il me tenait la main, il ne me mettait pas la pression.

Je restais convaincue, cependant, qu'un jour, il voudrait pousser les choses plus loin, et cela me terrifiait, car la nuit que nous avions passée ensemble m'avait montré que je ne serais jamais comme les autres femmes. Je m'étais figée quand Steven m'avait touchée d'une certaine façon et m'étais détournée quand il avait utilisé certains mots qui me rappelaient l'idiot. Mais Steven ignorait ce qui se cachait en moi et continuait à téléphoner et à me rendre visite. Après être parti une semaine, il était revenu en me disant combien je lui avais manqué, et pour la première fois de ma vie, je m'étais sentie désirée. Les semaines passant, nous avons appris à mieux nous connaître, et je me suis sentie suffisamment à l'aise pour coucher de nouveau avec lui. Bientôt, nous étions en couple.

J'avais du mal à croire ce qui m'arrivait : en seulement quelques mois, j'avais un petit ami et un appartement – le genre de choses que la plupart des gens prennent pour acquis, mais pour moi, elles étaient plus précieuses que je n'aurais jamais pu l'imaginer. Mais, aussi doux et gentil que Steven ait été, je n'arrivais pas à me détendre physiquement avec lui ; j'avais essayé de lui parler un peu de mon passé, mais je ne pouvais pas tout lui dire. Je m'étais contentée d'expliquer que mon père était violent et qu'il nous négligeait. Je voulais que Steven ait une idée de ce qu'avait été ma vie afin qu'il comprenne que ce n'était pas lui qui me faisait me figer dans le lit, mais mes souvenirs.

— Allons-y tout doucement, sans brusquer les choses, me disait Steven quand je sanglotais en racontant mon passé au compte-gouttes.

Fidèle à sa parole, il se montrait tendre et patient, rassurant et gentil, et lentement, j'ai commencé à me détendre. Nous sortions nous promener, ou faire les boutiques, nous allions voir des amis et la famille ensemble, comme les autres couples. Ma vie semblait finalement commencer.

Mais un matin, quelque chose s'est produit qui a tout bouleversé. C'était deux mois environ après notre rencontre. Je m'étais préparé une tasse de café quand j'ai été prise de violentes nausées. Je n'y ai pas prêté plus d'attention que cela – tout comme à mes règles qui tardaient à arriver. Après toutes ces années à compter les jours et les heures, j'appréciais de ne plus vivre dans la peur. Mais quand, deux semaines plus tard, mes règles n'étaient toujours pas arrivées, j'ai su que je ne pouvais plus ignorer les choses et je suis allée voir le médecin. Lorsqu'elle a confirmé mes soupçons, j'ai ressenti un mélange de crainte et d'excitation.

Peut-être qu'au fond de moi, j'avais voulu tomber enceinte, pour prouver que je pouvais avoir la famille dont je rêvais ? Peut-être avais-je pris le risque avec Steven parce qu'une partie de moi était sûre que je n'aurais jamais d'autre bébé ? Peut-être voulais-je simplement être comme les autres femmes ? Je ne sais pas vraiment, mais dès que j'ai entendu ces mots, j'ai su que j'allais garder le bébé. J'aimerais cet enfant et je lui offrirais la vie que Caitlin n'avait pas eue. Et puis, comment aurais-je pu ne pas vouloir de ce bébé alors que je commençais à tomber amoureuse du père ?

Quels qu'aient été mes sentiments cependant, j'étais certaine que Steven ne serait pas capable d'encaisser la nouvelle. Nous venions juste de nous rencontrer, tout ça était tout nouveau, et il n'avait que vingt-trois ans : trop jeune pour endosser une telle responsabilité. J'allais devoir me débrouiller seule, mais j'y étais prête, car je voulais faire quelque chose de ma vie… Et quel meilleur moyen y avait-il qu'en faisant un bébé ?

— Je comprendrais que tu ne veuilles pas être papa, ai-je dit à Steven cette nuit-là, alors que nous étions assis dans ma chambre. Je sais que ça va trop vite et que tu ne t'y attendais pas. Mais je ne veux pas que tu te sentes obligé de rester avec moi.

— Comment ça ?

— Je veux dire que je compte avoir ce bébé, quitte à m'en occuper seule.

J'ai baissé les yeux sur mes mains posées sur mes genoux. J'avais peut-être le ton courageux, mais comment allais-je pouvoir m'occuper d'un bébé alors que je commençais juste à apprendre à m'occuper de moi ?

— Tu ne vas pas t'en occuper seule, Alice, a dit Steven. (J'ai senti son bras autour de mes épaules.) Je vais prendre soin de toi et de notre bébé.

— Vraiment ?

— Oui.

— Mais on ne se connaît que depuis quelques mois. Comment fera-t-on ?

— On y arrivera. Je veux juste être avec vous deux.

— C'est vrai ?

— Évidemment.

— Mais pourquoi ?

— Il faut vraiment que tu le demandes ? a dit Steven en riant tandis qu'il m'enlaçait. Parce que je t'aime, Alice.

24

Un an après m'être enfuie, j'emménageais avec Steven dans un nouvel appartement. Le bébé devait naître deux mois plus tard et parfois, je devais presque me pincer pour vérifier que je ne rêvais pas. Comment pouvais-je être aussi heureuse ?

— Tu crois que ce sera un garçon ou une fille ? demandait Steven en caressant mon gros ventre.

— Je m'en fiche, tant qu'il est en bonne santé, répondais-je.

Quand Steven me serrait contre lui, je me sentais en sécurité comme je ne l'avais jamais été dans ma vie. Il avait décroché un travail comme garçon de cuisine et nous avions un peu d'argent qui rentrait ; nous vivions dans un charmant appartement et j'allais être maman. C'était tout ce que j'avais toujours désiré et je me sentais plus heureuse que dans mes rêves les plus fous. De simples petites choses me comblaient de bonheur : cuisiner et faire le ménage, m'asseoir et bavarder avec Steven de l'avenir en essayant de deviner à quoi ressemblerait notre bébé…

Les amis et la famille avaient été surpris par la nouvelle, mais heureux pour nous quand ils avaient réalisé que Steven et moi allions rester ensemble. Ils s'étaient tous réunis pour nous aider, et Steven avait redécoré notre nouvel appartement avec l'aide de Michael et de mon cousin Sam. L'autre personne qui avait donné un coup de main était mon frère Simon, qui avait débarqué un jour sur le pas de ma porte, après s'être enfui de chez l'idiot dix ans plus tôt. Simon n'avait pas eu de mal à me retrouver car j'habitais un petit quartier où tout le monde se connaissait. Je n'arrivais pas à en croire mes yeux quand j'avais ouvert la porte.

— Alice ? avait-il dit, et j'avais immédiatement reconnu mon petit frère.

Je peinais à parler en le regardant. J'avais pensé si souvent aux petits pendant toutes ces années, et voilà qu'aujourd'hui, l'un d'eux se tenait devant moi.

J'étais si heureuse, et je savais que maman le serait également. Nous évoquions rarement les enfants dans les années qui avaient suivi leur placement, mais je savais qu'elle y pensait sans cesse. Simon avait maintenant vingt-sept ans et je m'étais souvent demandé où il était – tout comme je m'interrogeais sur le sort de mon autre frère et de mes sœurs. Nous recevions une lettre de temps en temps : Laura était restée quatre ans en foyer après nous avoir quittés, puis était passée d'un foyer à une famille d'accueil ; Kate avait été placée dans une famille d'accueil qui avait voulu l'adopter, tandis que Charlie avait alterné entre familles d'accueil et foyers. Mais il y avait des années que nous n'avions plus eu de nouvelles, et j'avais été submergée de bonheur quand Simon était revenu dans ma vie.

Mon sentiment était cependant doux-amer car Simon me faisait aujourd'hui l'effet d'un inconnu : après tant d'années, il n'était plus le petit frère dont je me souvenais. J'ai découvert combien sa vie avait été dure, ballotté d'un foyer à l'autre sans jamais se sentir à l'aise nulle part. Simon avait eu beaucoup de problèmes de santé, et même s'il n'en parlait pas, il était évident qu'il avait eu autant de mal que moi à faire table rase du passé.

— Tournons la page sur tout ça, disait-il quand nous nous apprêtions à aborder le sujet. C'est de l'histoire ancienne et je ne veux pas en savoir plus que ce que j'en sais.

Je respectais sa volonté et je ne le forçais pas à en parler. Je ressentais la même chose que lui et j'étais soulagée qu'il ne déterre pas le passé. J'étais heureuse de l'aider et je lui avais dit qu'il pouvait rester chez nous aussi longtemps qu'il le voudrait.

La seule personne qui ironisait certainement sur ma grossesse était l'idiot. Je n'avais pas réussi à lui cacher la nouvelle, malgré mes efforts, car Michael l'avait annoncé à maman. Papa clamait depuis le début que je tomberais rapidement enceinte, et cela m'agaçait d'imaginer son sourire triomphant. Mais je me disais que Steven et moi lui prouverions qu'il avait tort ; ce n'était pas juste une aventure d'un soir, quoi qu'il se plaise à raconter. Maman était heureuse et c'était tout ce qui comptait pour moi. Je l'avais vue deux ou trois fois dans l'année depuis que l'idiot l'avait forcée à me claquer la porte au nez. La première fois avait été après mon départ de chez Michael, quand maman avait à nouveau été hospitalisée.

— Il faut que j'aille la voir, avais-je dit à Michael quand il me l'avait annoncé. Papa ne va pas s'occuper d'elle. Il ne lui apportera pas d'affaires propres, ni de sous-vêtements. Elle a besoin de moi pour ça.

— Il ne te laissera pas la voir, m'avait répondu mon frère. Il m'a déjà dit de te faire savoir que tu n'étais pas la bienvenue.

Mon sang n'a fait qu'un tour en entendant cela. De quel droit m'envoyait-il bouler ? Qui était-il pour me dire ce que je devais faire ? Je ne pouvais pas m'empêcher d'y penser. Jusqu'à ce qu'un après-midi, quelques jours plus tard, alors que je prenais une tasse de thé chez Michael avec Julie, je jette un coup d'œil par la fenêtre et aperçoive la voiture de papa garée dans la rue. Michael se tenait à côté et discutait avec lui.

J'étais descendue sans rien dire. J'avais toujours su que ce jour arriverait ; je ne pouvais pas couper tous les ponts car il y avait maman, et Michael était toujours en contact avec lui. Quelle que soit la haine que j'éprouvais à l'égard de mon père, j'allais devoir garder son secret, même maintenant que j'étais libre. Mais j'étais disposée à le faire, aussi longtemps qu'il me ficherait la paix et qu'il me laisserait voir maman de temps en temps.

Il n'empêche, j'avais un nœud au ventre tandis que je marchais vers la voiture ; la silhouette familière de papa était avachie sur le siège avant. J'ai pris une grande inspiration et frappé contre la vitre. Tournant vers moi un regard chargé de haine pure, l'idiot a baissé la vitre. J'ai pris une nouvelle inspiration. Je ne voulais pas lui laisser voir ma peur. Je voulais l'enfouir si profond qu'il ne la verrait pas et qu'il perdrait son emprise sur moi. J'étais forte à présent ; je lui avais tenu tête et je me bâtissais une nouvelle vie.

— J'aimerais apporter des affaires à maman, ai-je dit. Elle va avoir besoin de vêtements et je veux la voir.

Mon nœud au ventre se resserrait et mon cœur faisait un boucan de tous les diables.

— Hors de ma vue ! a craché l'idiot en regardant droit devant lui. Elle veut pas te voir.

— Moi je suis sûre que si.

— Je te dis que non. T'es sourde, espèce de pauvre conne ? T'es plus sa fille. T'existes plus pour nous.

— T'as pas le droit de me dire ce que je dois faire !

Mon beau courage s'est envolé à l'instant où j'ai vu le regard noir de l'idiot s'enfoncer en moi, me défiant de lui tenir tête à nouveau. Soudain, j'étais redevenue une petite fille. Comme quand j'avais six ans et que je le regardais me crier dessus dans le salon, en me demandant s'il allait me tabasser, et si j'allais être assez rapide pour éviter ses poings.

— Quoi ? a-t-il aboyé. Écrase et dégage de ma vue, sale pouffiasse !

Michael s'est avancé.

— Allons, papa. Pourquoi tu ne la laisses pas apporter quelques affaires à maman ?

— Elle a plus à se mêler de nos vies !

Sans rien ajouter, papa a remonté la vitre, me laissant tremblante sur le bord du trottoir. Pourquoi n'arrivais-je toujours pas à lui tenir tête ? Je me sentais pourtant gonflée d'un tel courage depuis que je m'étais enfuie. Mais sitôt que je l'avais revu, ma terreur panique d'autrefois avait resurgi. Quand donc finirais-je par grandir et cesser d'avoir peur ?

Tandis que la voiture s'éloignait, je me suis dit qu'il ne m'arrêterait pas. Je n'arrivais peut-être pas à lui faire face, mais j'étais bien décidée à voir maman, que ça lui plaise ou non. Ce soir-là, j'ai attendu que les heures de visite soient terminées puis je suis allée à l'hôpital et je me suis faufilée dans le service où maman était soignée. Les infirmières ont gentiment accepté de me laisser entrer, à condition que je fasse vite. La tension de maman était remontée et elle avait fait une crise d'angine préoccupante. Elle avait besoin de repos.

— Maman ? ai-je murmuré en m'approchant de son lit.

J'ai touché sa main. Elle dormait, la tête appuyée sur des oreillers, et n'a pas répondu. Elle avait un petit hématome sur la joue.

— Maman ? ai-je répété un peu plus fort, et elle a ouvert les yeux.

— Alice ?

— Oui, maman, c'est moi.

Je me suis assise près d'elle et j'ai pris sa main dans la mienne.

— Je suis venue te voir. Je voulais savoir comment tu allais.

— Couci-couça, a-t-elle répondu en souriant. Comment tu as su que j'étais là ?

— C'est Michael qui me l'a dit. Je n'avais pas le droit de venir mais je suis là quand même. Il fallait que je vienne.

J'étais heureuse de la voir. Elle m'avait tant manqué. Un sentiment de culpabilité s'est emparé de moi quand j'ai constaté combien elle était malade.

— On va te faire ta toilette et te changer, ai-je dit.

Une infirmière m'a aidée à tirer les rideaux autour du lit et lentement, j'ai défait la blouse d'hôpital de maman. Elle s'essoufflait rapidement et je devais faire doucement pour ne pas la fatiguer. Mais au bout d'un moment, nous avons réussi à lui enfiler une chemise de nuit et une robe de chambre propres, avant de la remettre au lit, adossée aux oreillers.

— Merci, ma chérie.

J'ai regardé l'hématome sur son visage.

— Est-ce qu'il t'a frappée ?

— Non.

Elle ne m'avait pas regardée dans les yeux en répondant et je ne la croyais pas. Mais nous n'en avons pas reparlé, tout comme nous n'avons pas reparlé du fait que je m'étais enfuie. Maman et moi étions habituées aux non-dits et je crois que nous étions toutes les deux si contentes de nous revoir que rien d'autre ne semblait important. La semaine suivante, je suis passée la voir chaque jour – j'attendais la fin des heures de visite pour éviter de tomber sur papa, alors je ne pouvais pas m'éterniser, mais je vérifiais qu'elle n'avait besoin de rien et nous bavardions un peu.

— Comment ça va à la maison ? ai-je demandé, comme la semaine touchait à sa fin.

Nous savions toutes les deux qu'elle allait bientôt rentrer et que, par conséquent, je ne pourrais plus la voir.

— Toujours pareil, a-t-elle répondu.

Lorsqu'elle a finalement quitté l'hôpital, je savais qu'elle reprendrait sa vie d'esclave dès qu'elle serait rentrée. Il était en train de la tuer à petit feu, et il n'y avait rien que je puisse faire pour l'en empêcher. Je souhaitais de tout mon cœur qu'elle trouve le courage de faire ce que j'avais fait, mais je savais que je ne pouvais pas l'y forcer. C'était sa décision.

Je l'ai revue lorsqu'elle a été hospitalisée de nouveau. Je venais d'apprendre que j'étais enceinte et j'avais emmené Steven avec moi.

— Prenez bien soin d'elle, lui a dit maman tandis que nous bavardions. Elle est ce que j'ai de plus précieux au monde.

— Je n'y manquerai pas, avait répondu Steven en souriant.

J'étais seule dans l'appartement quand j'ai entendu sonner à la porte. Je suis allée ouvrir. Il était là devant moi.

— Tu savais que je reviendrais, hein ? a soufflé idiot.

J'étais paralysée. Il n'y avait personne à la maison. Steven était sorti. Papa est entré en me poussant dans l'appartement. Aussitôt la porte fermée, il a commencé à crier.

— Mais pour qui tu te prends, putain ? T'as pas encore compris depuis tout ce temps ? T'es à moi ! Tu pensais que je te laisserais partir comme ça ?

La peur me serrait la gorge ; je ne pouvais plus respirer tandis qu'il se dressait devant moi. Je sentais l'odeur de sa peau aigre, je voyais la salive séchée aux commissures de sa bouche.

— Alors quoi, t'as perdu ta langue ? a-t-il dit en riant. Regarde-toi : la même grosse pouffiasse inutile. File dans ta chambre.

Je ne bougeais pas.

— Tout de suite !

Je savais que je devais lui obéir, comme toujours.

En silence, j'ai marché vers la chambre et j'ai ouvert la porte. Mes mains se sont refermées autour de mon ventre rebondi tandis que je le sentais derrière moi, son souffle dans mon cou. J'ai retenu mon souffle quand ses mains se sont refermées sur mon cou. Je savais ce qu'il voulait. Mais je ne pouvais pas m'échapper. Jamais je ne m'échapperais…

J'ai ouvert les yeux.

J'étais couchée dans mon lit, près de Steven, et la pénombre grise du petit matin entrait par les rideaux. Je sentais mon visage trempé de larmes et mon cœur qui cognait.

— Chut, m'a dit Steven en m'entourant de ses bras. Là, là. Ça va. Je suis là.

— J'ai soif, ai-je dit en le repoussant pour sortir du lit.

J'ai refermé la porte de la chambre et senti couler mes larmes. J'ai pris une grande gorgée d'air et suis entrée dans la salle de bains pour m'asperger le visage d'eau, avant d'aller m'asseoir dans le salon. J'avais envie de vomir. J'ai commencé à pleurer en posant mes mains sur mon ventre. Ces cauchemars étaient désormais récurrents. J'avais beau me répéter que je devais oublier, je n'arrivais pas à les empêcher. Mon esprit ne cessait de me torturer dès que le sommeil me prenait, et tous mes souvenirs remontaient : l'idiot était alors aussi réel pour moi qu'il l'avait été toutes ces années.

Tu es en sécurité ici, me répétais-je en silence. Il ne viendra pas ici. Il ne peut plus te faire de mal.

Je me suis levée et suis allée chercher un album photo que je gardais dans un tiroir. Tournant les pages, j'ai regardé les quelques photos que j'avais de Caitlin, en essayant de me souvenir des moments heureux que j'avais passés avec elle. Mais d'autres images ne cessaient de s'immiscer dans mes souvenirs : le visage de papa crispé de rage, les poings brandis, comme dans mes cauchemars. Il y en avait une en particulier qui revenait souvent : maman et moi prisonnières dans une chambre, et lui, nous battant jusqu'au sang et nous tailladant.

— Il y a du progrès… disait-il d'un air sadique, tandis que maman et moi nous blottissions dans un coin.

J'avais si peur en me réveillant que je repoussais Steven lorsqu'il essayait de me rassurer. Je ne voulais pas lui parler de mes cauchemars, ni laisser ma vie d'avant interférer avec la nouvelle. Je voulais les séparer. Mais depuis que j'avais quitté la maison, je faisais ces cauchemars, et maintenant ils empiraient. J'allais bientôt avoir notre bébé, et je me répétais que les choses changeraient lorsqu'il serait né. Ce serait une nouvelle vie et je serais heureuse. Je le savais, car je me souvenais comment je m'étais sentie à la naissance de Caitlin. Si seulement les cauchemars avaient pu s'arrêter…

— Alice ?

Steven se tenait sur le seuil. Les joues trempées de larmes, je continuais de feuilleter les photos de Caitlin.

— Qu'y a-t-il ? a-t-il demandé.

Je ne pouvais pas parler. Il s'est approché de moi.

— Je sais qu'elle te manque, mais nous avons une nouvelle vie maintenant, a dit Steven. Caitlin nous regarde de là-haut. Elle voit qu'un petit frère ou une petite sœur va naître.

Je l'ai fixé. J'étais déchirée par mon secret. Je n'y arrivais plus… Je ne pouvais plus le garder plus longtemps. J'avais envie de lui dire que l'idiot continuait à gâcher ma vie même si je lui avais échappé.

— Tu reviens te coucher ? a-t-il demandé.

Je devais le faire. Je devais lui dire maintenant. Je ne pouvais plus me taire. Mais comment comprendrait-il ? Steven n'était qu'un gamin. Il venait d'une famille normale et n'avait jamais vu les choses que j'avais vues. Je voulais qu'il me regarde comme il l'avait toujours fait. Dans ses yeux, j'étais Alice ; son Alice. Si je lui disais, je craignais qu'il ne me voie jamais plus de la même façon. Je deviendrais un chiffon usagé, comme disait papa. Steven n'avait pas la moindre idée de la vie que j'avais eue. Personne n'en avait idée. Je n'avais jamais confié à quiconque le secret de la naissance de Jonathan et Caitlin, les bébés qu'on m'avait forcée à porter.

— Qu'est-ce qu'il y a, Alice ? S'il te plaît, dis-moi ce qui ne va pas. Je sais qu'il y a quelque chose.

— Caitlin était un si beau bébé, ai-je murmuré.

— Je sais, Alice, et bientôt nous aurons notre propre bébé, mais tu n'oublieras pas Caitlin pour autant.

J'ai fixé la photo.

— Elle était si belle… malgré la façon dont elle avait été conçue.

Steven est revenu vers moi.

— Qu'est-ce que tu veux dire ? Comment a-t-elle été conçue ?

Steven posait de plus en plus de questions à propos de l'idiot récemment ; il me demandait pourquoi je n'avais pas le droit de voir ma mère. Il sentait qu'il y avait quelque chose de terriblement malsain derrière tout ça, même s'il ne savait pas ce que c'était.

— Ce n'était pas sa faute… elle n'avait pas choisi son père, continuais-je.

— Qu'est-ce que tu dis, Alice ? Qui était le père de Caitlin ?

J'ai pris une grande inspiration. Il fallait que je le sorte. Je devais dire les mots que j'avais gardés en moi si longtemps.

— Mon père.

Le visage de Steven s'est assombri tandis qu'il luttait pour assimiler ce que je disais.

— Mon père me faisait du mal, ai-je expliqué dans un sanglot. J'avais onze ans quand il a commencé. Je n'étais qu'une enfant. Il m'obligeait à le faire, autrement il battait maman et mes frères et sœurs.

— Tu veux dire qu'il te faisait des attouchements ?

— Oui.

— Mais tu n'étais qu'une gamine à l'époque. Tu as eu Caitlin à vingt-six ans…

— Je sais…

Steven est resté sans voix. Puis soudain j'ai vu de la colère embraser son regard tandis que mes paroles prenaient tout leur sens.

— S'il te plaît ! Ne sois pas fâché contre moi ! ai-je dit. Je ne savais pas si je devais te le dire.

— Bien sûr qu'il fallait ! Mais pourquoi as-tu attendu si longtemps ? Quel salaud !

— Je ne l'ai jamais dit à personne.

— Mais pourquoi ? Pourquoi tu n'as pas demandé de l'aide ?

J'ai levé les yeux vers Steven.

— Parce qu'il me disait qu'il me tuerait si je parlais. Il avait des pistolets et des couteaux, je les ai vus. Je suis désolée, Steven, mais je ne pouvais pas garder plus longtemps ce secret avec le bébé qui va naître.

Une nausée m'a prise. J'avais finalement dévoilé la vérité à quelqu'un. Ce que l'idiot avait fait n'était plus un secret que lui seul et moi partagions.

— Dis-moi que tu ne me détestes pas, ai-je demandé à Steven assis près de moi. S'il te plaît dis-moi que tu veux toujours de moi et du bébé.

— Bien sûr que oui, Alice. C'est lui que je déteste, et ce qu'il t'a fait, mais rien ne pourra nous séparer maintenant.

Je me suis cramponnée à Steven aussi fort que j'ai pu en sanglotant. Je ne pouvais pas croire que j'avais enfin dit la vérité à quelqu'un. Tout ce que j'espérais maintenant, c'était que les cauchemars prennent fin.

25

— C’est une fille, a dit la sage-femme, et j’ai pris la main de Steven.

Pendant quelques secondes atroces, un silence s’est prolongé dans la salle et j’ai repensé à Jonathan et Caitlin et à leur silence dans les premières secondes. Puis il y a eu un petit cri, et on m’a posé pour la première fois ma fille sur la poitrine.

— Elle est magnifique, s’est exclamé Steven, et j’ai regardé mon bébé ; je n’osais pas croire qu’elle était réelle.

Emma est née par césarienne au printemps 1999. C’était un bébé potelé avec une petite houppette de cheveux. Steven semblait près d’éclater quand je la lui ai tendue et un sourire s’est étiré sur ses lèvres. J’ai vu un amour absolu scintiller dans ses yeux.

J’étais impatiente de rentrer à la maison, et contente qu’on me laisse sortir trois jours plus tard. Nous sommes montés dans un taxi, en installant Emma dans un siège auto. Comme les portières claquaient, j’ai éprouvé un sentiment étrange à l’idée de quitter l’espace sécurisant de l’hôpital. Désormais, ce serait à nous de nourrir, d’habiller, d’aimer et de protéger ce petit bébé. À cet instant, Steven m’a regardée, nous avons regardé Emma, et j’ai su que tout irait bien. Je suis vite rentrée dans une routine avec le bébé. Steven passait la journée à l’extérieur pour son travail, et pendant ce temps, je la nourrissais, la changeais, l'emmenais promener et allais voir des amies. Emma était extraordinaire ; c'était un sentiment presque grisant, comme une drogue, et je ne ratais pas une occasion de respirer son odeur. Elle sentait si bon : un parfum de propre et de frais dont je ne me lassais pas. Je ne me lassais pas non plus de la câliner et, même si je savais que je n'étais pas censée le faire, je la laissais s'endormir sur ma poitrine, car je ne résistais pas à la sensation de mon minuscule bébé posé sur moi.

Ma période préférée a été celle aussitôt après la naissance d'Emma, lorsque le monde semblait se réduire à nous deux et qu'il n'y avait aucun bruit. Emma s'endormait sur moi, Steven était là assis près de nous, et j'avais l'impression que nous étions dans une bulle, protégés du monde. Il n'y avait qu'un seul cas où je mettais le holà, c'était quand Steven voulait que Emma dorme avec nous dans le lit. Je me montrais intransigeante :

— Hors de question ! Imagine que je me retourne et que je l'écrase ? On peut lui faire un câlin, mais ensuite elle doit aller dans son lit.

Emma était un bébé très gourmand et j'adorais lui donner le sein, ce que je n'avais jamais pu faire avec Caitlin. Je pensais souvent à elle à mesure que les semaines passaient, puis les mois, et qu'Emma grandissait. C'était seulement maintenant que je me rendais compte de combien Caitlin était différente des autres bébés. Avec Emma, je découvrais chaque jour quelque chose : son premier sourire ; la première fois qu'elle tenait sa tête droite ; sa première roulade ou son premier gargouillis.

Quelques semaines après la naissance, maman a téléphoné pour me dire qu'elle souhaitait voir Emma. J'ai accepté qu'elle passe à la maison, car je savais combien c'était important pour elle, et ce même si je savais que l'idiot l'accompagnerait. Je n'avais pas envie de voir papa chez moi, mais je ferais une exception pour maman. Je lui devais bien ça. J'espérais qu'un jour, l'idiot me laisserait enfin la voir plus régulièrement, et je ne voulais pas me fâcher avec lui. Maman et papa n'allaient pas l'un sans l'autre, et je devais m'accommoder de lui si je voulais la voir.

Mais tout le monde ne voyait pas la chose de la même façon. Maintenant que je m'étais confiée à Steven, il insistait pour que j'aille à la police, et même si j'avais fini par le convaincre que mon silence était préférable pour tout le monde, je savais qu'il n'en était pas convaincu. Mon frère Simon, qui habitait toujours avec nous, n'avait pas vu papa depuis le jour où celui-ci l'avait chassé de la maison. Il n'a pas pu s'empêcher de se jeter sur lui quand papa est entré dans l'appartement derrière maman. Saisissant l'idiot à la gorge, Simon l'a plaqué contre le mur tandis que des années de douleur et de colère explosaient en lui.

— Je vais te tuer, criait-il en l'étranglant.

La colère brûlait dans son regard et la sauvagerie déformait ses traits. L'idiot tentait de le repousser, mais Simon était devenu trop fort pour lui. Le petit garçon qu'il battait et injuriait était désormais un homme, et l'idiot se débattait en vain, les yeux écarquillés. Je me suis avancée vers eux. C'était tout comme quand nous étions enfants, sauf que cette fois, c'était papa qui était brutalisé. Même si je n'avais aucune envie de le secourir, je ne pouvais pas laisser Simon faire ça chez moi, en présence d'Emma.

— Allez vas-y, petit bâtard ! criait l'idiot. T'as pas les couilles de le faire !

Un rictus de douleur déformait la bouche de mon frère tandis qu'il fixait l'idiot dans les yeux.

— Non, Simon ! ai-je crié. Pas ici ! Pas chez moi !

Simon m'a regardée et j'ai vu ses mains relâcher la gorge de papa. Sans dire un mot, il a reculé et il est parti.

— On se casse ! a grogné l'idiot. Allez !

Maman était partie sans voir Emma. Elle avait appelé pour dire que papa ne la ramènerait pas tant que Simon habiterait chez moi. Je savais qu'il faudrait que j'emmène Emma chez eux pour que maman la voie, mais je détestais l'idée de remettre les pieds là-bas. Maintenant que j'avais mon propre chez-moi, je prenais conscience de la puanteur et de l'insalubrité de leur appartement, et en aucun cas je ne voulais prendre le risque qu'Emma attrape une infection dans cette porcherie. Aussi, j'avais refusé de la sortir de la voiture et m'étais contentée de la passer rapidement à maman pour qu'elle lui fasse un câlin, avant de la remettre dans son siège auto, sous sa couverture.

Tout le temps que j'avais été là-bas, l'idiot avait fait la tête, et j'étais contente au moment de partir car je n'étais jamais à l'aise en sa présence. Mais j'étais aussi heureuse que maman ait pu voir sa petite-fille, car je savais combien cela comptait pour elle. Dès lors, j'ai commencé à lui rendre visite de temps en temps ; une sorte de trêve fragile s'était faite entre l'idiot et moi : nous ne nous parlions pas, nous ne nous regardions pas, et je m'assurais qu'il y avait toujours quelqu'un avec nous. Comme nous l'avions fait pendant toutes ces années, aucun de nous n'évoquait le passé ni le fait que je me sois enfuie. Le présent recouvrait le passé de son voile et chacun acceptait les choses, car c'était plus simple que de poser des questions.

Sauf Steven, qui s'échinait à comprendre comment je pouvais me tenir dans la même pièce que papa après ce qu'il m'avait fait.

— C'est un animal, disait-il, un fumier. Il devrait être en prison.

J'essayais de lui expliquer que si je chassais papa de ma vie, alors je pouvais faire une croix sur maman. En outre, si je coupais les ponts du jour au lendemain, Michael commencerait à poser des questions, et je ne voulais pas prendre le risque de déterrer le passé. Je voulais le laisser où il était, c'est-à-dire derrière moi, et je n'avais même plus abordé le sujet avec Steven après la nuit où je lui avais tout dit.

Parfois, cependant, il me regardait d'un air perplexe, et commençait à poser des questions auxquelles je ne voulais pas répondre. J'étais heureuse désormais, et je n'avais pas envie de gâcher ce bonheur avec ces souvenirs horribles. Je savais que c'était dur à comprendre pour lui car il n'avait pas vécu ma vie. En fin de compte, Steven avait accepté de me laisser rendre visite à maman, à condition que je n'y aille pas trop souvent. Je lui avais promis que papa ne toucherait jamais un cheveu d'Emma. Durant toutes ces années où j'avais été sa prisonnière, j'étais faible et isolée, mais aujourd'hui, j'avais des amis et une famille : tout un cercle de personnes qui le ferait payer si jamais il touchait à un cheveu de ma fille, et il le savait. Je me taisais sur ce qu'il m'avait fait, mais il allait sans dire que je ne me tairais pas s'il touchait à Emma.

Je pense aussi que Steven acceptait mes visites à maman parce que, même s'il n'aimait pas mes parents, il savait que maman et moi étions unies par un lien que rien ne pouvait briser. J'avais une nouvelle vie à présent, mais je ne pourrais jamais l'oublier. Malgré le temps qui s'était écoulé depuis que les services sociaux nous avaient retiré les enfants, je continuais de me sentir coupable du chagrin que cela avait causé à maman. J'étais aussi certaine que je serais punie si je l'abandonnais à nouveau – tout comme j'avais été punie quand j'avais abandonné Jonathan et Caitlin.

Tandis que je regardais Emma pousser et prendre des forces, j'étais au comble du bonheur. Je contrôlais enfin ma vie, tout allait bien et Steven semblait aussi heureux que moi. Mais je n'imaginais pas le bouleversement qui allait se faire dans ma vie, un soir que nous étions assis sur le sofa à regarder la télé. Emma avait deux ou trois mois et Steven semblait absorbé dans ses pensées depuis quelques jours, mais je ne lui avais pas posé de questions car je savais qu'il me parlerait quand il serait prêt. Peut-être angoissait-il un peu à la perspective d'être père ? Il n'avait pas lieu. Il était génial avec Emma et m'aidait autant qu'il le pouvait quand il rentrait.

Mais ce soir-là, il semblait vraiment nerveux : il se levait et quittait la pièce, avant de revenir, de se rasseoir et de bouger nerveusement les doigts près de moi. Puis il me regardait et soupirait avant de tourner la tête.

— Qu'est-ce qu'il y a ? ai-je fini par demander.

— Il faut que j'aille aux toilettes.

— Eh bien vas-y ! ai-je répondu en riant.

Il est reparti puis est revenu deux minutes plus tard pour se rasseoir.

— Je nous fais un thé ? ai-je proposé en me levant.

— Attends ! s'est-il exclamé.

Je l'ai regardé avec surprise : il s'est levé d'un bond et agenouillé devant moi.

— Qu'est-ce que tu fais ?

— Je veux te demander quelque chose.

Je suis restée bouche bée en le voyant plonger la main dans la poche de son jean pour en sortir une petite boîte. Il l'a ouverte, révélant une bague incrustée d'une petite pierre.

— Alice, est-ce que tu veux bien m'épouser ? a-t-il demandé. Je t'aime et j'aime Emma. Je veux que nous soyons toujours ensemble.

Je l'ai regardé : je n'arrivais pas à croire que cela arrive.

— S'il te plaît, Alice, a dit Steven.

— Oui, ai-je crié en me jetant à son cou.

Pendant des années, j'avais rêvé que ce jour arrive.

Steven et moi avions décidé que nous ne voulions pas un grand mariage. Nous voulions juste nous marier le plus vite possible, sans chichis. Après ces années d'isolement, j'étais toujours mal à l'aise parmi la foule et je savais qu'une grande réception ne me plairait pas. En plus, nous n'avions pas assez d'argent pour offrir aux convives plus que quelques roulés aux saucisses, alors un petit mariage nous conviendrait très bien. Il me suffisait qu'il y ait Steven, Emma et mon cousin Sam, qui serait le témoin. La seule autre personne que je voulais voir ce jour-là, c'était maman, à qui j'avais demandé d'être ma « demoiselle d'honneur[1] ».

— Je ne manquerais ça pour rien au monde, m'avait dit maman, et je m'étais demandé comment elle pourrait convaincre papa de la laisser venir.

Elle y était parvenue, mais j'étais néanmoins inquiète, car il allait conduire maman jusqu'à la mairie, et je ne supportais pas l'idée qu'il assiste à mon mariage. Steven m'avait dit qu'il réglerait le problème. Je ne savais pas comment il comptait écarter l'idiot de la cérémonie, mais j'espérais qu'il réussirait. Je voulais que ce jour soit spécial pour nous, et par conséquent, papa ne devrait pas être présent quand je prononcerais mes vœux.

Après avoir réservé un créneau à la mairie du district, je suis allée choisir ma tenue. Personne n'était au courant pour le mariage – pas même Michael. Il s'était disputé avec Steven à propos d'une bêtise et j'avais peur qu'il pense que je faisais une erreur, alors j'avais décidé de ne pas lui dire. C'était peut-être égoïste de ma part mais je ne voulais pas que quoi que ce soit fasse éclater ma bulle de bonheur.

1. Dans les mariages anglo-saxons, la « demoiselle d'honneur » est généralement une femme adulte mariée.

Mais quelques jours avant le mariage, mon frère m'a téléphoné et m'a dit sur un ton mâtiné d'amertume :

— Il n'y a pas quelque chose que tu voudrais me dire ?

— Non.

— Tu es bien sûre, Alice ?

— Ben oui.

— Eh bien, ce n'est pas ce que j'ai entendu. Papa m'a dit que tu allais te marier…

J'aurais dû me douter qu'il essaierait de semer la zizanie par tous les moyens.

— Excuse-moi, Michael, c'est juste que les choses sont un peu tendues en ce moment entre toi et Steven. Je ne veux pas faire une grande cérémonie de toute façon.

— Mais tu te maries, Alice ! Mon avis n'a aucune importance. C'est ta vie, il est temps que tu fasses tes propres choix.

Je me suis immédiatement sentie prise de remords : j'aurais dû savoir que Michael serait content pour moi.

— Bref, a-t-il continué, je sais ce que je vais t'offrir comme cadeau.

— Ne dis pas de bêtises ! Tu n'as pas besoin de nous offrir quoi que ce soit.

— Mais j'y tiens ! Je vais te préparer un buffet après la cérémonie. Il faut fêter ça !

— Tu es sûr ? Ça va te donner du travail.

— Allez quoi, sœurette. Je tiens à le faire. Tu seras surprise quand tu verras combien je suis devenu bon cuisinier.

Michael avait travaillé dans des cuisines d'hôtel alors je savais qu'il me ferait honneur, mais je n'étais pas certaine de vouloir une fête. Cela rameuterait davantage de gens et être le centre de l'attention me rendait nerveuse. J'avais néanmoins accepté sa proposition, car je ne voulais pas lui faire de nouveau de la peine, et Steven était content.

Quand le grand jour est arrivé, j'étais hyper stressée. Steven était à la maison et j'étais chez mon cousin Sam, où sa petite amie m'aidait à enfiler la robe crème que j'avais achetée. Emma portait une magnifique robe à fleurs avec une capeline assortie, et j'avais prévu de la laisser chez Michael et Julie le temps de la cérémonie. J'attendais nerveusement quand on a sonné à la porte : papa et maman arrivaient pour venir me chercher.

— Pff ! Ça durera pas... ricanait-il quand j'ai ouvert la porte.

J'imaginais exactement ce qu'il racontait à quiconque voulait l'entendre : que j'étais une pauvre idiote désespérée, que mon mariage n'était qu'une blague, et qu'il capoterait d'ici quelques mois.

— Bonjour, maman, ai-je dit en montant dans la voiture. Tu es magnifique.

Je n'avais jamais vu maman si élégante. Elle portait une robe bleu pâle et une veste assortie ; j'ai gardé les yeux fixés sur sa nuque pendant que nous roulions vers la mairie. Je devais faire abstraction de papa. Je tenais à ce que maman soit là, alors il fallait que je trouve un moyen d'ignorer sa présence. Mais le trajet jusqu'à la mairie semblait interminable. Essayait-il de nous faire arriver en retard ? Voire de m'empêcher d'atteindre la mairie ? Était-il déterminé à gâcher mon grand jour ? Assise sur la banquette arrière, je priais pour que Steven tienne sa parole. Je ne savais pas comment il réussirait à écarter papa de la cérémonie, mais il le fallait. S'il y avait bien un jour dont je ne voulais pas que l'idiot me vole une seule heure, c'était celui-ci.

Comme nous entrions dans le hall de la mairie, j'ai vu Steven et Sam qui nous attendaient. Ils ont souri tandis qu'une femme venait vers nous.

— Vous êtes prête ? a-t-elle demandé en montrant du

doigt une porte. Je vais vous conduire dans cette pièce où se déroulera la cérémonie.

Elle s'est tournée vers papa.

— Seuls les mariés et les témoins sont admis, a-t-elle dit. Si vous voulez bien attendre ici.

Le visage de l'idiot s'est décomposé comme nous commencions à marcher. Il semblait prêt à commettre un meurtre. Mais il n'a pas pipé tandis que la porte se refermait et que maman me prenait la main.

— Je t'avais dit que je réglerais le problème, a murmuré Steven, et nous nous sommes souri.

Je sentais le bonheur bouillonner en moi. Les yeux de maman brillaient. Nous lui avions montré ! Je n'arrivais pas à croire que Steven ait tenu parole : il avait sauvé le plus important jour de ma vie. Je me sentais pleine de courage et hyper excitée.

— Merci, lui ai-je murmuré.

Une fois la cérémonie finie, l'idiot s'est faufilé dans la pièce pour voir nos signatures sur le registre, mais je m'en fichais. Je m'étais mariée sans qu'il soit là. Une fois le registre signé, nous nous étions embrassés avant de marcher vers la porte où Sam attendait avec son caméscope. J'avais envie de rire en voyant le visage de papa. Il semblait près de péter une durite.

À partir de ce jour, je m'étais sentie le courage de tout entreprendre. Papa m'avait toujours dit qu'il n'arriverait jamais mais je lui avais donné tort. Ce jour était arrivé. Je savais maintenant qu'un homme pouvait être tendre et parler à une femme sans lui faire de mal ; je savais que je pouvais connaître le bonheur et que je n'étais peut-être pas aussi mauvaise qu'il avait toujours voulu me le faire croire. Je lui montrerais que je pouvais être mariée et heureuse, comme les autres femmes. Je n'avais pas besoin d'intimider les gens ni de les terroriser comme il le faisait pour les garder autour de moi. Steven, Emma et moi formions une famille unie et je lui prouverais que je pouvais réussir.

Quand nous sommes arrivés chez Michael, un spectacle à couper le souffle nous a accueillis. Une table avait été dressée avec de grands saladiers de nourriture ainsi que des bouteilles de vin et des canettes de bière. Des bombes de table ont explosé à notre entrée dans le salon, où nous attendaient Michael, Julie, les filles, Simon, Sam, et certains de mes cousins avec leurs conjointes.

— Félicitations ! a crié tout le monde.

— Je n'arrive pas à croire que vous ayez fait tout ça, ai-je dit tandis que Michael me serrait dans ses bras.

— Pourquoi ? Tu as oublié les « festins de rois » que je nous préparais quand on était gamins ?

Nous avons passé une soirée formidable : on a ri, bavardé et chanté ensemble tandis que l'idiot fulminait dans son coin en nous regardant de travers. Quand je suis enfin rentrée à la maison avec Steven et que nous avons couché Emma, je me suis assise et j'ai repassé le film de la journée dans ma tête. Elle avait été parfaite, telle que je l'avais rêvée : le plus beau jour de ma vie.

Trois mois plus tard, je retombais enceinte. Steven et moi allions avoir un autre bébé. Nous étions une vraie famille à présent, et j'arrivais presque à croire que j'avais enfin laissé le passé derrière moi. Mais j'allais bientôt découvrir que malgré tous mes efforts pour semer mes souvenirs, ils finiraient toujours par me rattraper.

26

Je crois que ces deux premières années après ma fuite avaient été comme les premières secondes d'une chute : on sait que la douleur va arriver mais on ne la ressent pas encore. Pendant deux ans, Steven et moi vivions un vrai bonheur, mais après la naissance de notre deuxième fille, Lily, la bulle de bonheur a commencé à se fêler. Je pensais qu'enfouir le passé le ferait disparaître, mais j'avais tort. Avec le temps, mes cauchemars sont revenus, et plus les souvenirs m'accablaient, plus je repoussais Steven. Quelquefois, je me réveillais au milieu de la nuit, sûre de sentir l'odeur de l'idiot sur ma peau ou d'entendre sa voix me harceler. Même pendant la journée, je n'arrivais pas à me défaire de ce sentiment d'inutilité qu'il avait incrusté en moi ; ce sentiment revenait insidieusement.

Peut-être Steven était-il trop jeune pour assumer la responsabilité d'une famille ? Ou peut-être que lorsque je lui avais révélé la véritable Alice, il n'avait plus voulu de moi ? Je ne sais pas ce qui avait fait s'écrouler les choses aussi rapidement, mais dès que nous nous sommes mariés, et que la vraie vie a commencé, c'était comme si nous ne nous connaissions plus. Je me sentais totalement rejetée et j'ai développé une grave dépression post-natale après la naissance de Lily en 2000. Je restais assise des heures à fixer le vide, ou pleurais sans m'arrêter en me souvenant du passé. Le sentiment de culpabilité que j'avais enfoui en moi vis-à-vis de mes fausses couches, de Jonathan et Caitlin, revenait m'envahir. Maintenant que j'avais deux enfants, je me voyais encore plus comme un monstre. Des images très nettes emplissaient mon crâne, et les mots de papa résonnaient dans ma tête : je me demandais si j'étais véritablement capable de faire quelque chose de bien. J'avais l'impression de ne pas pouvoir m'en sortir avec Lily et Emma : elles réclamaient toujours plus de ma part et j'étais vidée, sans force, sans énergie. Évidemment je les aimais, mais comment pouvais-je être une bonne mère alors que j'étais une si mauvaise personne ?

Cependant, si je n'étais plus la femme que Steven pensait avoir épousée, lui non plus n'était plus l'homme que je croyais. À mesure que notre relation empirait, il passait de plus en plus de temps à sortir avec ses amis, et parfois, nos disputes viraient à la méchanceté quand il rentrait. L'homme bon et joyeux dont j'étais tombée amoureuse avait disparu, et même si je ne comprenais pas tout à fait ce qui l'avait éloigné de moi, j'étais sûre que c'était ma faute. Je regrettais de m'être confiée sur mon passé, car Steven avait beaucoup plus de mal à oublier que moi. Nous en revenions toujours à la même question : pourquoi étais-je restée si longtemps ? Pourquoi n'avais-je pas fui des années avant ? Moi-même je connaissais à peine les réponses, et plus Steven me questionnait, plus je me sentais coupable. Peut-être que papa avait raison ? J'étais aussi faible et stupide qu'il l'avait toujours dit, puisque même l'homme que j'avais aimé et à qui j'avais fait confiance ne me comprenait pas.

Les questions de Steven me cisaillaient le cœur car c'étaient les mêmes que celles que je me posais.

— Pourquoi tu es restée ? répétait-il. On a toujours le choix dans la vie.

Les pistolets et les couteaux, mon sentiment de culpabilité vis-à-vis des petits qu'on avait enlevés à maman, l'espoir qu'un jour je puisse la sauver, en même temps que moi… la liste des raisons était sans fin. Mais comment décrire le pouvoir de la peur à quelqu'un qui ne l'a jamais vraiment subi ? Comment parler de la force des chaînes qu'elle referme sur vos chevilles ? Je n'étais qu'une enfant quand l'idiot avait commencé à me faire mal, et les graines de la terreur qu'il avait semées en moi étaient plantées si profond qu'il m'avait fallu des années pour trouver la force de lui désobéir.

Steven n'arrivait pas à comprendre pourquoi je continuais de voir maman et l'idiot. C'était rare, mais il m'arrivait de leur rendre visite, ou d'aider Michael à nettoyer et ranger l'appartement si jamais les voisins se plaignaient. Je voyais alors maman pendant quelques jours, jusqu'à ce que l'endroit retrouve un aspect convenable. Puis nous rompions le contact pendant plusieurs semaines ou plusieurs mois, jusqu'à ce que je reçoive un nouveau coup de fil disant qu'elle avait besoin d'aide, ou qu'elle était hospitalisée. J'essayais d'expliquer à Steven que même si je détestais papa, je continuais d'aimer maman, et je ne pouvais pas lui rendre visite à elle, sans le voir lui.

Mais il n'arrivait pas à comprendre. Je n'étais pourtant pas la seule à me comporter ainsi. Pendant des années, après que les enfants avaient été placés, Michael avait refusé de revoir papa, mais il avait fait une entorse à sa décision, pour maman. Aujourd'hui, il continuait de tolérer l'idiot, pour la même raison que moi.

Michael avait également repris contact avec Laura et m'avait dit qu'elle s'était mariée. Personne ne savait où se trouvait Kate, car elle avait été placée en accueil pendant si longtemps qu'elle avait désormais une nouvelle famille. Notre petit frère Charlie, en revanche, n'avait pas eu cette chance : il avait passé son enfance d'un foyer à un autre, et avait décidé, à sa majorité, de revenir habiter avec papa et maman. Mon petit frère avait dix-neuf ans quand je l'ai revu, et, tout comme pour Simon, j'avais trouvé très perturbant de voir que le petit garçon que j'avais tant aimé était devenu un homme que je ne connaissais pas. Les multiples placements et déplacements qu'il avait subis avaient visiblement laissé des séquelles. Il ne savait pas lire et me faisait l'effet d'un enfant enfermé dans le corps d'un homme.

Chacun de nous essayait de lutter à sa manière contre les conséquences de notre passé. Je pense que Charlie avait repris contact avec nous dans l'espoir de pouvoir donner un sens à tout cela, mais les choses n'avaient pas tardé à dégénérer quand il était allé vivre avec l'idiot. Papa cherchait à lui dicter tous ses faits et gestes, mais Charlie avait passé suffisamment de temps loin de nous pour ne plus supporter la tyrannie de papa. Il était reparti, disparaissant de nos vies pour toujours après avoir décidé qu'il ne voulait plus rien avoir à faire avec cette famille. Simon s'était lui aussi éloigné après être parti de chez moi, et on ne le voyait plus beaucoup. Quand Laura avait repris contact avec papa et maman, elle les avait invités à habiter avec elle et son mari, mais l'idiot avait encore une fois semé la zizanie. Je lui parlais de temps en temps au téléphone, mais notre relation était aussi abîmée qu'avec les autres. Quant à Michael, je savais qu'il noyait parfois ses souvenirs dans l'alcool.

Nous portions tous des cicatrices, mais, comme beaucoup d'enfants victimes d'abus, nous n'arrivions pas à couper le lien avec notre tortionnaire. Beaucoup d'enfants qui sont battus et brûlés avec des cigarettes, négligés et abusés pendant des années, persistent à vouloir être avec la personne qui leur a fait mal. L'amour d'un enfant pour ses parents est un sentiment puissant, et aussi tordu et perverti soit-il, quels que soient les abus et le nombre de fois qu'il a été piétiné, il ne meurt souvent jamais.

Mais je crois que c'était au-delà de la compréhension de Steven, et sa colère n'a fait que me convaincre que personne ne pourrait jamais comprendre. Il ne supportait pas que je rende visite à maman et semblait chaque fois plus agacé.

Nous avions tous les deux nos torts : je ne parvenais pas à abandonner maman, et Steven n'arrivait pas à comprendre. Nous nous disputions de plus en plus, et bientôt, le médecin m'a prescrit des comprimés pour m'aider à supporter mes problèmes. Je me sentais piégée : plus Steven et moi nous disputions, plus les filles devenaient désobéissantes, et plus j'étais contrariée. Bientôt, j'ai commencé à crier contre Emma et Lily pour des broutilles, tandis que Steven me renvoyait ma colère au visage.

— Tu t'es entendue ? me criait-il. Tu veux finir comme lui ?

Je savais qu'il y avait beaucoup de colère en moi, mais je faisais mon possible pour la contrôler. Jusqu'à ce qu'un jour, je réalise que je n'y arrivais plus. Emma était en train de faire des siennes – je ne me souviens plus si elle avait renversé son assiette par terre ou dessiné sur le mur. J'ai senti la moutarde me monter au nez. Au lieu de sortir de la pièce, j'ai ramassé la télécommande et l'ai lancée contre le mur de colère. Horrifiée, j'ai vu la télécommande ricocher contre le mur et toucher Emma à la jambe. Elle n'avait pas été blessée, simplement choquée, mais tandis qu'elle pleurait dans mes bras, j'ai su que je devais faire quelque chose. Peu après, j'ai contacté les services sociaux pour leur demander de l'aide. Je leur ai expliqué que je n'arrivais plus à gérer mes filles et que je voulais être une meilleure mère. J'avais tellement peur d'avoir hérité quelque chose de papa : il fallait que j'agisse. Allais-je finir comme lui ? Se pouvait-il qu'un jour je perde le contrôle et fasse du mal à mes filles ? Je savais que si je faisais ça, j'aurais envie de mourir.

On m'a adressée à une conseillère psychologique, à qui j'ai déballé mon histoire.

— Et où se trouve votre beau-père aujourd'hui ? m'a-elle demandé.

Même elle n'arrivait pas à croire qu'un père biologique puisse faire à son enfant ce que le mien m'avait fait.

Je lui ai expliqué, mais en fin de compte, je savais que le fait qu'il s'agisse d'un parent ou d'un beau-parent n'avait aucune importance. Les enfants ont besoin d'être protégés et les adultes dont c'est le rôle peuvent parfois les trahir de la pire des façons. La conseillère m'avait aussi demandé si j'avais envisagé de dénoncer papa à la police, mais je lui avais répondu que non. Si mon propre mari n'avait pas réussi à comprendre pourquoi j'étais restée enfermée dans la maison où mon père me battait et me violait, comment un policier le pourrait-il ?

Je n'ai vu la conseillère que durant quelques séances. Puis elle m'a dit qu'elle n'avait pas assez d'expérience pour traiter mon cas. Elle a ajouté que j'avais besoin de toute une équipe d'experts et m'a adressée à quelqu'un d'autre, mais je ne pouvais pas assister aux rendez-vous car ils étaient à dix-neuf heures, l'heure où j'essayais justement de coucher les filles, et il n'y avait personne pour s'occuper d'elles à ma place.

Mais les choses se sont néanmoins arrangées, d'une certaine manière, car les services sociaux ont envoyé un médiateur pour discuter avec Steven et moi. On nous a demandé de travailler en équipe, mais c'était vraiment dur.

Je voulais discipliner les filles, qui devenaient de plus en plus difficiles à gérer, mais j'avais du mal à savoir comment m'y prendre car je n'avais jamais eu de modèle de discipline étant enfant. J'avais cependant appris quelque chose de très important : compter jusqu'à dix chaque fois que j'étais en colère. Je savais que j'avais failli passer mes nerfs sur mes filles, et je m'étais promis de ne plus jamais perdre le contrôle. Je voulais être la meilleure maman qui soit et quels que soient les problèmes que j'avais avec Steven, je ne pouvais me résoudre à le quitter. L'idiot m'avait toujours répété que personne ne voudrait jamais de moi. Je ne voulais pas lui donner raison en laissant mon mariage échouer, alors je m'accrochais, espérant contre toute attente que les choses s'améliorent.

La santé de maman s'était beaucoup dégradée et je m'inquiétais pour elle, mais je ne la voyais pas régulièrement jusqu'à ce que Lily ait environ deux ans, Emma trois, et qu'elle commence à être hospitalisée plus régulièrement. Tout d'un coup, je m'étais retrouvée à beaucoup l'aider, car je savais que papa ne lèverait pas le petit doigt pour elle. À mesure que mes visites à l'hôpital se faisaient plus fréquentes, mes visites à la maison augmentaient en proportion quand on la renvoyait chez elle ; peu à peu, j'ai commencé à la voir plusieurs fois par semaine. Steven était furieux et refusait que j'emmène les filles seules, alors je les lui laissais et j'allais voir maman seulement quelques heures. Je crois que ces visites à maman étaient aussi une échappatoire à ma vie de famille – même si je savais que le réconfort que j'y trouvais était tel un château de cartes qui pouvait s'écrouler à tout moment, si jamais l'idiot décidait de ne plus me laisser venir.

Mais environ six mois après que mes visites à maman s'étaient faites plus régulières, les choses avaient atteint un point critique, un jour où Steven et moi avions emmené les filles voir maman. L'idiot était dans un de ses mauvais jours ; je l'avais deviné au moment où nous étions entrés dans le salon et j'avais su qu'il ne pourrait pas tenir sa langue. D'humeur massacrante, il avait ordonné à maman de lui préparer une tasse de thé. Quand elle la lui avait apportée, il avait crié qu'il était trop chaud. Elle était repartie lui en préparer une autre, et en revenant dans la pièce, j'avais vu que sa jupe s'était coincée dans sa culotte. Elle avait certainement dû passer par les toilettes et s'était rhabillée à la hâte. Sans qu'elle comprenne pourquoi, papa s'était mis à hurler :

— À quoi tu joues, bordel ? Tu t'es vue ? Tu veux montrer ta chatte à Steven, espèce de pouffiasse sans cervelle ? Tu veux qu'il te mate, hein ? T'as envie qu'il te baise, espèce de grosse pute ?

Maman avait rabaissé sa jupe et j'étais allée l'aider sans dire un mot. Mais le visage de Steven s'était figé : il bouillait dans son jus.

— Il est temps qu'on y aille, avais-je dit à maman tandis qu'elle se rasseyait.

— Pas trop tôt ! avait grommelé l'idiot.

J'avais réuni les filles, puis nous nous étions dirigés vers la porte. Mais au moment de sortir, j'avais entendu papa crier contre maman et j'avais fait demi-tour pour retourner dans l'appartement.

— Non ! avait dit Steven. On y va. J'en peux plus.

Je l'avais écouté et nous étions partis, mais je m'étais inquiétée durant les jours qui avaient suivi, en me demandant ce qu'il s'était passé après notre départ. J'étais déchirée : je me sentais responsable pour maman mais je savais que je devais aussi penser à mes filles. Je comprenais la réaction de Steven, car Emma et Lily avaient beau être encore petites, elles ne tarderaient pas à répéter les grossièretés qu'elles entendaient. Ça ne me plaisait pas plus qu'à lui, mais je ne voyais pas de solution.

— Qu'est-ce qui ne va pas chez toi ? a-t-il crié ce soir-là. Pourquoi tu persistes à aller voir ta mère quand il est là ?

— Parce que c'est ma mère et que je l'aime. Je veux garder un œil sur elle.

— Tout comme tu voulais la protéger en restant toutes ces années ?

Quel que soit le nombre de fois que nous nous étions disputés à ce sujet, cela me faisait toujours mal chaque fois qu'il remettait mes raisons en question. La colère de Steven ne faisait qu'alimenter mon sentiment de culpabilité.

— J'ai déjà essayé de t'expliquer. Je ne sais plus quoi te dire, répondais-je.

— M'expliquer quoi ? Tu avais le choix, Alice, et tu es restée.

— Le choix ? Il avait un pistolet, Steven. Il fermait la porte à clé, j'étais sûre qu'il allait me tuer.

— Alors comment tu peux supporter de le voir aujourd'hui ?

— Parce qu'il le faut. Je n'en ai aucune envie mais je suis obligée si je veux continuer à voir maman.

— Je ne sais même pas pourquoi tu continues à la voir, elle.

— Parce que c'est ma mère. Je l'aime. Elle s'est occupée de nous quand on était enfants et elle nous a protégés. Je veux faire tout ce que je peux pour elle.

— Tu ne peux rien faire ! C'est elle qui a choisi de rester.

— Je sais, mais ça peut l'aider de savoir qu'elle a quelque part où aller. Moi je n'avais nulle part. C'est en partie pour ça que je suis restée si longtemps.

— Ah oui ?

— Qu'est-ce que tu veux dire ?

— Rien.

J'avais l'impression qu'il me reprochait d'être restée, comme si j'avais choisi de rester enfermée dans cette maison.

Les jours suivants, j'ai gardé mes distances avec maman pendant que je repensais à tout ça. Pouvais-je vraiment arrêter de la voir ? Elle était si malade, si faible ; papa ne s'occupait pas d'elle, Michael et moi étions les seuls à le faire. J'étais terrifiée à la pensée de l'abandonner une seconde fois, mais Steven ne supportait plus que je lui rende visite.

Quelques jours plus tard, j'ai reçu un coup de téléphone de l'idiot. Maman avait perdu connaissance ; j'ai laissé les filles à Steven et foncé à l'appartement. Une ambulance était garée à l'extérieur. Courant dans le salon, j'avais trouvé maman évanouie au pied du lit et papa couché à côté. Elle ne bougeait pas et ses yeux étaient fermés.

— Maman ! ai-je crié en me précipitant vers elle.

Avait-il fini par la tuer ? Elle était blanche comme un linge et totalement inerte.

— Elle est sans connaissance, m'a dit un ambulancier, tandis qu'un autre attachait un masque à oxygène à son visage. Elle est très malade. On doit l'amener à l'hôpital le plus vite possible.

— Quoi ?

J'ai senti mon estomac se révulser. Je refusais de la perdre. Je ne pouvais pas supporter que maman me quitte. Pas comme ça. Pas ici, devant son regard méprisant.

— Dégagez-la du lit ! a grommelé l'idiot. Elle m'a même pas préparé mon putain de déjeuner et je suis diabétique.

J'avais envie de vomir en l'entendant parler.

— Je ne pense pas qu'elle soit en état de vous le préparer, a répondu froidement l'ambulancier.

Quand on a enfin mis maman dans l'ambulance, papa a refusé de sortir du lit pour l'accompagner à l'hôpital.

— Je suis trop malade, a-t-il dit.

Je l'ai laissé allongé là. Il m'inspirait un dégoût indicible.

En arrivant à l'hôpital, les médecins m'ont dit que maman était dans un état critique et qu'ils ne savaient pas si elle passerait la nuit. Apparemment, elle avait cessé de respirer mais ils avaient réussi à la réanimer.

— Votre mère est très malade, Alice, m'a dit un médecin. Que voulez-vous que nous fassions si elle est à nouveau en arrêt respiratoire ?

J'ai senti mes jambes flancher. Mais je savais ce que je devais répondre.

— Laissez-la partir en paix.

C'était le moins que je pouvais faire pour maman.

Elle est restée trente-six heures sans connaissance avant de revenir à elle. Mais je n'étais plus là. Quand l'idiot a appris ce que j'avais dit au médecin, il m'a interdit de la voir et leur a dit que maman devait être réanimée. Quelle que soit sa souffrance, il voulait qu'on la ranime coûte que coûte.

Steven ne m'avait pas empêchée de la revoir, mais je savais que les choses ne pouvaient pas continuer ainsi. Si je ne lui montrais pas que les filles et lui comptaient plus que tout au monde, je risquais de le perdre. Il fallait qu'il sache que je tenais à lui, et bon gré mal gré, je savais que j'allais devoir abandonner maman une nouvelle fois pour essayer de me sauver moi-même.

27

— Tu bois un autre verre, Alice ? m'a demandé Donna, la sœur de Steven, en soulevant une bouteille.

Je passais la soirée chez Donna, avec une poignée de ses amies, et j'étais heureuse qu'elle m'ait invitée. Je ne m'étais pas très bien entendue avec elle dans les premiers temps, car Donna me trouvait trop vieille pour son frère, et les vêtements vieillots que je portais à l'époque de ma fuite n'arrangeaient rien. Mais nous avions appris à nous connaître et je m'entendais maintenant très bien avec elle. J'aimais aussi beaucoup ma belle-mère, Joan.

Ce jour-là, Donna avait ramené une voyante pour pimenter la soirée. Toutes ses amies entraient dans la chambre tour à tour et ressortaient en riant pour raconter aux autres ce que l'avenir leur réservait.

— Je vais me marier et fonder une famille, avait dit l'une avec excitation.

— Moi je vais trouver un bon job, s'était exclamée une autre.

Visiblement, les amies de Donna adoraient l'idée de découvrir ce qui les attendait. Moi cela m'effrayait. Emma allait sur ses cinq ans, Lily en avait trois et demi, et les choses entre Steven et moi étaient au pire. Je n'avais quasiment plus revu maman depuis le jour où elle s'était évanouie il y avait plus d'un an, mais cela n'avait pas sauvé mon couple comme je l'avais prévu. Je désespérais que les choses s'améliorent. Ni lui ni moi, cependant, ne voulions être celui qui planterait le premier clou dans le cercueil de notre couple.

Parfois, allongée dans mon lit la nuit, je réfléchissais à tout ça. Je m'étais mariée en croyant fermement que ce serait pour toujours. Tout ce que je voulais, c'était vivre une vie normale, mais mon rêve s'était effondré. Mon propre mari semblait me détester, et je savais que la situation affectait les filles, car les enfants sont de véritables éponges à émotions. Je voulais qu'elles se sentent en sécurité et heureuses, mais c'était comme si j'étais dans un tunnel sans fin. Il n'y avait pas de porte de sortie. Je savais que j'avais commis des erreurs, et Steven avait du mal à comprendre pourquoi j'étais restée en contact avec maman. Je ne savais plus comment lui expliquer et il n'arrivait pas à oublier.

— Tu vas aller voir la voyante ? m'a demandé une femme en s'asseyant près de moi. C'est rigolo.

— Je sais pas. C'est pas ma tasse de thé. Je ne crois pas à tout ça.

— Oh, allez. Essaie au moins. On sait jamais ce que tu pourrais découvrir !

Un peu plus tard, tandis qu'une fille sortait de la chambre, j'ai repensé aux paroles de la femme. Elle avait raison. Je n'avais qu'à écouter ses prédictions sans les prendre au pied de la lettre.

En entrant dans la chambre, j'ai trouvé une femme aux longs cheveux blonds installée dans un fauteuil. Je ne savais pas à quoi je m'étais attendue, mais certainement pas à cela : elle semblait banale. Malgré cela, je tremblais un peu en m'asseyant en face d'elle.

— Puis-je voir votre main ? a-t-elle demandé, et je la lui ai tendue.

Elle l'a regardée de près pendant quelques secondes avant de déclarer :

— Je vois que vous avez trois enfants.

— Non.

— Je vois un petit garçon.

— Non. Je n'ai que deux filles.

La femme m'a regardée.

— Mais vous avez perdu un bébé ?

Instinctivement, j'ai voulu retirer ma main. Comment savait-elle pour Jonathan ?

— Oui, ai-je murmuré.

Une pointe de tristesse a traversé le visage de la femme tandis qu'elle baissait les yeux pour examiner à nouveau ma main.

— Le bébé que vous avez perdu… il y avait quelque chose d'anormal dans sa conception ?

J'ai retenu mon souffle.

— Un de vos proches ? a-t-elle demandé tout bas.

J'ai repris ma main.

— Qu'est-ce que c'est que ça ? me suis-je exclamée. Je croyais que c'était censé être amusant. Je ne sais pas de quoi vous parlez !

Jusqu'ici, seuls Steven et la conseillère des services sociaux étaient au courant de mon histoire, et voilà que cette femme avait découvert mon secret. Elle ne disait plus rien tandis que j'essayais de maîtriser mes émotions. J'entendais les amies de Donna rire et bavarder à côté. J'avais envie de courir les rejoindre et d'oublier tout ça.

— Vous savez que vous pouvez encore faire quelque chose. (La voyante parlait lentement, en choisissant ses mots.) Vous pouvez encore porter plainte.

— « Porter plainte » ? ai-je répété.

— J'ai compris ce qui vous était arrivé. Je le vois dans votre paume.

— Arrêtez, s'il vous plaît. Je ne sais pas de quoi vous parlez.

La voyante m'a regardée d'un air triste.

— Je sais ce que vous ressentez, Alice.

— Qu'est-ce que vous voulez dire ?

— Moi aussi, j'ai été abusée par un proche.

J'étais sans voix. Comment cette femme savait-elle ces choses ?

— J'ai porté plainte contre l'homme qui m'avait abusée, quinze ans plus tard, a-t-elle expliqué. On l'a mis en prison pour ce qu'il a fait. Vous pouvez faire pareil.

Elle a continué d'une voix calme et posée :

— Raconte-moi ce qui t'est arrivé.

L'instant d'avant, je voulais me lever et sortir, et voilà que soudain, je lui déballais tous mes secrets. J'ignorais pourquoi, mais pour une certaine raison, je savais que je pouvais faire confiance à cette femme. Je n'avais jamais rencontré quelqu'un qui ait été abusé et j'ai commencé à pleurer tandis qu'elle me posait des questions. Lentement, je lui ai raconté mon histoire, en décrivant tout en détail : les premiers attouchements, la naissance de Jonathan, la mort de Caitlin. J'étais épuisée quand je me suis finalement tue.

— Tu peux porter plainte, tu sais ? m'a-t-elle dit.

— À quoi bon ? Tout ça c'est de l'histoire ancienne. Et puis la police ne me croira pas.

— Bien sûr que si, a-t-elle répondu. Je sais qu'ils te croiront car je suis passée par là. Fais-le.

— Quoi ? Aller à la police ? Impossible. J'ai trop peur.

— Tu es plus forte que tu ne le crois, Alice.

J'avais du mal à assimiler ce qu'elle me disait. Aller à la

police ? Déterrer tout ce que j'avais déployé tant d'efforts à tenter d'oublier ?

— Je ne peux pas, sanglotais-je.

— Mais si tu peux. Il le faut, Alice. Tu mérites la justice.

Je suis sortie de la pièce en titubant et j'ai rejoint Donna et les autres qui continuaient de rire et de bavarder.

— Alors ? a demandé Joan.

Je restais silencieuse, tandis que les mots de la voyante résonnaient dans mon crâne. Pouvais-je vraiment faire ce qu'elle avait dit ? Y étais-je prête ?

— Je pourrais encore porter plainte contre lui, ai-je murmuré en regardant Joan.

Les femmes autour de moi se sont arrêtées de parler en me voyant trembler : les pensées s'agitaient dans mon crâne.

— Qu'est-ce que tu as dit ? a demandé Joan.

Je l'ai regardée, et soudain, je me suis rappelé où je me trouvais et à qui je parlais.

— Rien. Désolée. Ne faites pas attention. Je ne sais plus ce que je dis.

Mais une fois rentrée à la maison, je n'arrivais pas à oublier ce que la voyante m'avait dit. Pouvais-je réellement aller voir la police après tout ce temps ? L'idée me terrifiait, mais les jours passant, j'ai réalisé que j'étais peut-être prête à entendre le message qu'on m'avait adressé. Je n'avais jamais réfléchi sérieusement à la possibilité de parler à la police à l'époque, quand les enfants avaient été placés, puis que Jonathan était né. On avait voulu m'aider mais j'avais refusé et je m'étais toujours dit qu'on ne m'écouterait plus. Mais plus j'y pensais, plus je réalisais que la voyante avait raison. Jamais je ne pourrais tourner la page du passé si je ne lui faisais pas d'abord face.

J'avais passé si longtemps à fuir, et où cela m'avait-il menée ? Je prenais des antidépresseurs, mon mariage tombait en miettes, et je désespérais d'être une meilleure maman – tout ça parce qu'en moi coulait un fleuve de poison qui menaçait constamment de me noyer. J'étais victime de réminiscences et de cauchemars ; mon sentiment de honte et d'inutilité restait aussi fort qu'il l'avait été quand j'étais petite fille et que mon père m'avait touchée pour la première fois. Je m'étais enfuie, mais l'idiot continuait de me contrôler : il me terrorisait dans mes rêves et m'interdisait de voir maman. J'avais presque aussi peur de lui qu'autrefois. Il fallait que je fasse quelque chose. Il était temps d'y mettre fin. Peur ou pas, je devais au moins essayer. Je devais m'aider moi-même au lieu de fuir en avant.

Mon courage m'avait fait faux bond une bonne dizaine de fois tandis que je fixais le numéro du commissariat, le téléphone à la main. Mes doigts refusaient d'enfoncer les touches et je ne pouvais pas le composer. Steven m'avait dit qu'il me soutiendrait si je portais plainte et je savais que c'était ce qu'il voulait. Verrait-il enfin que, quelle que soit la force avec laquelle mon passé me tirait vers le bas, je l'aimais lui et les filles plus que tout ? Mais je n'arrivais pas à composer le numéro. J'avais trop peur. Lorsque le week-end est arrivé, je continuais de retourner la question dans ma tête quand Steven et moi avions emmené les filles chez leur grand-mère Joan. Donna était là à notre arrivée. Joan a chassé Steven et les filles de la maison.

— Emmène-les au centre commercial et achète-leur des friandises ! a-t-elle dit. Je veux parler à Alice.

Joan, Donna et moi sommes restées seules. Nous avons bu une tasse de thé avant d'aller nous asseoir dans le salon. Je savais de quoi Joan voulait me parler : de la voyante. Tout le monde avait remarqué mon trouble en sortant de la pièce.

— Je vais te demander quelque chose, a dit Joan, et je veux que tu me dises la vérité.

— D'accord, ai-je répondu d'un ton hésitant.

— Tu m'as parlé de tes fausses couches et de Jonathan et Caitlin…

— Oui.

— Mais j'ai toujours su qu'il y avait quelque chose d'anormal, Alice, et ce que tu as dit en sortant de chez la voyante m'a convaincue.

J'ai bu une gorgée de thé en attendant qu'elle continue.

— Je ne veux pas te faire peur mais il y a quelque chose que je dois te demander : est-ce que ton père t'a fait du mal ? Était-il le père de tes bébés ?

Je n'arrivais pas à croire que Joan ait prononcé ces mots ; qu'elle puisse envisager la chose comme crédible. J'étais sans voix.

— Tu peux nous le dire, Alice. Donna et moi voulons t'aider.

Je les ai regardées.

— Oui, ai-je murmuré.

Joan s'est levée pour me serrer dans ses bras et j'ai fondu en larmes. Aucune de nous n'a parlé jusqu'à ce que j'arrête de pleurer et que Joan se tourne à nouveau vers moi.

— Pourquoi ne jamais nous l'avoir dit, Alice ? a-t-elle demandé gentiment. Nous t'aurions aidée.

— Parce que je voulais enterrer tout ça, avoir une vie comme tout le monde. Je voulais oublier.

— Mais comment veux-tu oublier sans personne pour t'aider ?

— Je ne sais pas, ai-je dit en pleurant. Steven a dit qu'il m'aiderait.

Joan m'a regardée en silence pendant un moment, et j'ai su que je ne trouverais pas d'aide du côté de Steven.

Il était trop jeune pour gérer ça et trop écœuré par mon histoire pour voir au-delà des faits.

— Alors qu'as-tu décidé ? a demandé Joan.

— Je ne sais pas.

— Je crois que si, Alice.

Joan s'est levée et a sorti l'annuaire de sous le téléphone. Elle a recopié un numéro et me l'a tendu.

Plus tard ce jour-là, une fois Steven et moi rentrés et les filles en train de jouer, j'ai décroché le téléphone et composé le numéro que Joan m'avait donné. C'était celui du commissariat.

Mon cœur battait la chamade tandis que les sonneries se succédaient.

— Brigade criminelle, a dit une voix, et j'ai respiré un grand coup.

— Je voudrais signaler un crime, ai-je dit.

28

J'ai failli faire machine arrière un millier de fois quand j'ai su qu'un policier allait venir me voir. Je n'arrivais pas à croire que j'avais réussi à téléphoner et j'étais morte d'angoisse quand on a frappé à la porte deux jours plus tard.

— Je suis l'inspecteur Patrick O'Mara, s'est présenté le policier tandis que je l'invitais à entrer. Je suis venu discuter du crime que vous avez signalé. Voici ma collègue Susan.

J'ai immédiatement su que Patrick était un homme bon. On le lisait sur lui : grand, brun, il paraissait ouvert et amical.

— Voulez-vous une tasse de thé ? ai-je demandé nerveusement.

— Volontiers.

Cela semblait si irréel que la police soit là chez moi, et je me suis demandé par quoi j'allais commencer.

— Par le début, a répondu Patrick. Remontons à l'époque où vous étiez une petite fille et dites-nous ce dont vous vous souvenez. Nous avons tout notre temps.

Je me suis mise à parler, et bientôt les mots sont sortis d'eux-mêmes. Patrick me posait des questions, mais le plus souvent, il me laissait parler. Il ne semblait ni choqué ni dégoûté : quoi que je lui dise, son visage arborait la même expression calme.

Lorsque j'ai eu fini, je n'avais qu'une question à lui poser.

— Est-ce que vous me croyez ?

— Oui, a-t-il répondu.

Après cette première rencontre, j'ai dû aller au commissariat pour être officiellement entendue par Patrick ; il lui a fallu deux jours pour prendre ma déposition. C'était très difficile de tout expliquer car je devais donner des détails dont je n'avais jamais parlé auparavant. Je savais que c'était nécessaire, mais à certains moments, quand je voyais l'expression choquée de Patrick, je me demandais ce que les autres personnes penseraient de mon histoire. Je savais que d'autres femmes avaient été abusées étant enfants, mais j'étais certaine d'être la seule à avoir été forcée par son père à commettre le pire des actes. C'était dégoûtant, et j'avais honte d'en parler, mais à aucun moment Patrick ne m'a mise mal à l'aise. Il m'écoutait et c'était tout ce qui comptait.

— C'est moi qui enquêterai sur votre plainte, Alice, m'a-t-il expliqué. Mais cela risque de prendre du temps. Il va falloir passer en revue les dossiers médicaux, récupérer les rapports auprès des services sociaux, et peut-être effectuer des analyses en labo. Il faut s'assurer de rassembler suffisamment de preuves pour inculper quelqu'un d'un crime, et cela prend un moment.

Dans les mois qui ont suivi, j'appelais régulièrement Patrick pour prendre des nouvelles de la procédure. Je savais qu'il travaillait aussi dur que possible, discutant avec les gens des hôpitaux et des services sociaux, des écoles et avec la police. J'espérais qu'il trouverait assez de preuves, car dans des affaires comme la mienne – quand le crime s'est produit il y a plusieurs années et a été dissimulé – c'est très difficile. Les détails que j'avais fournis sur les événements aidaient, évidemment, mais il y avait peu d'éléments tangibles pour étayer mon récit car j'étais restée longtemps isolée du monde. Ainsi, je n'avais pas vu mon docteur pour l'une de mes fausses couches car elle s'était produite très tôt le matin, et pour une autre, j'avais donné un faux nom en entrant à l'hôpital. Même les quatre grossesses inscrites sur mon dossier médical ne prouvaient pas que mon père ait abusé de moi. La seule chose qui pourrait prouver sa culpabilité au-delà de tout doute raisonnable serait une preuve physique. Mais Patrick réussirait-il à l'obtenir ?

Je priais pour qu'il la trouve et m'inquiétais constamment pour l'enquête. Avais-je pris la bonne décision ? L'idiot allait-il enfin payer ? Et que nous ferait-il alors à moi ou à maman ? Je savais que papa essaierait de se venger et cette pensée me terrifiait. J'étais également pétrifiée à l'idée que la vérité éclate, car je l'avais cachée pendant si longtemps ; je n'étais pas certaine de pouvoir supporter que les gens la connaissent. Toutefois, je me répétais que j'avais pris la bonne décision. J'avais fait ce qu'il fallait et je m'apprêtais à mettre un point final à ce que papa avait commencé il y avait plus de vingt ans. Il y avait six ans que je m'étais enfuie et aujourd'hui, j'étais enfin assez forte pour m'opposer à lui.

Steven était soulagé que j'aie été porter plainte. Mais les mois passant, les choses sont retombées dans leurs anciens travers. Je me demandais parfois si j'avais fait le bon choix en allant trouver la police. Cela en valait-il vraiment la peine si ça ne sauvait pas mon couple, comme je l'avais espéré, et que Patrick ne trouve pas suffisamment de preuves ? J'aurais fait tout cela pour rien.

Je ne voulais pas qu'on sache que j'étais allée porter plainte, mais quelques semaines plus tard, Steven et moi sommes allés rendre visite à Michael et Julie. Je discutais avec Julie dans la cuisine et les hommes bavardaient dans le salon quand soudain, j'ai entendu Michael m'appeler.

— Qu'est-ce que j'apprends, Alice ? a-t-il demandé comme j'arrivais dans le salon.

— De quoi parles-tu ?

— Steven m'a tout raconté.

— Raconté quoi ?

— Ce que ce putain de connard t'a fait.

Michael était furieux. Je n'arrivais pas à croire que Steven avait vendu la mèche. Je ne voulais pas ébruiter la chose. Je n'étais même pas sûre que papa serait inculpé. Je préférais attendre pour décider de leur en parler.

— Pourquoi tu lui as dit ? ai-je crié à Steven. Tu n'avais pas le droit.

— Pourquoi toi tu ne me l'as pas dit ? a rétorqué Michael. Je n'arrive pas à croire que tu aies gardé ça secret. On t'a accueillie chez nous ! Tu savais bien que tu pouvais nous faire confiance !

— Non. Je pensais que tu me mettrais à la porte si je te le disais.

— Quoi ? Jamais je n'aurais fait ça. Tu es ma petite sœur. Tu aurais dû me le dire ! Je t'aurais aidée. J'étais loin d'imaginer ce qui se passait, Alice. Je te promets.

— Je sais.

Soudain, j'ai compris que Michael n'était pas fâché ; il était bouleversé. Il ne montrait jamais ses émotions, mais ce jour-là, ses yeux parlaient pour lui : des flammes embrasaient son regard, tout comme quand il était jeune et que papa le provoquait.

— Je m'en serais occupé, a-t-il ajouté, calmement.

— Et tu aurais fini en prison ? Tu sais comment il est. Je savais qu'il vous punirait tous encore plus si jamais j'avais parlé.

— Et la fois où je suis venu te voir, quand tu attendais Jonathan ? Je t'ai posé la question, Alice. Je t'ai demandé si ce que disait la police était vrai et tu m'as dit que non. Je t'ai crue, Alice ! Jamais je n'aurais imaginé que…

— Personne ne pouvait imaginer… et je ne voulais pas t'attirer d'ennuis.

— Quels ennuis ? Je m'en foutais ! Au moins tu lui aurais échappé.

— Il t'aurait tué, Michael ! Tu as oublié ses armes ? Les couteaux qu'il cachait ?

Michael restait silencieux. Je savais qu'il était en train de passer ses souvenirs en revue – des points troubles qui prenaient maintenant tout leur sens : pourquoi je m'étais brusquement isolée ; pourquoi je restais cachée pendant des heures ; pourquoi j'avais voulu m'enfuir avec lui.

— Pardonne-moi, Alice, répétait-il. Tu aurais dû me le dire.

Nous nous sommes regardés sans parler.

— Peut-être qu'il va enfin avoir ce qu'il mérite, ai-je dit calmement.

— Je l'espère, a répondu mon frère.

Après ce jour, Michael et moi parlions de temps en temps de l'enquête de police, mais pas trop. Je savais qu'il se sentait terriblement coupable de ce qui s'était passé. Il était torturé par la pensée qu'il m'avait laissée avec l'idiot, et j'avais beau lui répéter qu'il n'était pas fautif, il ne me croyait pas. Cela m'attristait que Michael ait à nouveau du chagrin, et quelque part, je regrettais qu'il l'ait appris. Je ne voulais pas lui causer de peine car il n'avait rien à se reprocher. C'était difficile de raconter mon histoire à des étrangers, mais ça l'était plus encore de la raconter aux gens que j'aimais, comme Michael, car j'avais peur qu'ils commencent à me juger comme Steven l'avait fait. Mais Michael et Julie sont restés aussi gentils qu'avant, et j'ai compris que si je voulais que l'enquête de police conduise au procès, je devais me préparer à ce que les gens sachent tout de moi. C'était difficile, mais cela vaudrait le coup si l'idiot payait enfin ses crimes. Je ne pensais à rien d'autre au fil des semaines, tandis qu'un nouveau sentiment m'envahissait : la colère. J'imaginais papa ouvrant la porte et trouvant un policier sur le seuil ; je désirais ce moment, autant pour moi-même que pour maman.

Je ne l'avais vue qu'une seule fois depuis sa perte de connaissance plus d'un an auparavant, et le fait d'être loin d'elle m'avait ouvert les yeux sur une chose : maman ne quitterait jamais papa de sa propre volonté. Mais j'espérais qu'étaler la vérité au grand jour et faire inculper l'idiot pour son crime puisse l'y aider. Évidemment, j'avais peur de ce qu'elle ressentirait, mais je me demandais aussi si ce n'était pas de cela dont elle avait besoin pour se libérer. Papa nous avait volé tant de choses à elle comme à moi, et quand je sentais que je faiblissais, penser à maman m'aidait à trouver la force de poursuivre la procédure. Il fallait que j'essaie de la sauver.

Les mois passaient, et l'enquête continuait. Patrick espérait que les preuves ADN appuieraient mes accusations et avait déposé une demande pour exhumer le corps de Jonathan. Mais on lui avait répondu que c'était impossible car mon fils avait été enterré dans une fosse commune près de l'hôpital, avec les autres bébés mort-nés. Cela m'avait dévastée de découvrir cela, et rappelé que je n'avais même pas pu dire au revoir à mon enfant.

C'était la partie de l'enquête que j'avais trouvée la plus pénible et j'étais bouleversée en repensant à Jonathan et Caitlin. Je voulais qu'on laisse mes bébés tranquilles après tout ce temps. Mais Patrick devait utiliser toutes les voies possibles et je l'avais accepté : il devait le faire si je voulais que l'idiot soit inculpé.

Caitlin avait été incinérée, mais Patrick misait sur des échantillons de tissu qu'on avait conservés dans des blocs de paraffine après son autopsie : il espérait qu'ils lui fourniraient les preuves qui manquaient au dossier. En janvier 2005, neuf mois après l'ouverture de ma plainte, des échantillons ont été envoyés dans un laboratoire de médecine légale pour qu'on en extraie l'ADN.

Le même mois, papa a été interpellé comme suspect et on lui a prélevé des échantillons d'ADN.

Je ne pouvais rien faire d'autre qu'attendre, et les semaines s'égrenaient tandis que je me demandais ce qui se passait. Et puis, un matin de mai, le téléphone a sonné. C'était Patrick.

— J'ai des nouvelles importantes, a-t-il déclaré.

J'ai retenu mon souffle.

— Les analyses ADN ont montré que votre père était bien le père biologique de Caitlin. Ils confirment votre déposition, Alice.

— Vraiment ? ai-je murmuré.

J'avais toujours su que les tests prouveraient la paternité de Caitlin mais c'était tout de même un choc de l'entendre. Les paroles de Patrick m'ont fait l'effet d'un coup de tonnerre. Enfin, le monde allait découvrir ce que l'idiot m'avait fait, l'écœurante maladie qu'il portait en lui, les vies qu'il avait gâchées. Il n'avait plus aucun moyen d'échapper à sa punition.

— Que va-t-il se passer maintenant ? ai-je demandé.

— Nous allons inculper votre père pour actes de pédophilie.

29

J'étais sûre que l'idiot avait ri au nez des policiers quand ils étaient venus l'arrêter pour lui prélever son ADN. Mais maintenant qu'il allait être inculpé, il comprenait forcément qu'il n'y avait plus matière à plaisanter. Cette pensée me terrifiait et je commençais à lancer des regards méfiants par-dessus mon épaule car je craignais qu'il essaie de s'en prendre à Emma et Lily. L'idiot n'aurait pas une once de scrupule à se venger de moi, et j'avais peur qu'il essaie de m'atteindre à travers les filles ou maman maintenant qu'il savait que j'avais dévoilé notre secret.

Je me rassurais en me disant qu'il était en prison, mais je me trompais en croyant qu'on le placerait en détention avant son procès. Papa avait été libéré après son inculpation, car Patrick m'avait expliqué que, les crimes dont on l'accusait étant anciens, l'idiot n'était plus considéré comme une menace envers la société. Il me faudrait attendre que l'affaire soit portée devant la justice – ce qui pouvait prendre plusieurs mois car les tribunaux étaient encombrés, les avocats de chaque partie devaient prendre le temps de préparer leurs argumentations, et tout cela avançait à pas d'escargot. Une fois de plus, j'en étais réduite à attendre, et la pensée que papa soit en liberté me terrifiait. J'avais entendu des rumeurs comme quoi il ourdissait quelque chose – peut-être kidnapper Emma à son école. Une partie de moi savait que c'était sans doute une menace en l'air, mais je craignais néanmoins de l'avoir poussé à bout. J'ai commencé à accompagner Emma à l'intérieur de l'école au lieu de la laisser devant la grille ; je refusais de les laisser jouer à l'extérieur, elle et Lily. Je ne voulais pas les étouffer, mais j'y étais forcée car j'avais conscience du danger potentiel.

Patrick m'avait dit que l'idiot avait été stupéfait lorsqu'on lui avait notifié son inculpation, et qu'il avait nié en bloc. C'était une torture. Je ne voulais qu'une seule chose : que l'affaire aille au tribunal et chaque jour mon angoisse augmentait. L'inculpation de papa n'avait pas arrangé ma relation avec Steven et je craignais de perdre le peu de force qui me restait si les choses n'évoluaient pas plus rapidement. J'étais en permanence sur les nerfs et visiblement notre couple était brisé de manière irréparable : mon passé avait creusé un fossé entre nous.

— Je suppose que tu vas retirer ta plainte et le laisser s'en tirer ? criait Steven quand je lui disais combien j'avais peur que papa tente quelque chose.

— Non ! répondais-je. Je ne vais pas abandonner maintenant que j'ai fait tout ce chemin.

Mais au fond de moi, je n'étais plus si sûre. La pensée d'affronter papa au tribunal m'était presque insoutenable. J'imaginais la scène encore et encore : lui me fixant tandis que je livrerais mon témoignage ; le rictus sur son visage quand je raconterais au monde ce qu'il avait fait. D'après les nombreux échos qui me venaient de sa famille, il continuait d'affirmer que je n'étais qu'une salope et une menteuse. Comme j'avais été bête de croire qu'il se rendrait compte que la justice l'avait rattrapé. Il était si arrogant qu'il n'aurait jamais la correction d'admettre sa culpabilité. Il se moquait de la loi et croyait pouvoir s'en tirer à coups de mensonges – comme il l'avait fait pendant toutes ces années avant qu'on nous enlève les petits.

Je l'avais revu juste une fois après son inculpation. Il y avait des mois que je n'avais pas vu maman et j'avais très envie de la revoir car je savais que sa santé s'était encore dégradée. Il fallait que j'essaie, alors, ayant appris qu'elle avait à nouveau été hospitalisée, j'avais pris le risque. Je savais que je ne me le serais jamais pardonné si je l'avais perdue.

J'étais allée à l'hôpital et j'avais eu une boule au ventre en entrant dans la chambre. Michael, Simon et Sam se tenaient près du lit, et papa, comme à son habitude, était tapi dans l'ombre telle une araignée. Deux de ses nièces étaient également là.

— Qu'est-ce que tu fous ici, espèce de petite traînée ? avait crié l'une d'elle en me voyant. On veut pas de toi ici, sale mytho !

Tous me dévisageaient tandis que je m'approchais de maman. Je savais que je devais faire bonne figure même si je n'en menais pas large. Michael était là aussi. Il me protégerait. L'idiot m'a fixée d'un regard noir quand je me suis approchée du lit.

— Bonjour, maman, ai-je dit en lui tendant une photo des filles.

Elle ne les avait pas vues depuis un moment.

— Elles poussent, dis donc, a-t-elle dit avec un sourire en jetant un coup d'œil à la photo.

— Oui. Je te la laisse pour que tu puisses la regarder de temps en temps.

Le regard de maman était comme éteint, sa peau blême. Elle semblait vraiment malade. Son problème de surpoids et ses soucis cardiaques s'étaient aggravés. J'ai posé la photo sur sa table de chevet et elle a tendu le bras pour la saisir.

— Rends-lui, a dit l'idiot.

Ses paroles m'ont fait sursauter mais il n'a même pas tourné la tête vers moi. Il s'est contenté de fixer maman comme si je n'étais pas là, jusqu'à ce qu'elle me tende la photo. Je voyais qu'elle avait peur.

— C'est juste une photo ! me suis-je exclamée en sentant les larmes me monter aux yeux, mais l'idiot avait continué de m'ignorer.

À quoi bon rester ? J'avais donné à maman ce que j'étais venue lui apporter et je ne pouvais plus supporter d'être ici, avec lui qui nous scrutait. Mais alors que je me penchais pour l'embrasser, maman m'a murmuré à l'oreille : « Ne t'en va pas. » Après que Michael, Simon, Sam et moi sommes sortis de la chambre, je me suis cachée dans une salle destinée aux familles. Je ne pouvais pas partir sans la revoir. J'ai attendu la fin des heures de visite pour être sûre que papa soit parti. Je me sentais faible et nerveuse à l'idée de me trouver dans le même endroit que lui.

— Comment tu vas ? m'a demandé maman comme je m'asseyais près d'elle.

— Pas fort.

Je savais que je ne devais pas pleurer. Il fallait que je sois forte et que je lui montre que j'avais pris la bonne décision en allant voir la police. Peut-être comprendrait-elle alors que cela pouvait également prendre fin pour elle ? La vérité allait enfin éclater au grand jour.

— Pourquoi tu fais tout ça ? a voulu savoir maman.

— Parce qu'il le faut. Je ne serai jamais libre autrement.

Maman était trop faible pour en dire plus. Elle n'avait pas la force de trouver les mots pour parler de la plainte car cela l'aurait obligée à évoquer ce que ni elle ni moi ne nous étions jamais admis l'une à l'autre. Je ne l'avais pas forcée, et maman et moi avions bavardé quelques minutes de plus sans évoquer l'enquête de police, avant qu'une infirmière me demande de partir. Je comprenais pourquoi maman ne m'avait pas posé d'autres questions sur papa : il m'avait fallu des années pour me libérer et commencer à en parler. Avec le temps, peut-être pourrions-nous en parler… mais pas maintenant. C'était trop tôt.

Mon seul espoir était que papa aille en prison et que maman puisse enfin commencer à envisager la vie sans lui. Je lui montrerais alors qu'elle avait droit au bonheur. Je devais juste conserver la conviction que tout prendrait fin avec le procès. Les éléments ADN prouvaient qu'il était le père de Caitlin, et assurément, même lui n'était pas assez arrogant pour penser qu'il pouvait contester cela ?

Mais évidemment, mon père a tenté d'échapper à la loi une fois de plus lorsqu'il a réalisé que la situation tournait à son désavantage. Avant un procès, plusieurs audiences se tiennent afin de décider des différentes questions juridiques. L'une d'elles était prévue pour l'été 2005. Mais Patrick a téléphoné pour me dire que papa ne s'y était pas rendu. Il avait disparu avec maman et personne ne savait où il était – ou s'ils savaient, ils ne le disaient pas. L'idiot cherchait coûte que coûte à se soustraire à la punition – quitte à devenir un fugitif. Mais pour moi, cela signifiait une chose importante : je savais que maintenant, c'était lui qui avait peur.

Steven s'est assis près de moi.

— On a pris la bonne décision, n'est-ce pas ? a-t-il demandé.

— Oui, ai-je répondu. Je crois.

L'atmosphère était chargée de tension tandis que nous discutions de notre séparation. Nous avions fini par accepter le fait que les erreurs que nous avions commises étaient irréparables et convenu qu'une séparation était le mieux pour tout le monde. Nous étions mariés depuis six ans et demi et tous les espoirs que nous avions encore s'étaient envolés.

— J'ai fait tellement d'efforts pour recoller les morceaux, mais je ne peux pas y arriver seule, ai-je dit. J'ai arrêté de voir maman, je me suis concentrée sur toi et les filles, mais ça n'a rien changé. Tout est allé beaucoup trop loin.

Nous étions en décembre 2005, et Steven et moi avions décidé qu'il déménagerait une fois que nous aurions fêté Noël tous ensemble. J'étais triste mais j'avais fini par accepter la fin de notre couple. J'avais beau regretter mon échec, je savais que vivre dans un foyer malheureux n'était pas bon pour les filles. Je voulais leur donner une base solide sur laquelle construire – quitte à le faire seule. Je resterais dans notre appartement avec Emma et Lily, tandis que Steven habiterait à proximité et les verrait régulièrement. J'aurais aimé qu'il me dise qu'il était désolé, ou admette que tout n'était pas ma faute, mais Steven continuait de blâmer ma famille pour tout ce qui s'était passé de travers.

— Je vais commencer à faire mes affaires, a-t-il dit en se levant.

Nous avions pris la décision dans le calme et j'étais heureuse que nous soyons parvenus à un accord après ces années de disputes. Mais la situation avait tourné au vinaigre juste avant Noël, quand Steven avait découvert que je m'étais liée d'amitié avec un homme qui s'était transformé en confident. J'avais rencontré Nick par le biais d'une des mamans à l'école d'Emma et, même s'il n'y avait rien entre nous, je m'étais épanchée à lui de mes soucis : l'enquête de police, mes problèmes de couple et mes doutes concernant ma décision. Il y avait des années que personne ne m'avait prêté une oreille attentive, et Nick me laissait parler à ma guise lorsque nous discutions au téléphone. Du fait de mes problèmes conjugaux, je me sentais très seule. Et tout d'un coup, j'avais quelqu'un à qui me confier, qui au moins essayait de me comprendre, et en qui je trouvais du réconfort.

Mais mon amitié avec Nick m'avait attiré le ressentiment de Steven et de sa famille et ils m'avaient accusée d'avoir une liaison. Même si je savais que je n'avais rien à me reprocher, cela me chagrinait énormément car j'avais été très proche de Joan et de Donna à une époque, et elles m'avaient soutenue durant la longue enquête de police. Maintenant, tout le monde semblait furieux et, seule avec les filles, je me sentais souvent au trente-sixième dessous. Michael vivait à une certaine distance, alors je ne le voyais plus beaucoup, mais nous discutions régulièrement par téléphone, et mes nièces Paula et Jacqueline venaient me rendre visite. Mon cousin Sam gardait également un œil sur moi, et c'était rassurant de le savoir dans le coin – lui et les autres cousins. Je me sentais plus en sécurité.

J'ai continué de voir Nick en tant qu'ami une fois que Steven a déménagé, et deux mois plus tard, les choses sont allées un peu plus loin. Quelques semaines plus tard, j'ai découvert que j'étais à nouveau enceinte. Ma vie était un tel chantier que j'avais décidé de tenter ma chance avec Nick : je n'arrivais pas à croire que j'allais avoir un autre bébé alors que je venais juste de devenir mère célibataire. Comment allais-je m'en sortir avec un autre enfant ? J'avais été stupide de retomber enceinte. Mais après mûre réflexion, j'ai décidé que je garderais le bébé. Le souvenir de mes fausses couches continuait de peser sur ma conscience, et jamais plus je ne pourrais me résigner à mettre fin à une vie qui grandissait en moi. En outre, ce n'était pas la faute du bébé. Aussi difficile que la situation soit pour moi, j'ai choisi de le garder.

Je savais ce que je voulais, mais j'excluais catégoriquement de me réengager dans une relation durable. Je continuerais de fréquenter Nick – si tel était aussi son choix – mais après mon accouchement, je rentrerais à la maison seule avec le bébé. Mon histoire avec Steven n'avait pas encore cicatrisé ses plaies : j'avais cru en lui et en notre couple avec tant de force, et j'avais raté. Je n'étais pas prête à m'engager à nouveau et à souffrir, mais mon bébé méritait de connaître son père, et Nick était un homme bien. Je lui ai fait part de ma décision, et j'ai annoncé aux filles qu'elles allaient bientôt avoir un petit frère ou une petite sœur.

La nuit, allongée dans mon lit, je me demandais comment tout cela allait finir. J'étais enceinte, seule, et mon père se promenait en liberté, en se riant de moi et de la loi – comme d'habitude. Je n'avais pas la moindre d'idée d'où il se trouvait, mais parfois, j'étais sûre de sentir son regard posé sur moi et un frisson remontait le long de ma colonne vertébrale. Je me retournais et trouvais la pièce vide. Ce n'était évidemment que le fruit de mon imagination, mais plus le temps passait et plus cela me semblait réel. J'attendais anxieusement que la police l'attrape.

30

Peu après la découverte de ma nouvelle grossesse, Michael m'a annoncé que maman venait à nouveau d'être hospitalisée. Il ignorait où papa se cachait mais avait appris par un proche que notre mère était malade. Je savais que la police enquêtait pour retrouver papa, mais pour l'instant, ils étaient bredouilles. Même si l'affaire me semblait la chose la plus importante au monde, elle n'était pour eux qu'une enquête parmi d'autres : les moyens humains et financiers qu'ils consacraient à trouver mon père étaient naturellement limités.

Nous étions en 2006 et maman n'avait pas vu les filles depuis presque trois ans, alors je suis allée les chercher à l'école et les ai emmenées voir leur grand-mère à l'hôpital. Mais alors que j'entrais dans le hall, les portes de l'ascenseur se sont ouvertes et j'ai reconnu une silhouette familière. J'ai prié pour que l'idiot ne nous remarque pas et poussé les filles dans la cafétéria de l'hôpital, où nous nous sommes assises à une table, dos à la vitre. Je savais que je devais informer la police qu'il était toujours en ville. En revanche, je ne pouvais pas l'affronter. Je n'étais pas assez forte. Je voulais simplement voir maman.

— Qu'est-ce qu'il y a ? a demandé Emma en me voyant pétrifiée.

— Rien, chérie.

J'ai pris mes filles dans mes bras et les ai serrées contre moi, assez longtemps pour espérer qu'il soit parti, puis je suis montée voir maman. Elle était allongée dans son lit, immobile, un masque à oxygène sur le visage et de profonds cernes sous les yeux. Ses yeux restaient fixés sur nous tandis que nous nous approchions d'elle. Je les ai fait passer devant moi pour qu'elle puisse les voir.

— Bonjour, maman, ai-je dit doucement.

Cela faisait si longtemps que je ne l'avais pas vue. J'en avais les larmes aux yeux. Je me suis penchée pour la prendre dans mes bras et elle a passé son bras autour de moi. En me redressant, j'ai vu qu'elle essayait de sourire sous le masque.

— Je suis contente de te revoir, ai-je dit.

Pendant que les filles allaient bavarder avec sa voisine de chambre, je me suis rapprochée pour parler à maman.

— Pourquoi tu ne viens pas habiter chez moi quand tu sortiras de l'hôpital ? S'il te plaît, maman. Je t'installerai confortablement. Je m'occuperai bien de toi. Je m'assurerai que tu sois bien soignée et que tu voies les infirmières.

Ses yeux clignaient pendant que je parlais. Elle somnolait et je devinais qu'elle avait du mal à rester éveillée. Sa main s'est resserrée sur la mienne tandis qu'elle ouvrait un peu plus les yeux.

— La seule façon que j'ai de lui échapper, c'est en mourant, ai-je lu sur ses lèvres.

— Mais c'est lui qui devrait mourir ! ai-je répondu. Pas toi !

Maman a refermé les yeux et l'étreinte de sa main s'est relâchée.

— Je reviendrai demain, ai-je chuchoté en me penchant pour l'embrasser sur le front.

J'avais l'impression que mon cœur allait se déchirer quand je l'ai quittée ce jour-là. Je devais trouver un moyen de la convaincre de venir habiter à la maison. Je ne pouvais pas laisser l'idiot m'intimider. Je comptais informer la police que je l'avais vu afin qu'ils l'arrêtent. S'il y avait bien une chose que je pouvais offrir à maman dans ses derniers jours, c'était un peu de confort et de dignité. J'ai prévenu Patrick et je suis rentrée à la maison avec les filles. Le lendemain matin, je me suis réveillée bien décidée à convaincre maman de venir s'installer chez moi. Je savais que je trouverais un moyen. Il le fallait. Mais quand je suis retournée à l'hôpital, j'ai trouvé le lit vide.

— Où est-elle ? ai-je demandé à une infirmière.

— Vous n'êtes pas au courant ? Votre mère est sortie ce matin. Elle est rentrée chez elle.

— Je croyais qu'elle était censée rester encore quelques jours ?

— Elle a insisté pour rentrer. Et le médecin a dit que son état le permettait.

Je n'arrivais pas à croire qu'elle ait eu la force de sortir de l'hôpital. Mais je savais qui lui en avait intimé l'ordre : l'idiot. Une fois de plus, ils avaient disparu dans la nature, et il faudrait des mois pour que j'aie des nouvelles de maman. Je n'arrêtais pas de penser à elle. Où était-elle ? Comment allait-elle ? Papa se moquait bien de son état de santé et je craignais qu'elle perde le peu de force qui lui restait. Je priais pour que la police attrape l'idiot à temps pour aider maman.

Mais le jour de Noël 2006, alors que je tenais dans mes bras mon fils âgé d'un mois tout en préparant les filles pour aller passer la journée chez leur père, le téléphone a sonné. J'ai décroché. Au bout de la ligne, la voix de Michael était faible :

— Alice ?

— Oui.

— J'ai de mauvaises nouvelles.

— Qu'y a-t-il ?

— Maman est morte.

J'ai senti le sol s'ouvrir sous mes pieds. Nick, qui était là avec moi, m'a pris Tom des bras. J'ai lâché le téléphone. Je n'arrivais pas à le croire. Maman était partie. Je ne pourrais plus la libérer de l'idiot ; elle ne serait jamais libre.

— Il a dit qu'il ne voulait voir aucun de nous aux obsèques de maman, m'a annoncé Michael quelques jours plus tard.

Nous ne savions toujours pas où se cachait l'idiot, mais nous recevions ses messages par l'intermédiaire de ses proches. On avait fait savoir à Michael que Simon, lui et moi ne serions pas les bienvenus aux obsèques de notre mère. Nous n'existions plus à ses yeux. Nous n'étions plus ses enfants.

— Mais il n'a pas le droit de nous empêcher de lui dire au revoir ! me suis-je écriée. Il doit nous laisser venir !

Durant les deux jours suivants, Michael et la famille de papa avaient communiqué par messages interposés. Finalement, papa consentait à nous laisser assister aux obsèques, à une condition : je devais promettre de ne pas causer de troubles.

— Il veut ta parole que tu ne le feras pas arrêter durant la cérémonie, m'a dit Michael.

J'aurais dû me douter que la famille de papa se rallierait derrière lui et croirait à ses mensonges. Il était l'un des leurs et ils se serraient les coudes.

— Bien sûr que non ! ai-je répondu. Je ne ferais jamais rien pour gâcher les obsèques de maman.

Mais les coups de téléphone m'avaient suffi pour deviner que papa habitait chez l'un de ses proches. C'est là qu'il se cachait, dans l'espoir que la police finisse par refermer le dossier s'il restait assez longtemps à l'écart des radars.

Pour la première fois depuis sa disparition, je savais où il se trouvait. Je me suis demandé pendant un moment si j'avais vraiment le courage de le faire arrêter avant les obsèques de maman. Ce serait l'acte de revanche ultime, et il ne me le pardonnerait jamais. Mais je savais que je devais le faire, pour maman et pour moi. J'avais promis que je ne causerais pas de troubles lors des obsèques, mais je n'avais rien promis pour avant.

— Je sais où il est, ai-je dit à Patrick.

Je lui ai donné l'adresse et j'ai raccroché. Le lendemain, Patrick m'a téléphoné : papa avait été arrêté et placé en détention. Il serait maintenu en prison jusqu'au jour de l'audience, puis relâché à nouveau, mais cette fois, soumis à une étroite surveillance. Il allait devoir faire face à la justice. Il était trop tard pour maman, mais au moins papa saurait que je ne renoncerais pas avant de l'avoir traîné devant le tribunal. J'avais peur, mais j'étais déterminée à aller jusqu'au bout.

Évidemment, la famille de l'idiot a déchaîné sa haine et on nous a fait savoir qu'aucun de nous ne mettrait un pied aux obsèques. Je n'étais qu'une pute, une mythomane et une salope qui cherchait la merde. Mais pourquoi aurais-je inventé ces horreurs alors que papa venait juste de perdre sa femme ? J'avais presque de la peine qu'ils puissent continuer de croire ses mensonges, mais j'étais aussi écœurée qu'ils m'imaginent capable d'inventer tout cela. Pourquoi aurais-je renoncé à ma plainte après tout ce que j'avais subi : la déposition, l'attente, les tests et la peur ?

On a fait savoir à Michael qu'une présentation du corps aurait lieu la veille des obsèques. Simon et lui pourraient y assister mais la famille de mon père ne voulait pas m'y voir. Ils ne me laisseraient pas franchir le seuil du funérarium. Pas question que je vienne lui dire au revoir après ce que j'avais fait.

— Ça suffit ! a dit Michael. Maintenant qu'il n'est plus dans nos pattes, tu vas m'accompagner. Tu as bien plus le droit d'être là qu'aucun d'entre eux !

J'ai laissé les filles et Tom avec Nick et je suis allée au funérarium. Je tremblais en entrant là-bas avec Michael. Je sentais un vide en moi. Je n'arrivais pas à croire que maman était morte, que c'était la dernière fois que je la voyais. Si seulement j'étais allée à la police plus tôt, peut-être aurais-je pu l'aider à fuir ?

Tandis que nous entrions dans la pièce où le corps de maman était exposé, j'ai vu la famille de papa entassée dans un coin. Je me suis armée de courage pour encaisser leurs injures, mais ils se sont contentés de me jeter des regards haineux, avant de sortir de la pièce.

Il n'y avait plus que nous trois : moi, Michael et Simon ; ce qui restait de notre famille ; les garçons avec qui je m'asseyais sur le lit quand nous étions enfants, en imaginant un avenir fait de rires et de festins, une fois loin de notre père. Nos vies avaient pris des tours tout autres. En fin de compte, aucun de nous n'avait vraiment réussi à lui échapper. Entourée de mes frères, j'ai regardé maman. Elle était si frêle, si pâle, rien à voir avec la femme de mes souvenirs d'enfant : potelée, les yeux brillants, toujours riante tandis qu'elle nous faisait tournoyer dans le salon au son de sa musique. Il n'y avait pas un bruit dans la pièce. J'ai pris sa main dans la mienne et embrassé ses doigts glacés.

— Je suis désolée de ne pas avoir réussi à te tirer de là, ai-je murmuré.

Mais tandis que je regardais son visage, j'ai réalisé quelque chose : elle n'avait peut-être pas échappé à papa dans cette vie, mais à présent au moins, elle était libre.

L'idiot allait devoir répondre de ce qu'il avait fait et maman était débarrassée de sa peine et de sa douleur. Elle était enfin en paix et bientôt je le serais aussi. J'allais obtenir la justice. Mon tortionnaire allait payer. Il allait enfin savoir ce que cela faisait d'être enfermé dans une prison.

Épilogue

Finalement, je n'ai pas eu à affronter mon père à la barre lors du procès car il a plaidé coupable d'inceste et été condamné à une peine de trois ans d'emprisonnement. J'étais déçue qu'il écope d'une peine aussi légère, mais c'était la décision du juge et je devais l'accepter. Le chef d'accusation d'inceste se rapportait à la conception de Caitlin et n'était que la pointe de l'iceberg par rapport à l'ensemble de ses crimes. Mais les faits étant anciens, le procès se serait réduit à un affrontement parole contre parole ; les autorités ont préféré l'inculper pour le seul crime qu'elles pouvaient prouver. Le juge a également dû tenir compte du fait que papa avait plaidé coupable, ce qui dans le système juridique anglo-saxon, entraîne une réduction de la peine.

Cela peut sembler difficile à comprendre, mais je savais que pour un délinquant sexuel, trois années de prison représenteraient une éternité. C'était enfin fini : mon père se retrouverait dans une cellule de prison, en sachant que c'était moi qui l'avais dénoncé à la police. Je lui avais montré que je n'avais plus peur de lui, et je savais qu'il était temps que ma vie commence – ou recommence. Obtenir la justice ne se résume pas à un procès et à une peine de prison ; c'est aussi reprendre une partie du pouvoir dont on vous avait dépouillé, et montrer à votre tortionnaire que vous êtes enfin prête à vous opposer à lui et à briser le silence. Voilà ce que j'avais réussi à faire : j'avais dénoncé mon père à la police et, quand il s'était enfui, je les avais aidés à le retrouver. Je lui avais montré que je n'aurais plus jamais peur, et pour moi, c'était aussi important que n'importe quel procès.

Dans les mois qui ont suivi, je me suis surtout attachée à élever Emma et Lily, à regarder Tom grandir, et à m'améliorer dans mon rôle de mère. Steven continuait à voir les filles et Nick était très impliqué dans l'éducation de Tom : j'étais fière que nous ayons tous réussi à trouver un terrain d'entente pour que les choses fonctionnent. Mais je me demandais souvent ce que je dirais à mes enfants plus tard, car j'étais convaincue que mon histoire était unique ; j'appréhendais le jour où ils découvriraient ce qui m'était arrivé. Mais lorsque les crimes de Joseph Fritzl ont fait la une des actualités mondiales, en avril 2008, j'ai réalisé que je n'étais pas la seule.

Je n'avais aucune idée jusqu'alors que d'autres femmes avaient subi des expériences identiques à la mienne. Mais après qu'on avait découvert la fille de Fritzl, Elisabeth, et ses enfants, enfermés dans une cave en Autriche, plusieurs affaires de femmes forcées d'enfanter les progénitures de leurs propres pères avaient fait surface dans les journaux. Chacune de ces histoires, toutes plus horribles, m'a fait réaliser que je n'étais pas la seule fille à avoir été maintenue des années dans une situation de maltraitance, ni la seule à avoir mis du temps à confier son histoire et à demander de l'aide. Moi au moins, j'avais pu m'échapper, car la prison de mon père était plus psychologique que physique. Joseph Fritzl, lui, avait séquestré sa fille dans une cave ; mon cœur saignait à l'idée des souffrances inimaginables qu'elle et ses enfants avaient dû vivre.

C'est à ce moment-là que j'ai décidé de raconter mon histoire dans un livre, car je savais que même si une seule femme y trouvait de la force et du réconfort, voire le courage de parler, je ne l'aurais pas écrit pour rien. Le pire dans ces abus, c'est le terreau d'isolement et de secret sur lequel ils croissent. J'étais persuadée d'avoir fait quelque chose de mal pour mériter ce qui m'arrivait ; ce sentiment de dégoût de soi était incrusté en moi, et c'est seulement en allant porter plainte que j'ai commencé à le surmonter. C'est difficile : la vie n'est pas toujours rose, et mon passé fera toujours partie de moi. Mais il me suffit de regarder mes enfants pour savoir que j'ai réussi quelque chose. Emma et Lily sont des petites filles affectueuses, joyeuses et pleines de vie, tandis que Tom est un bambin débordant d'énergie. Quand je les regarde, je sais que j'ai fait quelque chose de bien dans ma vie. Mon père a tout fait pour me détruire et faire de moi sa prisonnière à jamais, mais j'ai trouvé le courage en moi. Je me suis défendue, et aujourd'hui, j'ai trois enfants magnifiques, et une vie avec eux. C'est plus que je n'aurais pu espérer. Et c'est la meilleure preuve possible que mon père ne pourra plus me contrôler à l'avenir, comme il le faisait par le passé. Je suis enfin libre.

Chez le même éditeur

C'était la maison du diable...
Christopher Spry

Je me souviens de tout, papa...
Katie Matthews

Maman, pourquoi tu les laisses faire ?
Anna Lowe

J'ai survécu à ma mère
Victoria Spry

Personne ne te croira...
Mary Manning

Je n'étais qu'un objet...
Collette Elliott

Maman doit t'abandonner...
Casey Watson

Papa, pourquoi m'as-tu fais ça ?
Fiona Doyle

Ils ont volé notre innocence
Toni Maguire

J'étais leur petit jouet
Maria Landon

Ils ont brisé nos vies...
Terrie et Paul Duckett

Pourtant, je leur avais dit...
Cassie Hart

Non papa, non...
Stuart Howarth

Ils ont volé mon enfance
Marie R. avec Annick Pellerin

Si seulement j'en avais parlé...
Esther W.

Pourtant, maman savait...
Lisa James

L'enfant qui n'existait pas
Rosie Lewis

Nous étions ses petits prisonniers
Casey Watson

J'étais sa chose
Nabila Sharma

Pourquoi m'ont-ils fait ça ?
Anya Peters

J'étais leur petite esclave
Megan Stephens

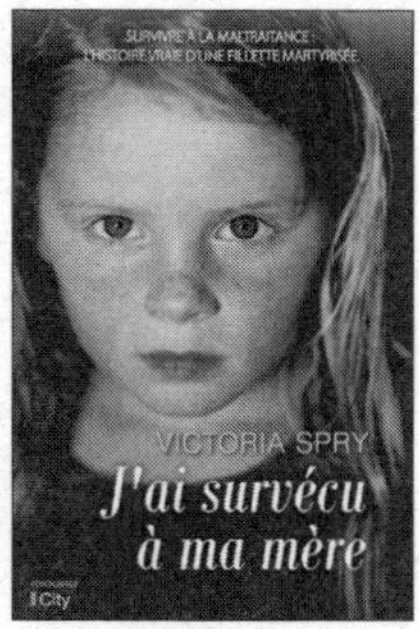

Des récits émouvants d'enfances volées,
des histoires pleines d'espoir d'une lutte pour la vie.

www.city-editions.com

Achevé d'imprimer en septembre 2017
sur les presses de la Nouvelle Imprimerie Laballery
58500 Clamecy
Dépôt légal : octobre 2017
N° d'impression : 709285

Imprimé en France

La **N**ouvelle **I**mprimerie **L**aballery est titulaire de la marque Imprim'Vert®